THOMAS LANG

FREINACHT

THOMAS LANG

FREINACHT

Roman

Mehr über unsere Autoren und Bücher
www.berlinverlag.de

FSC
www.fsc.org
MIX
Papier aus verantwortungsvollen Quellen
FSC® C014496

ISBN 978-3-8270-1400-9

Satz: Fotosatz Amann, Memmingen
Gesetzt aus der Dante MT Pro
Druck: GGP Media GmbH, Pößneck
Printed in Germany

»Ich bin tot«, sagt Toe. »Ich
brauche nicht nett zu sein.«
Stewart O'Nan, Halloween

I am the passenger
and I ride and I ride …
Iggy Pop

Man lebt nur, wenn man
im Sinne der Menschen
lebt, mit denen man lebt.
Novalis

Was vorher war

Sophies Geburtstag

»Junis kommt noch. Soll ich sagen.«

Elle wollte ihr Geschenk überreichen, doch Sophie nahm es nicht an.

»Kannst du es in mein Zimmer legen? Sorry, ich muss schnell nach dem Popcorn sehen.«

Sie lächelte verbindlich. Wenn Sophie es schon ungeöffnet ließ, könnte sie wenigstens der Verpackung ihre Aufmerksamkeit schenken, fand Elle. Dieses Lächeln war genau so eins wie das von Sophies Mutter.

Seit Elles letztem Besuch hatte sich hier einiges verändert. Der Flur leuchtete weiß. Was war nur vorher an den Wänden gewesen, so eine Art Ziegelsteine … handgetöpferte Keramik hatte da gehangen, leere Wandvasen und Teller mit Blumenornamenten. Jetzt blickte Elle auf abstrakte Bilder, ein kompletter Stilwechsel. Obwohl der Gang heller und leerer wirkte, kam er ihr kleiner vor. Zwischen ihrem Scheitel und der Deckenlampe war deutlich weniger Platz als früher.

Elle nahm die falsche Tür und landete zunächst im Bad, das ebenfalls heller wirkte. Hier lagen in einem Glasregal vielfarbige Handtücher, teure Kosmetik befand sich auf der Ablage vor dem Spiegel, drei elektrische Zahnbürsten standen in Gläsern da. Anders als in ihrem eigenen Bad gab es hier keine Wäschehaufen. Es fehlte nur noch Sophies Mutter in einem flauschigen Bademantel und mit einem Turban auf dem Kopf. Auch wenn es nicht ihrem Stil entsprach, fand Elle diese Frische anziehend. Sie bekam Lust, die eigenen Wände endlich neu zu streichen.

Als sie schließlich die richtige Tür öffnete, klang leise Musik in den Flur. Einen Moment lang zögerte sie einzutreten. Wer eingeladen war, wusste sie in etwa – nicht ihre Leute. Sie holte Luft und stieß die Tür auf. Niemand sah sie an, nur Alexander mit seinen stets guten Manieren hob die Hand zum Gruß und sagte hallo. Elle mochte ihn nicht besonders. Es waren vier Mädchen da, alle aus ihrer Klasse: Anke, Mona, Fabienne und Dana. Der einzige Junge außer Alexander und Junis, der vielleicht gar nicht auftauchen würde, war Sophies Freund Lukas. Die beiden waren schon über ein Jahr zusammen. Es lief koreanischer Hiphop. Elle hockte sich auf einen freien Platz am Boden und lehnte gegen Sophies Bett. Lukas bemerkte sie. Er warf sein Tablet auf ein Kissen und erhob sich, um ihr ein Getränk anzubieten. Offenbar spielte er heute den Gastgeber.

Schauten die alle absichtlich weg? Elle kam sich vor, als wäre sie unangekündigt im Reich der Elben aufgetaucht.

Sie sprach Dana an, die sie wie Sophie seit der Grundschule kannte. Dana tat überrascht und begrüßte Elle überschwänglich. Sie trug afrikanischen Halsschmuck. Als Elle danach fragte, leuchteten Danas Augen auf. Sie hatte ihn von Camden Market, davon schwärmte sie jetzt. Leute aus allen möglichen Ländern verkauften dort die unglaublichsten Dinge. London sei die coolste Stadt der Welt.

»Bist du da noch nie gewesen?«

»Nein«, sagte Elle, »ich hätte Angst überfahren zu werden.«

»Wieso denn, du musst nur zuerst in die andere Richtung schauen, wenn du über die Straße gehst.«

»In welche«, sagte Elle.

»Nach links. Nein, warte, die Autos fahren links. Nach rechts musst du schauen.«

Sophie kam mit einer Pfanne ins Zimmer.

»Das müsst ihr euch ansehen«, sagte sie lachend. »Mein Popcorn ist leider etwas dunkel geworden.«

Sie hob den Deckel an, es roch süßlich und gleichzeitig verbrannt.

»Etwas dunkel? Haha, die sind ja völlig schwarz«, rief Mona.

Vorsichtig fasste Sophie ins Popcorn hinein, es war nicht mehr heiß. Sie warf eine Handvoll auf ihre Gäste, alle lachten, hoben das Zeug wieder vom Boden auf und warfen es zurück. Fabienne machte ein Foto von der Bescherung und postete es umgehend. Alexander hatte online bereits Bilder mit viel schlimmeren Popcorn-Desastern gefunden. Die machten jetzt die Runde und es wurde noch mehr gelacht. Lukas probierte das verbrannte Zeug, er musste es bald in ein Kleenex spucken. Sophie sah ihn tadelnd an, er hob die Schultern. Niemand bemerkte, wie Junis ins Zimmer kam, bis Sophie aufstand und die Pfanne auf dem Schreibtisch abstellte.

Junis kam mit seinen Beinen nicht klar. Beim Versuch, Sophie sein Geschenk zu überreichen, den Kopf, weil er sie so weit überragte, zwischen die Schultern gezogen, stolperte er über die eigenen Füße. Er fuhr die Arme aus und traf dabei mit dem linken Ellenbogen Sophies Regal. Von dort kippte ein dickes Buch auf die Schreibtischlampe, die umfiel und den Deckel von der Pfanne stieß, der scheppernd auf dem Boden landete.

Junis grinste verlegen und tapste weiter ins Zimmer. Dabei rammte seine Hüfte den Pfannenstiel. Das Popcorn verteilte sich auf dem Boden. Alle lachten. Zusammen mit ein paar anderen sammelte er den stinkenden Puffmais wieder ein. Bevor Elle sich ebenfalls bückte, streichelte sie Junis zärtlich über den Oberarm und gab ihm ein Küsschen. Es war am einfachsten, die anderen glauben zu lassen, sie seien ein Paar.

Während alle sich weitere Kommentare vorlasen oder mit anderen Freunden texteten, zauberte Sophie eine Flasche Wodka hervor.

»Wir müssen ihn mit Orangensaft trinken. Wenn meine Eltern das mit dem Alkohol merken, ist die Party vorbei.«

Wodka mit Orangensaft, naja. Sie hätte Red Bull besorgen sollen, fand Elle. Aber vermutlich war das genauso tabu.

Durch den Schnaps wurde die Stimmung schnell aufgekratzt und sie stellten die Musik lauter. Sophie begann Geschenke auszupacken, Lukas musste Papier und Schleifen in Empfang nehmen. Er war ein lieber Typ, etwas zu lieb, fand Elle.

Im größten Paket befand sich eine Zeichnung von Fabienne. Niemand konnte so gut im Manhwa-Stil zeichnen wie sie. Auf dem Bild waren ein Junge und ein Mädchen zu sehen; das Mädchen lehnte den Kopf an die Brust des Jungen. Beide hatten fast dreieckige Gesichter und fransige Haare, sie sahen süß aus. Sophie kreischte vor Begeisterung, die anderen Mädchen schrien mit, sodass Fabienne errötete. Auch Elle fand ihre Zeichnungen toll. Sie wäre nur niemals in Johlen ausgebrochen beim Anblick eines Manhwas. Als die Jungen nach ihrer Meinung gefragt wurden, machte Alexander eine alberne Bemerkung über die Haare, die bei beiden Figuren genau gleich aussähen. Junis sagte, er finde das Gesicht des Mädchens anmutig.

»Was ist denn das für ein Wort?«, fragte Alexander.

»Das habe ich gelesen«, meinte Junis. Alexanders Grinsen ignorierte er.

Die Playlist wechselte, es wurde noch poppiger. Sophie packte weiter aus. Sie trug Make-up und hatte sich die Nägel machen lassen – sicher ein Geschenk ihrer Eltern. Auch ihre Mum-Jeans wirkte neu. Sie bedankte sich artig, manchmal tat sie, als wüsste sie nicht, von wem ein Geschenk kam, aber das musste gespielt sein, denn Sophie war sehr aufmerksam.

»Wo hab ich deins nur hingelegt«, sagte sie zu Elle, »ach, das hast du ja mit reingenommen.«

Pack es nicht aus, dachte Elle. Im Vergleich mit Fabiennes Manhwa-Bild kam es ihr plötzlich schäbig vor.

»Was Fluffiges, hab ich gleich gesehen.«

Sie drückte sie es. Wieder beachtete sie nicht die aufwendige Verpackung, sondern riss sie einfach auf.

»Ein Kissen! Fühlt sich toll an. Wo hast du den Bezug her? Der ist wahnsinnig schön.«

»Selbst genäht«, hauchte Elle.

»Und was ist da wohl drin? Etwas hartes, ein Buch, nehme ich an. Von … Alexander?!«

»Bist du bescheuert, so was verschenk ich nicht. Das ist bestimmt von Junis.«

Elle spürte einen kleinen Stich. Sie dachte, dass sie alles anders machen wollte, wenn sie sechzehn würde, nicht so brav, nicht auf diese Art mädchenhaft. Sie sah zu Junis rüber, der schaute zurück, sie verstanden sich.

Junis ging selten zu Feiern, auch nicht zum Tanzen. Er machte sich nichts aus Wodka-Orange. Beide sogen sie bedächtig an ihren Strohhalmen. Es kam Elle vor, als wäre er nur gekommen, um sie von hier wegzubringen.

»Wir müssen noch für Deutsch lernen«, sagte sie schließlich.

»Nein, nein, nein, ihr dürft auf keinen Fall schon gehen. Gleich gibt's Pizza!«

Außerdem wollte Sophie noch ein Foto machen. Alle anderen habe sie schon *im Kasten*. Elle wollte keine Zicke sein. Junis stellte die Bedingung, selbst auch ein Foto von Sophie machen zu dürfen.

»Solange du keinen Filter verwendest«, sagte er außerdem.

Sie setzte sich also mit Junis auf die Bettkante und lehnte sich an ihn. Sophie machte ein paar Fotos, danach nahm auch Junis sein Bild auf. Als Sophie ihr Phone rumreichte und die anderen bei dem, was sie auf dem Screen sahen, loslachten, verlangte Elle das Bild zu sehen. Es gab ein kurzes Geplänkel, doch Sophie leistete keinen echten Widerstand; sie schien sich eher zu freuen. Zusammen mit Junis betrachtete Elle das Foto. Sophie hatte es mit einer speziellen App aufgenommen, die Menschen- in Tiergesichter verwandelte. Junis war ein Habicht, sie selbst eine Krähe.

»Lösch das«, raunte sie Junis zu. Doch das Phone war gesperrt, sie konnten bloß durch die Fotos wischen. Auch von den anderen gab es Tieraufnahmen, Alexander als Biber, Fabienne als Kuh.

»Du lachst gar nicht«, protestierte Sophie.

»Ich lache schon noch«, erwiderte Elle. Hatte Sophie nicht *ohne Filter* versprochen?

Ihr Phone meldete sich mit einer Nachricht von Junis. Der saß doch neben ihr! *Ich habe Dennis gestern in der Stadt gesehen*, schrieb er, wie immer in einem vollständigen Satz, *da schob er einen Kinderwagen*.

Jetzt lachte Elle. Das mit der Krähe fand sie trotzdem blöd.

Was sollte das, nur weil sie oft schwarze Sachen trug? Hatte sie etwa eine so große Nase? Im Gegenteil. Oder blitzten ihre Augen tückisch? Das hätte sie sich manchmal gewünscht.

Lösch das bitte, textete Junis. Sie löschte den Chat. Es war früher Abend, ein Montag. Viel länger würde die Party bestimmt nicht dauern. Sie gab ihm ein erneutes Zeichen. Bevor die beiden aufstehen konnten, kam jedoch Sophies Mutter ins Zimmer.

»Hallo, ihr Süßen. Es gibt Piiii-zza!«

Schon strömte der Geruch herein. Die halb leere Wodkaflasche stand gut sichtbar auf dem Fußboden. Sophies Mutter ignorierte sie. Vermutlich wollte sie locker sein, zeigen, dass sie ihrer Tochter vertraute. Sophie wirkte für den Moment starr. Artig bedankte sie sich für die Essenslieferung. Elle fiel auf, dass beide die gleiche Jeans trugen. Aus Höflichkeit teilte sie sich mit Junis eine Pizza. Mehr als zwei Stücke kriegte sie nicht runter.

Nach dem Essen hinderte sie niemand mehr am Gehen. Sophie verabschiedete sich kühl von Elle. Die fand es ganz richtig so. Sie kannten sich seit dem Kindergarten, nur verband sie beide immer weniger.

Draußen zündete Junis eine Zigarette an. Es war ungnädig kalt, Elle spürte es wie Stiche ins Gesicht, und es hatte schon wieder zu schneien begonnen. Die Landschaft frischte ihr Make-up auf. Seit Monaten trug sie Weiß. Elle nahm die Zigarette von Junis und genoss den leichten Schwindel, der in ihr aufstieg. Auf der Straße lag unberührt der Schnee wie ein weißer Teppich. Sie begann zu rennen, sie lief mitten auf der Fahrbahn und versuchte zu schlittern, doch der Untergrund war stumpf. Auf der großen Straße, in die sie schließlich einbogen, rollten flüsternd Autos vorüber. Es waren nur wenige. An einem Van blieb ihr Blick haften. Die Innenbeleuchtung war eingeschaltet, eine Familie saß darin. Die Mutter fuhr, der Vater saß daneben. Jeder der beiden schien in seinen Außenspiegel zu starren. Drei Kinder saßen hinten, sie wirkten lebhaft. Das kleinste hüpfte in der Sitzschale auf und ab, das zweite klatschte in die Hände, nur das größte saß still über etwas gebeugt. Elle war gebannt von der Helligkeit und Deutlichkeit dieses Bildes, das so langsam vorbeiglitt, als dehnte sich darin die Zeit. Junis tippte ihr auf den Arm. Die Zigarette wanderte von ihr zu ihm. Ihre Fingerspitzen berührten sich, sie fühlte nichts dabei. Das lag an der Kälte.

Für längere Zeit kam kein Auto mehr. Elle textete im Gehen. Junis fing natürlich an zu quatschen und sie konnte sich kaum konzentrieren. Er malte eine Szene aus dem Weltkrieg, als anstelle von Vierweg hier eine riesige Munitionsfabrik gestanden hatte. Er wusste viel über diese Zeit. Er beschrieb ihr die Züge, den schwarzen Rauch und weißen Dampf, den sie ausstießen. Sogar das Pfeifen machte er nach. Nur selten ging er so aus sich raus. Er tat, als überflöge er gerade das damalige Gelände. So was machte ihr Eindruck, auch wenn sie wusste, dass er nicht nur mit der Drohne Erfahrungen in der Vogelperspektive sammelte. Er war auch schon mit seinem Vater im Klinik-Heli geflogen.

»Du wirst schon noch Pilot«, sagte sie zu ihm, »das muss so sein.«

Er zuckte die Achseln.

»Mit meinen Noten komme ich nicht mal nach der Zehnten aufs Gymnasium.«

»Du trägst es in dir«, meinte Elle.

»Das sagt meine Mutter auch. Was für ein Horror! Das würde ja bedeuten, dass Es noch lebt! Dass Es unter uns weilt!«

Sie boxte ihn auf den Arm.

»Und soll ich dir was sagen?«, fuhr er fort. »Es stimmt. Ich habe sogar ein Foto von Ihm.«

Er zog sein Phone aus der Tasche.

»Eine Schlange«, rief sie, als er ihr sein Bild von Sophie zeigte. »Das ist es!«

Zu lachen tat ihr gut.

Sie mussten noch die lange Friedhofsmauer passieren, danach würden sich ihre Wege trennen. Junis wollte weiter an seiner Rube-Goldberg-Maschine basteln. In dem riesigen Hobbykeller daheim probierte er immer neue Möglichkeiten, wie eine Aktion die nächste auslöste. Er hatte es ihr schon gezeigt. Ein Stock fiel um und stieß eine Flasche an, deren Wasser sich in ein Glas ergoss. Das Glas wurde schwerer und bewegte sich mit einem kleinen Aufzug nach unten. Dabei wurde ein Streichholz angerieben. Seine Flamme verbrannte einen Faden, der eine Feder zurückhielt. Die Feder schnellte vor und setzte wiederum etwas in Bewegung. So etwa funktionierten die Maschinen. Er wollte sie möglichst originell zusammenbauen. Dafür sammelte Junis sogar medizinisches Zubehör. Leider gelangen ihm diese Kettenreaktionen nie so gut wie die bei Sophie. Immer stoppten sie an einer Stelle.

»Was machst du noch?«, fragte er jetzt.

»Weiß nicht, Musik hören. Oder was schauen. Nein, Mist, ich muss noch die Küche aufräumen. Meine Mutter kommt spät von der Arbeit.«

Auf halber Höhe des Friedhofs tauchte ein Mann vor ihnen auf. Elle konnte nicht wegsehen; er war so seltsam. Seine schwarze Jacke wirkte abgetragen und fleckig, seine halb zerrissenen Tennisschuhe passten eindeutig nicht zur Witterung. Auf dem Kopf trug er eine Wollmütze, die voller

Schnee war. Elle konnte hören, wie er unablässig vor sich hin murmelte, aber sie verstand nicht, was er sagte. Auch Junis schaute hin. In der Tasche, die von seiner Hand baumelte, klirrte es. Er schaute zu Boden, er ging sehr vorsichtig. Als er doch aufsah, war er schon nah und erschreckte sich. Er wollte ausweichen, geriet aber auf den alten Schnee vor der Mauer und kam ins Stolpern. Elle wollte ihn instinktiv stützen. Leider stand Junis ihr im Weg. Er drehte sich seinerseits zu dem Mann um. Statt ihm die Hand zu reichen, deutete er einen Schubser an, ließ dabei Luft durch die Zähne zischen und bewegte den Kopf zur Seite, als wollte er zeigen, wie der Alte rutschen würde. Das fand sie gemein.

»Was sollte das?«, fragte sie ihn hinterher.

»So wäre er schneller nach Hause gekommen«, sagte Junis.

»Hier kommen doch gar keine Häuser mehr.«

»Vielleicht kriecht er durch ein eingeworfenes Kellerfenster in die alte Me-Ste-Te-Halle.« Er deutete die Bewegungen eines Wurms an. »Oder er kehrt zurück auf den Friedhof.«

»Von wo er gekommen ist?«

Sie konnte nicht anders, als darauf einzusteigen. Junis war manchmal so lustig! Und er hatte recht. Wie der Mann tippelte, wie übertrieben er auswich, als hätte er an ihrer Stelle den Gelenkbus kommen sehen, das hatte einfach komisch gewirkt.

Sie gingen weiter, ohne sich umzudrehen. Dabei lästerten sie wieder über Sophies Geburtstag. Elle hatte eine Idee.

»Bei mir wird alles anders«, rief sie.

»Keine Pizza von Mama?«

»Verlass dich drauf. Auch kein Korea-Pop. Ich werd nicht mal zu Hause feiern.«

»Wo dann?«

»Bei den Bahnschuppen. Da stört uns niemand.«

»Sind die nicht ziemlich runtergekommen?«

»Egal. Man kann da bestimmt was machen. – Hilfst du mir?«

»Nein«, sagte Junis, »was denkst du von mir?«

»Dass du ein Sack bist?«

Diesmal boxte sie ihn fest.

Das Bahngelände war eingezäunt, *Betreten verboten*, und vorn an der Straße wurde der Zaun auch instand gehalten. Von der Rückseite aber führte ein Stichweg auf das Gelände. Hier stand ein Tor offen, das wusste er. Längst waren Gras und Zweige durch den Maschendraht gewachsen. Unter dem Schnee zeichneten sich Grasnester ab, es war eine richtige kleine Hügellandschaft. Frank achtete darauf, immer nur *zwischen* die Huckel zu treten. Auf einmal brach sein Fuß ein und tauchte in eine verdeckte Pfütze. Wasser drang in seinen Schuh, der Strumpf sog sich voll. Binnen Sekunden wurde die Kälte beißend. Frank ignorierte das unangenehme Reiben des Gewebes. Er wollte tiefer ins Gelände vordringen. Mit seinen zahlreichen Birken, dem Gestrüpp, dem sumpfigen Boden erinnerte ihn das Grundstück an die Landschaft seiner Kindheit. Er war an der Küste aufgewachsen, bis er sechzehn Jahre alt wurde.

Zum Lagern suchte er eine leicht erhöhte Stelle mit festem Untergrund. Er fand sie in einer Gruppe junger Fichten zwischen pikenden Ästen. Gegen den Waldweg schirmten die immergrünen Bäume ihn ab. In Richtung der halb verfallenen Schuppen auf der anderen Seite schützte ihn eine Staude. Ihre dürren Stängel standen dicht wie bei einem Gitter und ragten fast einen Meter aus dem Boden. Er nahm die angefangene Flasche aus dem Beutel und begann zu trinken. Gleich wurde ihm wieder warm. Er freute sich an den dicht fallenden Schneeflocken. Hätten sie nicht auf seinen Hosenbeinen schmelzen müssen?

Die erste Wodkaflasche hatte er bald leer getrunken. Er fragte sich, wie viel Uhr es sein mochte, sicher noch nicht spät – acht oder halb acht sogar erst. Um neun lag er sonst auf der Couch und trank noch einen Rotwein mit Wasser. Lag es am Schnaps, dass er heute viel früher müde wurde? Er fühlte seine Glieder schwer werden.

So einfach war das also? Gute Nacht!

Er wachte wieder auf. Seine Hosenbeine waren inzwischen mit Schnee bedeckt. Und er hatte Schmerzen. Tausend Nadeln stachen ihn in Nase und Ohren, das war unterirdisch! Seine Zehen schrien. Es trieb ihn Schuhe und Strümpfe auszuziehen. Das konnte doch nicht gut sein! Überdies juckte sein Kopf wieder. Mit einer Hand schob er die Strickmütze hoch, um sich zu kratzten. Das war der Schorf, der seit Wochen nicht weggehen wollte. Eine dumme Geschichte; er war auf den Stufen vor *Uwe's Supermarkt* ausgerutscht und hingeschlagen. Niemand hatte es mitgekriegt, und so war er eine ganze Weile liegen geblieben, weil ihm das Kreuz so wehtat, dass er sich nicht aufsetzen konnte. Die Wunde am Kopf hatte sich später infiziert und wollte nun nicht abheilen.

Vom Kratzen juckte es noch mehr. Unruhe erfasste ihn, er stellte sich steif auf die Beine und tippelte ein bisschen durch den Schnee. Ein Zittern überfiel seinen Körper, er musste sich wieder setzen. Er überlegte, zu den Schuppen hinüberzugehen, sie waren sicher nicht abgeschlossen. Aber dort war es vielleicht nicht kalt genug. Erneut robbte er zwischen die Fichten. Er fand einen Platz, der dem ersten recht ähnlich war, nur nicht ganz so gut geschützt. Hier legte er sich auf den anfrierenden Schnee. Zum Glück hatte er den Beutel die ganze Zeit festgehalten. Frank stützte seine Schultern an einem schief gewachsenen Stamm ab. So fiel ihm das Trinken leichter. Er öffnete die zweite Flasche und nahm mehrere Schlucke. Das Zittern verschwand. Noch einmal ließ der Schmerz nach. Jetzt würde alles gut.

Die beiden Jugendlichen vorhin, das waren Rüpel. Keinen Zentimeter weit waren sie ausgewichen, und hätte er sich nicht auf den glatten alten Schnee begeben, hätten sie ihn garantiert gerempelt. Vor wenigen Tagen erst, an Jasmins Grab, hatte er durch die Lebensbäume beobachtet, wie zwei Jungen einem dritten die Uhr abnahmen. Der eine, in Kampfkleidung und mit einer Maske über dem Gesicht, bedrohte den mit der Uhr und zog ihm, als er sie schon an sich gerissen hatte, noch eins über. Auch den Kleineren verdrosch er, aber Frank durchschaute das Spiel. Die beiden waren Komplizen, der Kleine spielte den Lockvogel und sollte ebenfalls als Opfer dastehen. So lief das ab.

Früher hätte es ihn empört so was mitanzusehen. Inzwischen war es ihm egal, nicht wirklich egal, aber man konnte halt nichts ändern. Die Welt war schlecht. Seine Mutter war aus Ostpreußen vertrieben worden. Ihr Leben lang war das ihre Traumlandschaft geblieben, von Dünen, Wäldern und Sümpfen erzählte sie oft. »Dagegen ist das hier ein Witz«, sagte sie. Aber woher kannte sie das Bahngelände? Als er nach Vierweg kam, war sie doch schon tot? Mit den nächsten Schlucken begann Frank, zu einer selbst erfundenen Melodie zu lallen. Er sah Jasmin vor sich mit ihrem leuchtenden Gesicht. »Ich liebte die See … wie mein Schokile …« Beine und Arme wurden ihm taub. Wie das manchmal im Fernsehen gezeigt wurde, rückte die nächtliche Landschaft von ihm weg. Irgendwann hörten die Schmerzen ganz auf. »Ich liebte die See ... wie mein Mamile ...« So hieß es richtig. Er erinnerte sich nun. Mit einem Mal wurde er zufrieden wie ein gestilltes Baby. Mit schmatzenden Lippen schlief er wieder ein.

Das war seine Lage: in einem Gebüsch, höchstens zwanzig Meter von jenem Waldweg entfernt, der hinaus zum nächsten Dorf führte und gleichzeitig die nahen Schrebergärten von der Rückseite erschloss. Das Bahngelände bildete ein Dreieck. Mit Blick auf die alten Güterschuppen kamen die Schienen rechterhand hinter den Gärten hervor und führten links im Spitz wieder hinaus bis zu einer nahe gelegenen Fabrikruine. Das Gleis verlief zwischen Schuppen und Straße. In den vergangenen zwanzig oder dreißig Jahren war hier Niederwald entstanden, er wuchs auf dem mageren, ehemals gesplitteten Boden nicht sehr dicht. Hinter den Bahnschuppen lag die Anpflanzung mit Nadelbäumen. Zu Weihnachten wurde immer wieder mal einer geklaut. Die Straße führte nach links in das Zentrum von Vierweg, nach rechts in die Felder. Die Stadt war fast kreisförmig angelegt mit vier Hauptwegen, die sich in der Mitte trafen, ein Mandala, ein Herz mit zwei Kammern und zwei Höfen. Die verschneiten Straßen hoben sich im Licht ihrer Lampen von der ebenfalls weißen Umgebung ab. Dort fuhr mit orangem Blinken ein erstes Räumfahrzeug. Rund um Vierweg lagen ein paar Äcker und viel, viel Wald. Durch den Wald schnitten die Schnellbahntrasse, einige Straßen und, in großer Distanz, die Autobahn. Es gab einzelne Ortschaften. Bis zur nächsten Stadt war es weit.

In der Gruft

In der Woche danach besuchte Elle ihren Großvater. Als sie die Hand auf die extralange Klinke legte, wunderte sie sich erneut, wie leicht das überbreite Türblatt in den Flur schwang. Trockene, warme Luft schlug ihr entgegen, in die sich eine scharfe Note mischte. Die Vorhänge mussten zugezogen sein, vielleicht lag es auch am wolkenverhangenen Himmel, jedenfalls wirkte es dämmrig. Sie ging an der Nasszelle vorbei in den Raum. Rechterhand weitete er sich, hier stand das Krankenbett mit hochgestelltem Kopfteil. Die Decke war ordentlich gefaltet, das Kissen hingegen zerknautscht. In der Mitte des Bettes befand sich eine Kuhle. Auf dem ausgeklappten Tisch des hohen Nachtschränkchens lag in einer kleinen Pfütze ein gekenterter Schnabelbecher. Die Rollen des Möbels drückten sich in einen geometrisch gemusterten blau-orangen Teppich, den Elle noch aus dem Haus ihres Großvaters kannte. Für dieses Zimmer war er zu groß und erstreckte sich bis unmittelbar an die Fensterwand. Linkerhand, auf einem halbhohen Schrank von ewig währender Hässlichkeit, stand der ausgeschaltete Fernseher.

Opa Peter lag in einem Sessel davor, die Füße auf dem mit Kunstleder bezogenen Brett ragten ins Zimmer, die Socken waren runtergerutscht, eine Hand hing über die Lehne. Sein

Kopf hing zur Seite, der Mund stand offen. Obwohl Elle es besser wusste, bekam sie einen Schreck. Das Herz stürzte in ihrer Brust hinab. Sie sprach ihn an, zu leise, um ihn aufzuwecken. Sie wollte das Fenster kippen. Der unterschwellig beißende Geruch verschärfte sich noch einmal. Auf dem Heizkörper entdeckte sie eine mit Urin getränkte Unterhose. Elle erinnerte sich, dass im Bad eine Schachtel mit Einweghandschuhen stand. Egal, dachte sie auf einmal, nahm das Teil mit zwei Fingern und trug es zum Waschbecken. Sie spritzte ordentlich Flüssigseife drauf und ließ warmes Wasser ein. Mit derselben Seife wusch sie ihre Finger, der Geruch verschwand, die Hände fühlten sich sauber an.

Sie konnte es nicht vermeiden in den Spiegel zu sehen. Ihr schwarzes Haar fand sie zu dünn, die Wangenlinie nicht weich genug. Lauter Dinge, an denen man nicht wirklich etwas ändern konnte.

Zurück im Zimmer fragte sie sich, was sie tun sollte. Den Fernseher anstellen? Neben ihm sitzen und Messages schreiben, bis er aufwachte? Eine Weile lang betrachtete sie sein Gesicht. Den aufgerissenen Mund fand sie nach wie vor gruselig. Seine Beine mussten nackt sein unter der Decke. Irgendwo lag auch noch seine Hose, nahm sie an. Die sollte sie suchen. Gerade als sie ihm den Rücken zuwandte, wachte er auf.

»*Grraorroogmmmhmm.*«

»Opa! Erschreck mich doch nicht so.«

»Kaffee?«

Sie war nicht sicher, für wen er sie hielt.

»Ich bin es, Opa, deine Enkelin Elle.«

»Ellen«, sagte er, »das freut mich. Stell das Tablett dahin.«

»Ich habe kein Tablett.«

»Schieb den Nachttisch hier ran. Fernseher aus?«

Er versuchte die Sessellehne aufrecht zu stellen. Das bereitete ihm große Mühe.

Schnell drückte sie die Klingel.

»Bleib sitzen«, rief sie laut und hoffte, dass er es kapierte. Sie wollte nicht, dass er auf einmal nackt vor ihr stand.

Es war anstrengend ihn zu besuchen. Trotzdem ging sie hin, sie mochte ihn. Jetzt schaute er sie an wie ein Kind, wie ihre kleine Schwester Alice, die gleichen Augen hatten die zwei. Sein rundes Gesicht mit der roten Nase war dagegen einzigartig, weder Alice noch ihr Vater zeigten da Ähnlichkeit. Elle schon gar nicht, sie sah ja keinem aus der Familie ähnlich. Wie lange wohnte er schon in der Gruft? Mindestens fünf Jahre. Sie konnte sich noch an sein Haus erinnern, an diesen unglaublichen Teppich und viele hässliche Möbel. Die Atmosphäre dort hatte sie immer gemocht.

Damals hatte er noch jeden erkannt. Madlens Erklärungen seiner Demenz hatte sie lange nicht verstanden. Bis heute dachte Elle, man müsse im Grunde nur geduldig und deutlich genug mit ihm sprechen, um durchzudringen. Wieder versuchte er hochzukommen. Sie klemmte heimlich das Fußbrett ein und fand sich deshalb gemein. Zum Ausgleich packte sie seine Hand. Sie nahm sich vor nicht mehr *Gruft* zu denken. *Seniorenzentrum* klang allerdings kaum besser.

Der Pfleger kam, vermutlich ein Bufdi. Der sah vielleicht gut aus! Es wurde dadurch nicht eben leichter die Sache zu erklären. Er verzichtete nicht auf die Handschuhe und gab auch ihr ein Paar. Während er Opa Peter vom Sessel lotste, stopfte sie im Bad die nasse Wäsche in einen Sack. Als sie fertig war, wartete sie auf dem Gang. Es gab hier viele Türen, dazwischen überall Handläufe, an denen die alten Menschen sich festhalten konnten. Die meisten benutzten jedoch Rollatoren, manche saßen im Rollstuhl. Vorn stießen zwei Gänge aufeinander. Dort befand sich das Stationszimmer und davor standen zwei Tische, an denen einige Alte hockten, die großenteils gefüttert wurden. Essen konnte ihr Großvater noch allein.

Sie langweilte sich vor der Tür. Endlich kam der Bufdi mit ihm an.

»Wir haben noch geduscht«, sagte er. Seine weiße Hose zeigte nasse Spritzer.

»Danke«, erwiderte Elle.

»Holger«, sagte der Junge.

Er gefiel ihr wirklich gut, auch wenn er diese Pflegerkleidung trug und seine Füße in Plastik-Clogs steckten. Elle fand, dass er nicht älter als sie selbst wirkte, auch wenn er mindestens achtzehn sein musste. Holger war klein und feingliedrig. Junis mit seinem Hang zu seltsamen Wörtern hätte ihn wahrscheinlich *knabenhaft* genannt. Sagenhaft knabenhaft. Holgers Haare glänzten schwarz, seine Augen waren von dem hellen Blau eines Schneefelds in der Dämmerung. Elle fürchtete sich ein bisschen vor der Kälte darin.

»Du könntest deinen Opa nach vorn bringen«, sagte er. »Willst du auch einen? Kaffee.«

»Nein, danke«, sagte Elle.

Wenn er einmal auf den Beinen stand, war Opa Peter noch gut zu Fuß. Mit dem Rollator umkurvte er behände seine Enkelin und bog in Richtung Ausgang ab. Elle rief ihm nach.

»Opa, das ist die falsche Richtung!«

Er ging einfach weiter, auch als sie ihn eingeholt hatte. Sollte sie sich ihm in den Weg stellen? Das brachte sie nicht fertig. Also begleitete sie ihn, bis sie den Aufzug erreichten. Sie sah zu, wie er den Knopf drückte, vergeblich.

»Du bringst mich doch zum Bahnhof, Madlen?«

»Ich bin Ellen.«

»Von da komme ich allein nach Hause.«

»Aber du wohnst *hier*, Opa.«

Er drückte wieder den Knopf, der aufleuchtete und, sobald er den Daumen wegnahm, wieder erlosch.

»Ich wohn doch nicht hier«, sagte er schmunzelnd. »Da bringst du etwas durcheinander. Ich fahre mit dem Zug heim. Ich weiß nur nicht, wo hier der Bahnhof ist. Kannst du mir ein Taxi rufen?«

Sie sah zu, wie er noch einmal den Knopf drückte, auf die Lifttür starrte und sich endlich abrupt abwandte. Opa Peter kehrte um und wieder war er erstaunlich flink. Elle sagte ihm noch einmal, dass es Kaffee gäbe.

Schließlich konnte sie ihn an einen der Tische lotsen, an dem schon andere Alte saßen. Manche verharrten reglos, andere wirkten unruhig. Die Mehrzahl waren Frauen. Niemand am Tisch sprach. Sie schauten einander nicht mal an. Opa Peter legte die Arme auf die hölzernen Stuhllehnen. Er hatte seine gute Laune verloren. Elle hängte ihm die Papierserviette um Kaffee und Kuchen kamen, er rührte nichts an.

»Möchtest du ihn füttern?«, sagte Holger, der sich selbst neben eine alte Frau mit Armprothese setzte. Mit der Gabel stach er ein Stück Kuchen ab und hielt es ihr vor den Mund. Elle zog einen Stuhl ran und machte es ihm nach. Opa Peter öffnete die Lippen, sie schob den Kuchen hinein. Dabei kam sie sich vor, als täte sie etwas Ungehöriges.

»Sie müssen kauen, Herr Fender«, sagte Holger.

Opa Peter kaute, er schluckte.

»Jetzt einen Schluck Kaffee.« Holger zeigte auf den Schnabelbecher. »Er darf nicht zu heiß sein.«

Elle schaute fragend. Er lächelte. Er lächelte sie an!

»Du kannst es durch den Becher fühlen. Oder du schüttest

dir einen Tropfen auf den Handrücken. Hier hast du eine Serviette.«

Der Kaffee war lau. Elle setzte den Schnabelbecher an die Lippen ihres Großvaters und kippte ihn so weit, dass ein wenig Flüssigkeit in seinen Mund lief. Sie hatte das noch nie getan. Er schluckte. So ging es weiter, bis das Stück Kuchen fast aufgegessen und der Becher halb leer war. Er sprach dabei kein Wort. Irgendwann machte er den Mund nicht mehr auf. Als Elle ihm dennoch Kaffee anbot, schlug er nach dem Becher. Sie erschrak und ließ ihn in seinen Schoß fallen. Dabei löste sich der Deckel und der Inhalt ergoss sich über seine Beine. Bis zum Knie hinab wurde er nass. Er fühlte mit der Hand hin, sagte oder tat jedoch nichts. Holger warf Elle einen Blick zu. Sie hatte keine Ahnung, was er dachte, genervt wirkte er jedenfalls nicht.

»Willst du ihm eine frische Hose anziehen?«, sagte er zu ihr. Er fütterte schon die nächste alte Frau.

Elle wollte nicht. Aber sie stand auf, wischte ihrem Großvater mit der Serviette über den Mund. Sie half ihm hoch.

»Sie müssen die Hose wechseln«, rief Holger.

In seinem Schrank fand sie nur eine alte Trainingshose, ein braunes, sehr hässliches Teil aus synthetischem Stoff, wie sie ihn nie zuvor gefühlt hatte, unfreundlich, richtig kratzig. Besaß er nicht mehr als diese drei Hosen? Elle schaute auf ihr Phone. Wenn sie noch rechtzeitig zur Fahrstunde kommen wollte, musste es jetzt schnell gehen.

»Du musst die Hose ausziehen, Opa.«

Sie gab sich Mühe so laut wie Holger zu sprechen. Doch ihr Großvater reagierte nicht. Also ging sie zu ihm hin und nestelte an seinem Gürtel. Ihm schien das egal zu sein, ihr war es peinlich. Die Hose rutschte runter und gab ein paar bleiche, schlaffe Beine frei. Seine Shorts war riesig und sah dennoch vollgestopft aus. Über dem schlappen Bund zeigte sich das randlose obere Ende einer Netzhose.

»Du musst die Füße anheben«, sagte sie.

Aber so ging es nicht. Sie musste ihm zuerst die Schuhe ausziehen.

»Polacke!«, rief er plötzlich. Er zitterte.

Als sie es endlich geschafft und ihn wieder auf seinen Liegesessel bugsiert hatte, fegte sie die schmutzige Hose mit dem Fuß beiseite. Es war genug, den Rest sollten die erledigen, die hier arbeiteten, Holger, der sich nur nett stellte, damit sie ihm Arbeit abnahm.

»Tschüs, Opa, ich muss zur Fahrstunde, hörst du, ich komm bald wieder!«, rief sie.

»Polacke«, sagte er grimmig.

Sie hatte keine Ahnung, wo das herkam.

Holger holte den Lift für sie.

»Findest du mich seltsam in diesem Aufzug?«

Hatte sie ihn angestarrt? Elle wurde rot.

»Ich fahr Samstag ins Miami. Hast du Lust mitzukommen?«

Sie sahen einander direkt in die Augen. In seinen glomm dieses eisige Licht.

»Weiß nicht.«

»Du kannst ja noch eine Freundin mitbringen. Verrätst du mir deine Nummer? Dann lass ich kurz anklingeln.«

Er tippte die Ziffern in sein Phone, schon möpte ihres.

Im Lift fühlte Elle sich aufgekratzt. Eine Freundin mitbringen, was bedeutete das? Wollte er ihr klarmachen, dass er sie nicht anmachen würde? Oder hoffte er vielleicht, ihre Freundin wäre attraktiver? Sie beschloss, nicht mit Holger ins Miami zu fahren. Nein, das war voreilig. Sie musste es noch auf sich wirken lassen. Jedenfalls hatte sie heute eine gute Tat getan, sie hatte sich überwunden und das machte sie zufrieden. Doch es war nur die eine Hälfte ihres Gefühls.

Über den riesigen Parkplatz vor dem Seniorenzentrum spurtete Elle. Es parkten nicht sehr viele Autos da. Ein paar Mal sprang sie über schmale Beete mit jungen Bäumen und Büschen. Im letzten dieser Streifen standen sie dicht wie eine Hecke. Egal, sie zwängte sich durch, ohne abzubremsen. Da stand jemand. Sie registrierte die Gestalt zu spät. Der Aufprall war hart.

»Junis!?«

Er hatte vor Schreck die Augen aufgerissen.

»Du bist es! Ich dachte schon, jemand will mich vermöbeln.«

Im letzten Jahr war er mal Opfer einer Schlägerei geworden. Dachte er immer noch daran?

»Der Funkkontakt ist abgerissen.«

»Was?«

»Ich habe meine Kameradrohne fliegen lassen.« Junis hob die Linke mit dem Controller. »Plötzlich ist sie vom Himmel verschwunden.«

»Wie das denn?«

»Der Funkkontakt war weg. Sie ist aber nicht abgestürzt, jedenfalls nicht, solange ich sie sehen konnte.«

»Wir können sie zusammen suchen.«

»Ach, egal. Sie war eh nicht so toll.«

»Die kosten doch richtig viel Geld!«

Er zuckte die Achseln.

»Du könntest mit zu mir kommen. Es ist keiner daheim.«

»Ich muss zur Fahrstunde.« Sie hatte schon wieder zwei

Minuten verloren. »Die Tante hat schon gemeckert, dass sie nicht noch mal auf mich warten würde. Und die Fahrstunde muss voll bezahlt werden, auch wenn sie ausfällt.«

»Was hast du eigentlich da drin gemacht?«

»Woher weißt du, dass ich drin war?«

Junis hob die Steuerung an.

»Watching you ...«

»So was mag ich nicht, Junis. Das weißt du.«

»Es war Zufall. Du bist genau durchs Bild gelaufen.«

»Und du hast mich von oben erkannt, klar.«

»Ich würde dich von jeder Seite erkennen, auch von den Füßen her! Ich bin ein guter Beobachter.«

»Das ist gespenstisch.«

»Und was machst du jetzt hier, ziehst du bald ein?«

Er grinste.

»Mein Opa lebt da«, sagte Elle. »Vorhin wollte er an den Bahnhof gebracht werden, von dort würde er allein nach Hause finden.«

»Bei dem ist wohl auch der Funkkontakt abgerissen.«

»Sag so was nicht.«

Junis nickte.

»Geboren ist er in Schlesien oder Polen.«

»Seltsam«, sagte Junis, »dass ihr auch alle woanders herkommt.«

Sie wusste, dass die Herkunft seines Vaters ihn beschäftigte. Er redete mit niemand sonst darüber.

»Also, was ist, kommst du mit?«

»Ich nehme an, für die Fahrstunde ist es jetzt eh zu spät. Scheiße, Mam wird total sauer sein, wenn sie die zahlen muss.«

»Ich könnte es vorschießen. Gerade habe ich Vale mein altes Nintendo verkauft. Ich hatte dreißig Spiele.«

Glaubte er wirklich, sie hätten überhaupt kein Geld?

»Spielt Vale echt noch Nintendo?«

»Komm mit«, wiederholte Junis. »Ich kann dir auch eine Fahrstunde geben.«

Das hatte er ihr schon einmal angeboten.

»Sollen wir nicht lieber deine Drohne suchen?«

Er warf eine Hand in Richtung Schulter.

»Wie gesagt, so toll war die nicht.«

Sie hätten auf den Bus warten können, aber sie gingen zu Fuß. Nach ein paar Minuten entlang der Ringstraße bog Junis in einen Seitenweg ein. Elle wusste nur ungefähr, wo sie sich befanden, ihr Orientierungssinn war ganz allgemein schwach. Dieses Viertel mit seinen frei stehenden Häusern sah ganz anders aus als ihres. Viele Grundstücke waren völlig zugewachsen. Elle gefiel das.

»Was hältst du eigentlich von unserem Neuen?«, fragte Junis.

»Dennis? Weiß nicht.«

»Vielleicht kommt er nachher noch vorbei.«

Elle spürte, wie unangenehm ihr der Gedanke war. Bei ihrer ersten Begegnung hatte der Blödmann gleich bemerkt, dass er sie zu flach fand.

»Ich schulde ihm einen Gefallen«, sagte Junis. »Neulich bin ich diesen Typen wieder über den Weg gelaufen.«

»*Denen*?«

Er nickte.

»Sie hatten es wieder auf mich abgesehen. Auf einmal kam Dennis dazu. Er hat gedroht sie zusammenzuschlagen. Da sind die abgehauen. Ernsthaft! Dabei waren sie zu dritt.«

»Das liegt an seinem Ruf«, sagte Elle. »Schon heftig, einen Lehrer zu verprügeln.«

Angeblich war Dennis deshalb von seiner alten Schule geflogen.

»Ich habe keine Ahnung, warum er mir geholfen hat«, sagte Junis.

»Vielleicht war es sein Beschützerinstinkt. Ich meine, nimm es mir nicht übel. Aber irgendwie sieht man dir an, dass du dich nicht wehren würdest.«

»Ich kann mich schon auch wehren.«

Sie bogen um eine Ecke. Zu Elles Überraschung war da Junis' Elternhaus zu sehen. Es war das größte in der Gegend – ein richtiger Kasten mit einem Hobbykeller, in den anderer Leute Wohnzimmer zweimal reinpasste. Sein Vater hatte außerdem ein Büro da unten, wo er nach Feierabend meistens saß.

»Ich weiß nicht, Junis. Ich sollte lieber nach Hause gehen.«

»Dann ruf ich ihn an und sag, dass er nicht kommen soll.«

»Ich weiß nicht.«

»Ok. Auf bald, Elle.«

Junis streckte ihr seine Hand hin. Er war einfach gut erzogen. Sie fand, dass er jetzt ein bisschen traurig aussah. Oder war das bloß ein Scheingefecht? Wollte er lieber Dennis treffen?

»Hast du eigentlich einen zweiten Helm?«

»Klar.«

»Vielleicht mache ich doch die Fahrstunde mit dir?«

»Gern. Es ist nur so, dass der Roller nicht anspringt.«

Also doch. Er wollte lieber Dennis sehen.

»Ok, ich geh schon. Aber vor nächster Woche werde ich keine Zeit mehr haben.«

»Nächste Woche ist meine Mam zu Hause. – Bleib halt da, ich ruf ihn an.«

»Tschüs, Junis.«

Tom

Bald darauf starb Opa Peter *infolge eines Schlaganfalls*. Madlen klang wie ein Nachrichtensprecher, als sie das sagte. Sie breitete die Arme aus, aber Elle machte sich steif und schüttelte die Hände ihrer Mutter von den Schultern. Elle fühlte sich wie versteinert. Die innere Starre, die vielfach wiederholte Erinnerung an den letzten Besuch wurde zu ihrer Form der Trauer. Madlen heulte, das fand Elle seltsam. Soweit sie wusste, hatten die beiden nie viel miteinander zu tun gehabt. In der Gruft hatte Madlen ihren Schwiegervater vielleicht einmal im Monat besucht (öfter als Tom, Elles Vater, würde sie betonen). Seniorenzentrum, korrigierte sich Elle. Immer wieder kehrte das blöde Wort in ihren Kopf zurück, genau wie der noch blödere Spruch, den man oft hörte: Seniorenzentrum Vierweg, hier endet auch Ihr Weg.

Sie verbrachte die meiste Zeit in ihrem Zimmer, sie wollte allein sein. Um Madlens Klopfen nicht zu hören, setzte sie Kopfhörer auf. Einmal kam ihre Mutter trotzdem rein. Elle ignorierte sie. Ihr Zimmer war einmal das Wohnzimmer der Familie gewesen. An diese Zeit erinnerte sie sich kaum. Nach Toms Abgang teilte Madlen den Wohnraum neu auf. Sie selbst zog in den ersten Stock, Elle bekam fast das gesamte Erdgeschoss. In ihrem großen Zimmer befand sich ein riesiges Fenster, aus dem sie direkt in den Garten blicken konnte. Die Fensterbank war nicht höher als ein Stuhl. Zu dem Fenster gehörte eine Terrassentür, die so verzogen war, dass sie sich nicht mehr öffnen ließ. Eine Reparatur sollte angeblich tausend Euro kosten. Das war zu teuer, fand Madlen. Sie stöhnte oft, weil sie den Kredit für das Haus seit zehn Jahren allein abbezahlte. Elle störte sich nicht daran. Bei Bedarf stieg sie einfach aus dem niedrigen Fenster.

Neben dem früheren Wohnzimmer befanden sich im Erdgeschoss noch die Küche, ein Duschbad und ein kleines Gästezimmer, das so gut wie nie benutzt wurde. Nur Elles Halbschwester Alice kam manchmal zu Besuch und schlief dort. Elle hatte also ihre eigene Zone, sogar ein Bad für sich. Allerdings musste sie es selbst putzen.

Sie bewohnten die nördliche Hälfte des Doppelhauses. Dadurch kriegte der Nachbar fast die ganze Sonne ab, sie selbst hatten nur ein bisschen. Der Nachbar mähte auch den Rasen und schnitt die Sträucher zurück, sie ließen alles wachsen. Wenn Elle aus dem Fenster schaute, sah sie einen Urwald. Dass es kein tropischer war, vielmehr ein kühler, dunkler und moosiger, machte ihr nichts.

In den Tagen bis zur Beisetzung schaute Betse regelmäßig vorbei, um sie zu trösten. Da Betse gläubig war, behauptete sie zuversichtlich, Opa Peter sei nun bei Gott und treffe dort, in diesem ewigen Leben, auch seine lang verstorbene Frau wieder. Aber wenn sie bei Gott waren, welche Bedeutung hatte das dann? Musste es nicht eher lästig sein, einen nahestehenden Menschen zu treffen, der einen womöglich von Gott ablenkte? Früher hatte Elle die ältere Freundin nach solchen Dingen gefragt. Das tat sie nicht mehr. Aber sie dachte darüber nach, etwas tönte in ihr.

Madlen fiel es schwer Trost zu spenden. Sie glaubte überhaupt nicht an ein Jenseits. Für sie war mit dem letzten Herzschlag alles vorbei, das hatte sie oft genug gesagt. Der Körper werde wieder in seine Atome zerlegt. Die seien einst aus dem Weltall auf die Erde gekommen und würden sich in Pflanzen, Tieren und Menschen ständig neu organisieren. Alles sei in einem ewigen Kreislauf miteinander verbunden. Elle fand den Gedanken eher eklig, die Atome anderer Menschen zu essen, zu trinken oder einzuatmen. Lieber stellte sie sich vor, dass man in einer Art Nebel verschwand, richtig tot und so, aber andererseits eingelagert, in einem unzugänglichen Bereich der großen Cloud gespeichert. Teile von Informationen zirkulierten weiter und beeinflussten die Welt der Lebenden. Dann war da noch die Sache mit dem Leichnam. Die Tatsache der Verwesung war ihr unheimlich, doch jemanden zu verbrennen, wie Opa Peter, empörte sie innerlich – als würde die Zerstörung so erst unumkehrbar.

Zu der Urnenbestattung wollte sie nicht mitgehen. Madlen ließ nicht locker. Sie werde es später bereuen, meinte sie. Aber Elle war nicht das Mädchen, das sich zu irgendetwas überreden ließ! Tom nahm Partei für sie. Was konnte es bringen dabei zuzusehen, wie eine Aschekapsel im Boden verschwand? Alice solle auch nicht auf den Friedhof gehen, sie sei schließlich erst neun.

Am Morgen der Beisetzung brach Madlen sich den Fuß, absurderweise weil jemand auf sie stürzte. Sie fiel so unglücklich, dass ihre Beine nach innen verdreht wurden. Die andere Frau stand einfach auf und ging weiter. Madlen wurde operiert und musste erst mal in der Klinik bleiben. Sie hatte keinen Einfluss mehr auf Elles Entscheidung.

Die beiden Schwestern verbrachten also den Tag zusammen. Alice freute sich, in *ihrem* Zimmer zu sein, wo Elles altes Spielzeug auf sie wartete. Sie hatte vergangene Nacht schon da geschlafen, Tom dagegen hatte sich ein Zimmer genommen oder vielleicht im Auto übernachtet.

Elle mochte Alice. Sie war ein lebhaftes Mädchen, dem das Herz auf der Zunge lag und manchmal der Schalk im Nacken saß. Alice wollte *Monopoly* spielen, Elle überredete sie zu *Mensch ärgere dich nicht!*. Das Spielen langweilte sie schnell und sie war dementsprechend froh, als Alice Hunger bekam und sie ein paar Pfannkuchen backen konnten. Alice aß alle auf. Sie selbst hatte kaum Appetit.

»Ziehst du jetzt zu uns?«, fragte sie mit ihrem von dunkler Marmelade verschmierten Mund. »Ich mag dich so!«

»Ich mag dich auch«, sagte Elle.

»Ich will Opas Haus erben«, erklärte Alice.

Nach dem Essen sorgte Elle dafür, dass ihre kleine Schwester sich Mund und Hände wusch. Da sie Madlens Passwort kannte, setzte sie Alice vors Notebook und half ihr online die richtigen Filme zu finden. Sie selbst verzog sich mit dem Phone in ihr Zimmer. Im Haus war es nun still und sie musste immerzu an ihren Großvater denken. Sie fragte sich, ob er in dem Seniorenzentrum einmal glücklich gewesen war, und kam zu keinem guten Ergebnis. Madlen hatte ihr einiges über diese Demenz erzählt, die nicht Alzheimer hieß, aber genauso gemein war. Die Leute hätten ab einem gewissen Punkt gar kein Bewusstsein mehr von ihrem Zustand.

»Letztendlich sind das die Glücklicheren«, behauptete sie.

»Woher willst du das wissen? Kannst du etwa in die Köpfe anderer Leute kucken?«

»Das nicht«, gab Madlen damals zu.

Elle dachte an Opa Peters beständiges Wandern über den

Stationsflur und seinen Wunsch, nach Hause zu kommen. Sie erinnerte sich, wie er seine nassen Hosen auf der Heizung trocknete. Das Pflegeteam hatte sich bei Betse sogar mal beschwert, dass er sich dauernd die Einlagen aus der Hose zerre. Aber warum tat er das? Etwa weil ihm die Vernunft fehlte? Er wollte doch nur nicht wie ein Baby behandelt werden. Ganz bestimmt hatte er mehr mitbekommen, als alle glaubten. Nun war sie froh über ihren letzten Besuch.

Sie rief im Krankenhaus an, Madlen war noch nicht wieder wach.

Nachmittags klingelte Tom. Bis jetzt hatte Elle ihn nur kurz gesehen, als er Alice vorbeigebracht und sich bei der Gelegenheit gleich wieder mit Madlen gestritten hatte. Er trug die gleichen Sachen wie am Vortag, sie waren ohnehin schwarz. Wie Alice wirkte er nicht traurig.

»Hi, Große«, sagte er. »Magst du einen *hug*?«

Alice quetschte sich an ihr vorbei und warf sich in seine offenen Arme. Tom ging in die Küche. Als wäre er hier zu Hause, setzte er Kaffee auf.

»Wisst ihr was? Wir gehen nachher Pizza essen. Ich meine: nicht als so eine Art Leichenschmaus. Einfach weil ich Bock habe euch einzuladen.«

Bei dem Wort Leichenschmaus spürte Elle einen Stich.

Während der Kaffee durchlief, fragte Tom sie nur Belangloses, ob es ihr gut gehe, was die Schule mache und so. Sie wusste nicht, was sie ihm erzählen sollte, also sagte sie gut, ja und m-hm. Das schien ihn zu nerven und er wandte sich Alice zu, er fragte sie nach den Hausaufgaben. Als er hörte, dass sie nichts gemacht hatte, schimpfte er mit Elle. Sie verteidigte sich nicht, sie wollte einfach nicht diskutieren.

Er schenkte sich Kaffee ein, zog seinen Tabak aus der

Hosentasche und drehte sich eine Zigarette. Tom war älter als Madlen – eindeutig ein Achtzigerjahre-Typ. Das bewies nicht nur der Tabak, sondern auch sein Haar, die ewig ungekämmten, schon ganz grauen Locken. Der Dreitagebart, die schwarzen Kleider und die Arbeitsschuhe, die er immer trug, gehörten ebenso dazu wie das Biertrinken. Früher hatte er Schlagzeug gespielt, nie wirklich im Takt, wie er regelmäßig betonte. Er hatte damals mit ein paar Freunden eine Band, *Volles Rohr*. Ein Metal-Label produzierte eine Platte mit ihnen, dabei waren sie eindeutig Post-Punk. Statt des erwarteten Durchbruchs wurde es für *Volles Rohr* die Endstation, kein zweites Album, und der Name gehörte von da an dem Label. Sie hätten sich nicht verstecken müssen, sagte Tom immer wieder. »Wir hatten unseren Spaß«, fügte er meist noch hinzu, als wäre das eine Rechtfertigung. Bis heute kaufte er Musik ausschließlich auf Vinyl. Das fand Elle schon wieder gut. Er nahm den Kaffee mit nach draußen. Alice wollte an den Fernseher, weil irgendwas auf Kika lief. Dasselbe hatte sie wahrscheinlich eben erst online geschaut.

»Ich finde es sehr cool, dass du dich so um deine kleine Schwester kümmerst«, meinte Tom, als er mit diesem scharfen Atem zurück war. »Sogar gekocht hast du für sie!«

»M-m.«

»Hör mal, ich – ach, kack drauf – ich brauch jetzt ein Bier. Stört es dich?«

»M-m.«

»Habt ihr eins da?«

»Ja.«

»Kühlschrank?«

»H-hm.«

»Ich nehm mal eins. Madlen wird's überleben, was meinst du? Hast du eigentlich was von ihr gehört?«

»Eben hat sie noch geschlafen.«

»Das ist ja mal ein Wunder. Die alte Nachteule steht sonst um diese Zeit erst auf.«

»Sie liegt noch in der Narkose!«

»Sollte ein Scherz sein. *Easy*, Elle.«

Er trank aus der Flasche und sah dabei auf die Uhr an seinem Handgelenk. Sie besaß rot leuchtende Ziffern. Elle gefiel sie, weil sie noch aus dem letzten Jahrtausend stammte.

»Also, wo Alice gerade nicht dabei ist … ich wollte mit dir reden.«

»Ich muss gleich zum Sport.«

»Karate? Ok.«

Zu Karate war sie mit neun gegangen.

»Ich mache Leichtathletik.«

»Oh, immer noch? Ich dachte, du gehst jetzt zu Karate. Ja, jedenfalls kannst du das auch bei uns machen.«

»Bei euch?«

»Es ist so, Ellen: Wir ziehen in das Haus von meinem Vater. Also, ich erbe es. Mela schenkt mir ihren Anteil, weil sie eh in der Türkei lebt. Das finde ich voll cool von ihr. Ursel ist auch einverstanden. Die Hütte war eine Weile unbewohnt und bestimmt gibt es das ein oder andere zu richten. Dafür sparen wir die Miete. Es ist ein viel größeres Haus als das hier. Vielleicht erinnerst du dich. Und, ja, hm, ich wünsch mir, dass du mit einziehst. Mit Nina hab ich schon gesprochen. Wir freuen uns auf dich!«

Elle sah ihn nicht an.

»Kommt ziemlich überraschend, ich weiß. Ich bin jetzt ein scheiß Hausbesitzer. Hat mich selbst überrascht.«

Er trank die Flasche leer und suchte im Kühlschrank nach einer zweiten. Ja, es kam überraschend. Tom kümmerte sich nicht viel um sie, fand Elle. Er überwies unregelmäßig Geld an Madlen und rief nur an, wenn es ihm passte. An ihren Geburtstag dachte er fast nie.

»Warum?«, fragte sie.

»Naja, du bist jetzt fünfzehn –«

»Bald sechzehn«, sagte sie schnell.

»– bald sechzehn, und Madlen kann nicht länger einfach über dich bestimmen. Ich mein: du hast was mitzureden. Du hättest mehr von Alice. Wir hätten mehr von dir. Mit Nina würdest du sicher auch klarkommen.«

»Ich dachte, du bist eh nicht viel zu Hause?«

»Doch, doch, das bin ich. Ab und zu muss ich ein bisschen reisen wegen der Kohle. Aber sonst bin ich meistens da. Frag Alice.«

»Sie sagt, du bist immer weg.«

»Das sagt sie bestimmt nicht.«

»Du willst nur, dass ich auf sie aufpasse!«

»Wie kommst du drauf, nein. Ich will dich noch ein bisschen aufwachsen sehen.«

»Weiß Mam davon?«

»Ich dachte, ich frag erst mal dich. Es gibt bei uns auch eine coole Realschule, die kriegt dauernd irgendwelche Preise. Und die Stadt ist eh viel lässiger als Vierweg.«

Und sie ist weit weg, dachte Elle.

»Und sie ist nicht weit weg«, schob er hinterher. »Du könntest deine alten Freunde behalten.«

Er drehte sich noch eine. Beim Anlecken des Papierchens schielte er zu ihr rüber. Zweimal stieß er das eine Ende der Kippe auf den Tisch.

»Hast du einen Freund hier? Einen richtigen?«

Sie schüttelte kaum merklich den Kopf. Was ging ihn das an.

»Versprichst du mir, dass du drüber nachdenkst?«

Elle zuckte die Achseln. Als sie sah, dass er wieder zum Rauchen rauswollte, sagte sie schnell: »Papa!«

»Sag bitte Tom zu mir.«

»Kurz bevor Opa gestorben ist, habe ich ihn noch besucht. Da hat er was zu mir gesagt, das ich nicht verstanden habe.«

»Er hat zuletzt ziemlich viel Kraut geredet.«

Elle schilderte Tom die Situation. Dass sie versehentlich Kaffee über seine Hose gekippt und ihn umgezogen hatte. »Wie er da so in der Unterhose stand, hat er auf einmal *Polacke* gesagt. Weißt du, was er damit meinte?«

»Das ist eine abwertende Bezeichnung für einen Menschen aus Polen.«

»Ich meine: warum er das gesagt hat.«

Tom steckte sich die Zigarette in den Mund, für einen Moment sah es so aus, als wollte er in der Küche rauchen.

»Ich nehme an, er hat sich geschämt. So mit runtergelassenen Hosen dazustehen. Diese Generation ist noch ganz anders aufgewachsen, weißt du. Und er ... man hat ihn früher so genannt, als er noch ein Junge war. Du weißt ja, dass sie Vertriebene waren. Und wo er aufgewachsen ist, haben sie ihn deshalb gehänselt. *Polacke, Polacke* – weil er ja aus Schlesien kam. Ziemlich übel, was?«

»Er hat sich selbst gemeint? Armer Opa Peter!«

Elle kamen die Tränen. Vor *ihr* hatte er sich geschämt. Sie hatte ihn gedemütigt. Nun konnte sie ihn nicht mal mehr um Verzeihung bitten.

Tom zauberte ein Taschentuch hervor und reichte es ihr.

»Das möchte man nicht«, sagte er, »durchmachen, was mein Vater durchgemacht hat. Schöne Scheiße.« Die ganze Zeit hatte es gewirkt, als würde er gar nicht trauern. Doch jetzt klang seine Stimme brüchig. Tom klopfte seine Taschen nach dem Feuerzeug ab. »Ich muss noch eine rauchen. Kommst du mit? Ich dreh dir eine, wenn du willst.«

Als Elle vom Sport zurückkam, ging es ihr deutlich besser. Sie hatte das Gefühl unerschöpfliche Kräfte zu besitzen. Ein Achttausender wäre für sie in dem Moment eine Kleinigkeit gewesen. Ihr Kopf war frei und klar. Als sie vor der Haustür stand, suchte sie vergeblich den Schlüssel. Sie klingelte ohne Hoffnung, dass jemand öffnen würde. Toms Auto stand nicht mehr da. Aber es war kein Problem, denn ein Ersatzschlüssel lag im Briefkasten und der Briefkastenschlüssel unter einem LED-Pflasterstein in einem großen Terrakottakübel vor dem Haus. Jedes Mal wenn Elle den Stein sah, wollte sie ihn in ein Fenster werfen.

Tom hatte nicht mal die leeren Flaschen weggeräumt oder die Kaffeetasse abgewaschen. Wollte er nicht mit Alice und ihr Pizza essen gehen? Jetzt stand sie da mit ihrem Hunger, der groß blieb, auch wenn sie innerlich dagegen kämpfte. Sie hoffte, dass er ihr wenigstens Geld dagelassen hatte. Stattdessen lag da eine Platte von Siouxsie and the Banshees. Das Cover zeigte die Skulptur eines afrikanisch aussehenden Kopfes, dahinter lauter an Balken hängende Noten, die in alle möglichen Richtungen liefen. Die Hülle hatte ein paar derbe Knicke, sicher war sie vom Flohmarkt. Als Elle die Scheibe rausgleiten ließ, fiel ein gefalteter Zettel auf den Küchentisch. Tom schrieb, er habe das Album doppelt – nie bemerkt bisher, und er sei sich sicher, es gefiele ihr. Auch hier: kein Geld, keine Erklärung. Trotzdem freute sie sich und wollte die Platte gleich hören.

Vorher jedoch musste sie das Essensproblem lösen. Im Gefrierschrank lag eine Packung Wassereis mit Fruchtgeschmack und einer dicken Reifschicht obenauf. Außerdem fand sie ein paar eklige Hühnerschenkel in einer plastiküberzogenen Styro-Schale. Der Kühlschrank war leer, die Pfannkuchen waren aufgegessen und die letzten Eier damit verbraucht; es gab nicht mal Brot. Keine Kekse, keine Schokolade, auch nicht in Madlens Küchenversteck. Da stand die Büchse mit Bargeld für den Notfall – leer. Ihr fiel ein, dass sie zum Geldautomaten gehen könnte, nur war ihr Konto ebenfalls leer. Madlen hatte davon gesprochen, einen großen Einkauf zu tätigen – »gleich nach der Beerdigung«. Dazu war es nun nicht gekommen. Und Tom hatte sich wieder um nichts gekümmert! Sie war wütend auf ihn. Das dauerte nicht lang.

Schließlich brach sich die Traurigkeit Bahn. Da niemand es sehen konnte, gestattete sie sich in ihrer Verlassenheit zu heulen. Schon häufiger war sie allein gewesen, aber immer hatte es Vorräte gegeben, auch mal lästige Aufgaben, Betse hatte nach ihr gesehen. Heute erreichte sie niemanden, nicht mal Junis schaute auf sein Phone. Spätestens nach drei Tagen verschwand der Hunger, wenn man nichts aß. Und einen, nein, einen halben Tag hatte sie bereits durchgehalten. Sie ging in ihr Zimmer und legte die Platte auf – die B-Seite zuerst, damit das Beste zum Schluss kam. Opa Peter war nun Asche, blieben da überhaupt Moleküle übrig? Sie fing an darüber zu texten. Sie hatte bei dem Dienst zwei Accounts, war Senderin und Empfängerin in einem und meistens froh, dass ihre Messages bis zum folgenden Tag auf Nimmerwiedersehen verschwanden. Endlich möpte ihr Phone. Die Nummer kam ihr bekannt vor, nur woher? Sie kam nicht drauf.

»Hier ist Madlen.«

Das Krankenhaus.

»Oh, du bist wach!«

Ihre Mutter hörte sich an wie noch nicht richtig da. Elle fragte sie, ob alles glattgegangen sei.

»Ich lauf schon wieder rum. Auf einem Bein, ha.«

Sie mochte solche Witze. Ausführlich schilderte sie, wie der Bruch operiert worden war. Sie werde voraussichtlich zur Reha geschickt.

»Ich schätze, du wirst eine Weile ohne mich klarkommen müssen.«

»Kein Problem«, sagte Elle, »aber Mam, es ist nichts zu essen im Haus.«

»Nichts im Gefrierschrank? Nicht mal eine Schachtel Kekse?«

»Nein, sicher nicht.«

Nachdem sie so noch mal alle Plätze durchgegangen waren, an denen Elle sowieso schon gesucht hatte, nannte Madlen ihr seufzend ein Versteck in ihrem Kleiderschrank, wo eigentlich noch Geld liegen sollte. Elle kannte den Platz, sie hatte nicht daran gedacht. Nun wollte sie schnell mit dem Telefonieren fertig werden, aber ihre Mutter hielt sie erneut auf.

»Wie war die Beerdigung?«

»Urnenbestattung. Ich war nicht da. Hab auf Alice aufgepasst.«

»Er hat dich nicht mitgehen lassen?«

»Schon ok. Ich *wollte* zu Hause bleiben, das weißt du doch.«

»Aber es ist doch total wichtig Abschied zu nehmen. Das ist wie ein Abschluss, so ein Begräbnis.«

»Es war doch nur Asche.«

»Trotzdem. Ich wäre unbedingt hingegangen, wenn ich gekonnt hätte. Was für Musik läuft eigentlich bei dir? Hört sich an, als wäre er noch da.«

»Ist er nicht. Aber Mam!«

»Hm?«

»Warum ist Opa Peter in Vierweg beigesetzt worden?«

»Zuletzt hatte er seinen Wohnsitz hier.« Sie seufzte. »Da kommt die Schwester. Ich erzähl dir ein andermal davon, ok? Dein Vater konnte sich schon immer hervorragend alles vom Hals schaffen.«

Elle überlegte. Sollte sie ihrer Mutter erzählen, was er ihr vorgeschlagen hatte?

»Ruf mich nachher noch mal an, Schatz. Die machen irgendwas an der Wunddrainage.«

Elle wurde flau.

»Bis bald, Mam.«

»Bis bald, Schatz. Und hey: lass bloß nie jemand auf dich drauffallen.«

Elle drückte das Gespräch weg, sie wankte die Treppe hinauf, fand das Geld, schnappte sich die schöne warme Jacke aus Madlens Schrank und rannte los. Es war Viertel vor acht, sie konnte es gerade noch zu *Uwe's* schaffen. In ihrem Essen würde kein Atom von Opa Peter sein.

Amphibien

Die Wedekind-Realschule sah von oben nicht weniger trist aus als von vorn. Der Komplex bestand aus drei Gebäudeteilen, drei Vierecke mit Kieselschüttung und jeweils ein paar Aufbauten auf dem Dach, die mit stumpfem Blech verkleidet waren. Das ließ sie älter aussehen, als sie waren. Zu dem vorderen Bau führte eine achtstufige Treppe, die sich beinah über die gesamte Front erstreckte. Linkerhand lag die künstlich geschaffene Abfahrt zum Keller. Dahinter schloss sich ein Beet mit Ziersträuchern und Bodendeckern an. Die hintere Ecke bildete ein angebauter Treppenturm. Der Verbindungsgang zum zweiten Gebäude, in dem die Unica-Zürn-Hauptschule untergebracht war, wurde am oberen Rand ebenfalls von Blech bestimmt. Es war braun eloxiert, an der Wetterseite jedoch dicht mit hellgrünen Algen bewachsen.

Die Kamera bewegte sich sehr langsam über den Komplex. Als ginge es darum etwas zu suchen, zoomte sie manchmal nahe hin, bis nur noch Teile eines Gebäudes sichtbar waren, dann wieder weiter weg. Manchmal blieb sie über einer Stelle stehen, als würde sie auf etwas oder jemanden warten. Es war jedoch niemand zu sehen. Schließlich schwenkte sie, glitt genau zwischen dem Schulhof und dem Sportplatz hin zur Turnhalle und, in einem zweiten Schwenk, über die Wiese, die eher eine Brache war. Der Weiher, der im hinteren Teil des Schulgeländes lag und seit vierzig Jahren zugeschüttet werden sollte, kam nicht ins Bild. Auf dem Rückweg erfasste sie den Lehrerparkplatz. Dort stand ein einzelnes Auto. Bewegungslos lauerte die Kamera lange Zeit darüber wie ein Vogel, bereit hinabzustoßen, sobald die Beute sich regte.

Junis hatte Elle das Video kürzlich gezeigt. Es war noch vor dem ersten Schnee entstanden. Sie hatte ihn gefragt, warum er ausgerechnet die Schule filmte. Er hatte die Achseln gezuckt und dabei eher gewirkt, als wollte oder müsste er das allzu Offensichtliche nicht noch mit Worten bekräftigen. Die beiden trafen sich in den Wochen nach der Bestattung wieder häufiger. Mit niemandem sonst konnte Elle sich so fallen lassen. Junis war es egal, wenn sie keine Lust hatte zu reden, vielleicht war ihm das sogar lieber.

Allmählich löste sich ihre innere Starre und sie fing an, Pläne für ihren sechzehnten Geburtstag zu machen. An ihren Großvater dachte sie viel. Manchmal glaubte sie, er wollte ihr etwas sagen, dann wieder fühlte es sich an, als ginge er endgültig weg. Sie nahm wieder Fahrunterricht. Alle paar Tage telefonierte sie mit Madlen, der die Reha guttat, auch wenn sie betonte, sie mache sich Sorgen um *ihr Mädchen*. Von den Plänen für die Party erzählte Elle nichts.

In der großen Pause verabredeten sie, die Fünfte ausfallen zu lassen und sich beim Weiher zu treffen. Die Schulfenster blendeten Elle mit ihrem rotgoldenen Licht. Sie waren innen mit einer Folie verkleidet, die verhindern sollte, dass es in den Klassenzimmern zu heiß wurde. Diese Folie löste sich allmählich ab, es gab blinde Stellen. Im Schein der tief stehenden Vormittagssonne blitzten sie gleißend auf.

Elle sah Junis am Ufer hocken und das alte Laub auseinanderschieben. Sie machte einen Schritt auf ihn zu. Die Hände ließ sie in den Jackentaschen. Ihre Finger spielten mit allerhand Zeug: alte, zum Teil noch gefaltete Taschentücher, Bonbonpapiere, zwei oder drei Münzen, ein abgekauter Lollistiel. Sie sah voraus, dass sie in ihren Chucks wieder nasse Füße bekommen würde. Der Boden war matschig und, da die tiefere Schicht gefroren blieb, äußerst rutschig. An vielen Stellen lag noch der grau gewordene Winterschnee. Die nächste Kältewelle sollte bald da sein.

»Elle! Sieh mal, was ich gefunden habe! Komm mal!«

Sie kauerte sich neben Junis, ihre Oberarme berührten sich. Zuerst sah sie nur braune Blätter. Allmählich löste sich daraus ein Umriss.

»Ist das ein Frosch?«, fragte Elle.

» Ist es nicht eher eine Kröte?«

»Stups es mal an. Wenn es hüpft, ist es ein Frosch. – Mach doch mal!«

»Spinnst du? Kröten sind giftig.«

»*Du* spinnst! Kröten sind doch nicht giftig. In Australien vielleicht.«

Sie hockten da und diskutierten, ein paar Mal rempelten sie einander ungewollt an und kamen ins Schwanken. Elle gab acht, dass sich ihr Gewicht nicht in Richtung des Wassers verlagerte, selbst wenn das Ufer noch ein Stück entfernt war. Den Weiher fand sie unheimlich. Es handelte sich eher um ein Wasserloch, eine Lehmgrube, die sich gefüllt hatte, vielleicht ein alter Brandteich aus der Muna-Zeit, ausgehoben von Zwangsarbeiterhänden. An einer Seite wuchs Schilf, die samtigen Kolben standen zwischen den braunen Halmen wie fein gekleidete Leute zwischen Pennern. Im hinteren Teil ging es angeblich tief hinab. Das Wasser war trüb. Fische gab es nicht.

Am Ufer lagen in den Boden getretene Kippen zwischen

verbeulten Bier- und Energy-Drink-Dosen. Ab und zu kam der Hausmeister und räumte auf, dann hieß es in den Elternbriefen wieder, das Gelände werde eingezäunt, bis der Weiher verfüllt wäre. Doch es geschah nie etwas.

»Dann stups ich es eben«, sagte Elle.

Sie stieß das Tier mit dem Finger an. Es hüpfte nicht. Also handelte es sich wohl um eine Kröte. Junis wusste es bestimmt und stellte sich nur ahnungslos. Er kannte sich mit allem Möglichen aus.

»Seltsam«, meinte er. »Es ist noch viel zu kalt für Amphibien.«

»Vielleicht hatte jemand die Schnauze voll von seinem Weihnachtsgeschenk.«

»Und deshalb hat er sein Terrarium hier ausgeleert? Das könnte sein.«

»Dann gibt's im Sommer ein Froschkonzert.«

»Soll ich die Schuppen heute mal in Augenschein nehmen? Ich geh nicht mehr zurück in die Schule.«

»Ich weiß nicht«, sagte Elle. »Der Niemüller ist so streng.«

»Das ist mir egal. Meine Mutter bleibt diese Woche einen Tag länger in der Stadt.«

Er meinte die Landeshauptstadt, neunzig Kilometer entfernt. Da arbeitete sie in Teilzeit an einer Uni. Sie blieb drei Tage die Woche dort, manchmal auch vier.

»Lass uns lieber mal mit dem Scooter üben. Freitag könnte ich.«

»Oder wir gehen ins Kino.«

»Gibt's was Gutes?«

Junis wusste es nicht.

Elle erhob sich, die Kröte auf dem Handteller. Das Tier wollte weg. Sie hielt es fest.

»Kuck dir mal diese Beine an.«

Sie hatte ein Füßchen zwischen zwei Fingern eingeklemmt. Das Krötenbein streckte und streckte sich.

»Ich find das eklig, Elle. Tu sie weg!«

Junis war längst auch auf den Beinen. Zeitgleich erhielten sie einen kräftigen Stoß in den Rücken.

»Zigarette?«

»Dennis! Lass den Mist«, rief Junis.

»Mir kannst du eine geben«, sagte Elle. »Aber hör auf zu schubsen!«

»Bekomm ich nen Kuss dafür? Mit Zunge.«

»Feuer kannst du haben.«

Zufällig steckte ein Feuerzeug in ihrer Hosentasche. Dennis rauchte Marlboro. Es war ihm gleichgültig, was andere dazu sagten. Er war einen Kopf kleiner als Junis, dünn, mit kurzen dunkelblonden Haaren, gerade wie Drahtstifte, und einem kantigen Gesicht. Heute trug er eine Camouflage-Hose und einen brombeerfarbenen Hoodie. Eine Winterjacke schien er nicht zu brauchen. Von seinen Leuten ließ Dennis sich gern Hell nennen, wie Hölle auf Englisch. Angeblich war es in seiner Familie Tradition, allen männlichen Mitgliedern auch den Vornamen Helmar zu geben. Doch wer ihn so rief, riskierte einen Faustschlag. Einem Jungen aus der Zehnten, deutlich größer und älter, hatte Hell bereits die Lippe blutig gehauen. Auf diese Art verschaffte er sich an ihrer Schule Respekt oder was man so nannte. Wäre sie an der Stelle des Jungen gewesen, hätte Elle ihn angezeigt, und Dennis wäre gleich wieder geflogen.

Wie immer zog er so stark an der Zigarette, dass die Glut hell aufleuchtete. Elle hielt die Kröte nicht länger fest, sie ließ sich von ihrer Hand plumpsen. Dennis schaute sich intensiv um.

»Was war'n das?«

»Eine Kröte.«

Er suchte den Boden ab. Als er nichts fand, hockte er sich hin. Elle achtete darauf, nicht zwischen ihn und den Weiher zu geraten. Die Marlboro schmeckte ihr nicht. Junis hob ein dürres Reis auf und brach es *knack knack knack* in Stücke.

»Du willst mich verarschen, oder?«, rief Dennis. »Das is doch keine Kröte. Das is'n … Salamander. Zwei sogar.«

»Junis!«

Junis starrte in die Luft.

»Was sind das jetzt für Tiere?«, fragte Elle. »Du kennst dich doch aus.«

Die Tiere, die Dennis entdeckt hatte, waren nicht viel länger als ein Finger und glänzten schwarz. Elle liebte sie sofort. Die Beinchen wuchsen sich in tapsige Füße mit je drei Zehen aus. Vorn waren die Tiere rund und glatt, mit vorspringenden schwarzen Augen. Es sah sehr niedlich aus. Den Rücken hinab bis zum Schwanz zog sich eine Reihe nicht minder schwarzer, glänzender Ringe.

»Die sind ja süß.«

»Die bumsen«, sagte Dennis. »Aber so langsam!«

»Was tun sie?«

»Ficken«, erklärte Junis, der immer noch etwas am Himmel fand. »Er glaubt, sie hätten Geschlechtsverkehr.«

Dennis grinste, er bekam nicht genug von dem vermeintlichen Zeitlupen-Sex. Das eine Tier hockte halb auf dem anderen. Sie hatten ihre Beine ineinander verhakt. Es sah eher aus, als wollten sie sich gegenseitig aus dem Weg räumen.

»Das sind ja Alpensalamander! Lass mal sehn.« Endlich neugierig geworden, beugte Junis sich ein Stück vor. »Es besteht kein Zweifel.«

»Was is an denen jetzt besonders?«, nuschelte Dennis.

»Für so einen bekommst du in der Zoohandlung hundert Euro.«

Dennis streckte sofort die Hand aus. Bevor Elle etwas tun konnte, hatte er bereits einen Salamander gepackt und hochgehoben. Die Zigarette steckte zwischen seinen Lippen. Das zweite Tier ging ein Stück weit mit in die Luft, als hinge es unten an einem Helikopter. Dann platschte es auf den Boden. Dennis zeigte keine Reaktion, der Salamander auch nicht.

»Ich hab dich auf den Arm genommen«, meinte Junis. »Wenn du die in die Zoohandlung bringst, kriegst du höchstens Ärger. Sie sind nämlich geschützt. Und eigentlich leben sie hier gar nicht. Jemand muss sie ausgesetzt haben.«

Dennis sah ihn böse an. Immer noch hielt er das Tier zwischen den Fingern. Der Schulgong tönte herüber. Elle trat das letzte Drittel ihrer Zigarette in den Matsch. Ihr blieben zwei Minuten für den Rückweg. Niemüller akzeptierte keine Entschuldigungen, und sie hasste seine *Maßnahmen*.

»Ich geh«, sagte sie.

»Is schon Sechste? Dann muss ich auch«, sagte Dennis.

Er packte die runtergerauchte Kippe ganz hinten am Filter und drückte sie auf dem Salamander aus. Der regte sich nicht, es kam auch kein Laut von ihm. Auf einmal begann er zu zucken.

»Spinnst du! Hör sofort auf«, schrie Elle.

Dennis lachte dreckig. Er warf das kleine Tier weit hinaus in den Weiher.

»Hey, ich hab den Ofen organisiert.«

»Wow.«

Er rannte los, nur nicht in Richtung Schule.

»Ich frag mich, was du an dem findest«, sagte Elle, schon im Umdrehen. Als sie merkte, dass Junis stehen blieb, bremste sie noch einmal ab. »Ich mag ihn nicht.«

Er hob die Schultern.

»Dennis besorgt einen Ofen für deine Party.«

»Stimmt. Und jetzt muss ich rennen.«

Sie spurtete zur Schule zurück. Unterwegs schwor sie sich, den zweiten Salamander nachher zu retten. Doch dann vergaß sie es wieder. Niemüller kriegte sie wegen Rauchens dran. Elle bereute, noch mal zum Unterricht gegangen zu sein.

Nachmittags war Sport, eigentlich eines ihrer Lieblingsfächer. Dass sie in Englisch am nächsten Tag vorsitzen sollte, verdarb ihr jedoch die Lust und sie zog sich gar nicht erst um. In Elles Schultasche steckten immer ein paar Blanko-Entschuldigungen, unterschrieben von ihrer Mutter. Auch Sophie wechselte bloß die Schuhe. Als Elle sie fragte, ob sie krank sei, blies sie sich eine blonde Strähne aus dem Gesicht. Elle glaubte, Sophie wäre sauer. Seit sie mit Holger ins Miami gefahren waren, hatten sie kein Wort mehr gewechselt. Elle fielen einmal mehr Sophies X-Beine auf. Man sah es kaum, eigentlich nur wenn sie so lustlos wie jetzt ging. In der Grundschule hatte Elle diesen Gang heimlich nachgemacht. Sie hatte dabei ordentlich übertrieben.

Denner hatte keinen guten Tag. Es gab vier Schülerinnen mit der gleichen Entschuldigung. Das war für ihn beinah eine persönliche Beleidigung. Elle schenkte ihm ein Unschuldslächeln. Das mochte er normalerweise. Heute war ihm nicht anzusehen, ob es wirkte. Sie hockte sich neben die anderen Mädchen auf die niedrige Turnbank. Sie saßen so schräg wie möglich, die Rücken an der Wand, die Becken vorgeschoben, ihre Knie ragten in einer Reihe in die Luft. Alle vier lutschten an ihren Stiften. Sie mussten Protokoll führen.

Die Turnhalle wurde von einem beweglichen Vorhang in zwei Felder unterteilt. Nebenan war das Johlen der Fünftklässler zu hören. Nächstes Schuljahr würden sie nicht mehr toben. Elles Klasse spielte Volleyball. Denner blies in die Trillerpfeife. Niemand wusste, wie er das machte, aber es klang ironisch. Wahrscheinlich war er der einzige Mensch auf der Welt, der das konnte.

Sophie trug einen Pulli von Desigual, auf den Elle fast ein bisschen neidisch war. Den Halsbund bearbeitete sie mit den Lippen. Schon im Kindergarten hatte sie an ihren Shirts gekaut. Als sie merkte, dass Elle sie ansah, hörte sie nicht etwa auf damit. Sie drehte auch nicht den Kopf, sie bewegte bloß die Augen in ihre Richtung. Elle hielt das Schweigen nicht lange aus.

»Schöner Pullover.«

»Danke. Hab ich bei Desigual gekauft.«

»Trotzdem schön.«

»Wieso denn trotzdem? Die haben doch lauter tolle Sachen.«

»Ja, haben sie.«

Sie sahen eine Zeit lang dem Spiel zu. Das Team auf ihrer Seite fand Elle richtig schlecht. Diese Mädchen konnten nicht schmettern. Sie konnten nicht blocken. Wenn sie hochhüpften, sah es aus, als wären ihre Füße am Boden festgeklebt. Sie kamen mit den Fingerspitzen nicht mal bis zur Netzkante.

Hast du noch was von Holger gehört? Das fragte Elle *nicht*, obwohl sie es gern wissen wollte. Sophie ins Miami mitzunehmen war Elles Idee gewesen. Sie schien ihr die beste Wahl. Holger holte sie in einem dunkelblauen Golf ab, dem Auto seiner Eltern. Elle setzte sich nach hinten, Holger sagte nichts. Er wirkte viel weniger sicher als auf der Station.

Sie holten Sophie ab. Mit ihrem perfekten Make-up und den professionellen Nagel-Verlängerungen sah sie aus, als wäre sie neunzehn. Sophie setzte sich nach vorn, wendete aber während der gesamten Fahrt den Kopf andauernd zu Elle um. Sie machten einander falsche Komplimente. Elle schaute keine Netz-Videos, um sich zu schminken. Sie glaubte, dass ihr Styling deshalb amateurhaft wirkte.

Die Musik im Miami war schlecht, ein paar Leute tanzten eher mechanisch. Holger spendierte einen Drink. Keiner von ihnen trank mehr als das. Sie hatten nicht viele gemeinsame Themen. Wenn Elle daran dachte, wo Holger arbeitete, fiel ihr außerdem ihr Großvater wieder ein und sie verlor die Lust an einer Unterhaltung. Dazu kam, dass schon ihre Mutter ins Miami gegangen war, schlimmer: Sie ging noch immer hin. Aber da waren Holgers kalt leuchtende Augen. Seine dichten Wimpern wirkten, als hätte er sie getuscht, und seine Haare spiegelten das bunte Licht in dunklen Schattierungen. Elle mochte auch seine Stimme.

Am Schluss brachte er sie nach Hause, begleitete erst Sophie und später Elle zur Tür. Er blieb zurückhaltend. Das gefiel ihr, führte aber in eine Sackgasse. Seither waren keine neuen Nachrichten von ihm gekommen. Sie selbst wollte ihm auch nicht schreiben. Vielleicht textete er mit Sophie? Trotz allem spürte sie ein Kribbeln, wenn sie an ihn dachte.

»Was Denner wieder für ein Shirt anhat«, wisperte Sophie. »Zwei Nummern zu klein.«

»Mindestens. Und dann diese Schrägstreifen.«

»Die bringen sein breites Kreuz zur Geltung.«

»Ich wette, am liebsten würde er bauchfrei rumlaufen.«

»Wieso bauchfrei?«

»Damit man sein Sixpack sieht.«

Punkt für Sophie. Elle hätte draufkommen müssen.

Meinst du, er hat eins, wollte Elle gerade fragen. Da drehte Denner sich um, die Pfeife in der Hand, und sah zur Bank herüber. Er schaute Elle und Sophie direkt an.

»Übrigens werde ich eure Protokolle benoten. Ich hoffe, das ist euch klar.«

Eine halbe Minute später spürte Elle Sophies Zeigefinger sanft in ihrer Seite. Sie schielte hinüber, Sophie hielt ihren Block schräg. Es standen nur fünf Wörter auf dem Blatt: *Lehrer Denner ist ein Penner.*

Elle blätterte auf eine freie Seite: *Er gibt Mathe wie ne Ratte.*

Der Reim war hundert Jahre alt. Sophie schrieb weiter:

Gibt er Sport

Elle schloss:

Ist es Mord.

In dem Moment war es zwischen ihnen fast wie früher. Das warme Gefühl blieb nicht nur, es wurde stärker.

»Kommst du zu meinem Sechzehnten?«, flüsterte Elle spontan.

»Nett dass du mich einlädst! Wann feierst du?«

Sie nannte Sophie den Tag.

»Da hab ich bis sechs Uhr Hockey-Training. Aber danach könnte ich kommen.«

»Es soll sowieso erst gegen acht losgehen. Das wird eine richtige Party.«

»Bei dir daheim?«

»Bin ich blöd? Wenn ich da feiere, hängt meine Mam uns die ganze Zeit auf der Pelle. Nein, ich feier draußen im alten Bahnschuppen.«

»Aber das Gelände ist gesperrt!«

Elle zuckte die Achseln.

»Kommst du?«

Sie brachte die Frage noch gerade so heraus. Denner hatte

sich erneut umgedreht, diesmal mit dem gesamten Körper. Auch von vorn hatte er ein breites Kreuz.

»Elle, setz dich bitte ans andere Ende der Bank neben Mona.«

Obwohl sie wusste, dass es zwecklos war, maulte sie ein bisschen. Im anderen Teil der Halle gab es Gelächter.

Nach dem Sportunterricht ging Elle zum Bus. Es waren nur zwei oder drei andere da, die meisten wurden nach wie vor von ihren Mamas abgeholt. Es fühlte sich immer komisch an, allein an der Haltestelle zu stehen, als wäre man verletzlicher oder leichter angreifbar. Sophie kam mit dem Fahrrad auf sie zu. Sie hielt neben Elle, die auf dem Bordstein stand und dadurch ein bisschen größer wirkte. Sophie blieb auf dem Sattel sitzen, einen Fuß stellte sie auf die Granitkante.

»Ich habe nachgedacht, Elle. Ich will nicht zu deiner Party kommen.«

»Wieso nicht?«

»Ich meine, ich würde total gern. Aber ich finde es nicht gut, dass du auf dem Bahngelände feiern willst. Es ist nicht erlaubt und außerdem gefährlich.«

»Du hast überhaupt keine Ahnung! Es ist schön da. Hell besorgt einen Ofen, dann können wir den Schuppen sogar heizen.«

»Wer besorgt den Ofen?«

»Dennis, meine ich.«

»Hast du den etwa auch eingeladen? Der ist doch ätzend.«

Zum ersten Mal verspürte Elle das Bedürfnis Dennis zu schützen.

»Er gehört dazu.«

Sophie überging die Bemerkung.

»Warum feierst du nicht im Jugendclub?«

»Der ist zu!«

»Nicht wenn man eine Party feiern will. Man kann ihn mieten, kostet gar nicht viel.«

Kostet gar nicht viel, äffte Elle sie innerlich nach. Schau, mein Desigual-Pullover. Kostet gar nicht viel. Schau, meine Nikes, die kosten gar nicht viel. Und meine guten Noten kosten mich kaum Mühe. Sie regte sich richtig auf.

»Ich feier nicht in einem langweiligen Jugendclub, geschlossen oder nicht. Es wird auch keinen koreanischen Hiphop geben und schon gar keine –«

»Ich muss los«, sagte Sophie, »ciao!«

Sie stieg in die Pedale. Im Wegfahren wandte sie noch mal den Kopf: »Sag mir Bescheid, falls du deine Pläne änderst. Dann komm ich echt gern.«

Ein Strich auf der Liste in ihrem Kopf. Elle wollte Sophie auf keinen Fall mehr einladen, selbst wenn sie im Miami feiern sollte! Doch es tat ihr weh. Als Erste außerhalb der Clique hatte sie dieses Mädchen eingeladen, ihre älteste, ehemals beste Freundin. Nie wieder! Mit Sophie war sie fertig.

Unterricht

Junis sah endlich nach seinem Scooter. Es war nur ein Kabel locker, das reparierte er selbst. Er textete Elle, dass er mit ihr üben wolle. Sie freute sich.

Zusammen fuhren sie zur Kläranlage raus. Da Elle, wie er fand, keine ordentlichen Handschuhe besaß, lieh er ihr seine eigenen *Down Spirit GTX*. Dass sie so unglaublich warm hielten, lag an dem clever aufeinander abgestimmten Materialmix aus einer wasser- und winddichten Goretex-Membran, einem feuchtigkeitsleitenden, weichen Innenfutter und einer sehr warmen Daunenfüllung. Er hatte sie anfangs nicht getragen, weil beim Ausprobieren die langen, doppelten Manschetten gegen die Säume seiner Jackenärmel stießen – ein Gefühl, als wollte ihm jemand dauernd die Handschuhe ausziehen. Erst an einem sehr kalten Tag Anfang Februar nahm er sie mit in die Schule. Dennis wollte sie sofort anziehen. Er erklärte Junis, wie geil und schweineteuer die Handschuhe seien. »Ich würd sie sofort klauen, wenn's nicht du wärs«, sagte er. Junis googelte. Es waren bei Weitem nicht die teuersten Handschuhe, aber schon hochpreisiges Freerider-Outfit.

Da er sie nun Elle gegeben hatte, zog er die Handschuhe seines Vaters an. Die waren womöglich noch besser, saßen allerdings recht eng. Er war inzwischen einen halben Kopf größer als sein alter Herr. Elle trug außerdem seinen ersten Helm, der schon nach zwei Wochen einen fiesen Kratzer abbekommen hatte. Seinen Eltern hatte Junis erzählt, er wäre gestürzt und der Helm nicht mehr sicher. Sofort kauften sie ihm einen neuen. Elle war der Helm etwas zu groß. Doch sie sagte, es mache ihr nichts.

Ihre Arme um seinen Bauch störten ihn beim Fahren. Er fand es nicht unangenehm, er war nur nicht daran gewöhnt. Auch das Mehr an Gewicht auf dem Roller irritierte ihn. Dabei legte sie sich mit in die Kurven und saß im Übrigen still. Nur einmal, als er in den dritten Gang schaltete, klackte ihr Helm gegen seinen.

Auf der Zufahrt zur Kläranlage wuchs Gras, daran hatte Junis nicht gedacht. Außer den städtischen Arbeitern, die ab und an nach dem Rechten sahen, fuhr hier niemand. Nur in der Mitte und an den Rändern des Wegs lag noch Schnee, die Rillen rechts und links schimmerten dunkel. Beim Bremsen bemerkte Junis, dass der Roller minimal rutschte. Er entschied, dass Elle dennoch üben sollte. Sie musste schließlich bloß geradeaus fahren.

Rechterhand führte eine Auffahrt auf einen künstlichen, mit allerlei Sträuchern bewachsenen Damm. Oben stand ein einsames Häuschen. Es stammte noch aus der Muna-Zeit und wurde seit mindestens dreißig Jahren von zwei kauzigen Alten bewohnt. Aus dem Augenwinkel sah Junis ein paar Hühner im Splitt scharren. Ihm fiel ein, dass die lokale Zeitung im Herbst einen Bericht über das Paar gebracht hatte. Darin klagten sie, ihre Hühner würden häufig von frei laufenden Hunden angegriffen. Es zerreiße ihnen das Herz, das Leiden der meist schwer verwundeten Vögel mit ansehen zu müssen. Die Leute sollten ihre Hunde gefälligst anleinen, beim nächsten Mal müsse sonst vielleicht ein Reh oder eine Katze dran glauben. Die beiden betonten, äußerst tierlieb zu sein, die Hühner kämen sogar an ihren Tisch und ließen sich mit Rosinen verwöhnen. Das jüngste Opfer eines solchen Massakers nannten sie die dicke Berta.

Niemand konnte erklären, warum so etwas in der Zeitung stand. Aber die beiden meckerten wegen allem Möglichen. Bei jedem Bauvorhaben, jedem Gehweg, der gepflastert wurde, mischten sie sich ein. Sie hatten verhindert, dass Vierweg ein Windrad bekam, und gegen den Ausbau der Landstraße protestiert. Sie selbst fuhren kein Auto und liefen in selbst gestrickten Pullovern rum. Dass sie sich beschweren könnten, wenn er mit Elle hier fahren übte, hatte Junis nicht bedacht.

Er fand, dass ihr Gesicht unter dem Helm seltsam aussah. Die Schaumstoffpolster waren dick genug, um auf ihre Wangen zu drücken. Ihr Mund und auch die schmale Nase kamen dadurch etwas weiter nach vorn, die Augen mit den schwarz gezogenen Brauen wurden betont. Er schaute gern in ihre Augen. Heute wanderte ihr Blick beständig unbeständig in alle Richtungen.

»Ich bin bisher nur auf Asphalt gefahren«, sagte sie.

»Das ist kein öffentlicher Weg«, rechtfertigte er sich. »Deshalb üben wir hier. Steig auf! Es ist wie Rad fahren.«

»Ich weiß.«

Sie zögerte noch eine Sekunde, dann nahm sie entschlossen den Lenker des Scooters und schwang das Bein über die Sitzbank.

»Wo ist hier der Starter?«

Junis zeigte es ihr.

Sie ließ den Motor im Leerlauf zu hoch drehen. Kupplung und Gas spielten noch nicht zusammen, erst beim dritten

Anlauf klappte es. Sie fuhr ein Stück in der Spur, beschleunigte, schaltete hoch, wurde stabiler. Ursprünglich hatte Junis neben ihr herlaufen wollen, um Tipps zu geben. Nun sah er, dass sie dafür zu schnell war. Außerdem wusste er nicht, welche Tipps er ihr hätte geben sollen. Sie konnte ja fahren. Seine Gedanken schweiften zu dem Game, das Dennis ihm für dreißig Euro angeboten hatte. Vale wollte es dagegen kostenlos besorgen. Nur eine Woche brauche er dafür. Manchmal war der Kleine unschlagbar.

Vor dem Tor zur Kläranlage machte der Weg eine Kurve. Junis konnte Elle deshalb nur hören. Der Scooter wurde langsamer, jetzt töffte er im Leerlauf, kurz darauf fuhr er wieder an. Es klang alles reibungslos. Sie tauchte wieder auf, diesmal mit mehr Tempo als auf dem Hinweg. Sie lächelte, nahm sogar eine Hand vom Lenker und winkte. Er reckte den Daumen. Da tauchte wie aus dem Nichts eine fette braune Henne vor ihr auf. Sie schaute sorgfältig nach beiden Seiten, bevor sie Elle in den Weg stolzierte.

»Hupen«, rief Junis. Zu spät.

Elle ließ einen eigentümlichen Laut hören. Viel zu heftig riss sie am Lenker, das Vorderrad stellte sich quer und kam auf einer Eisplatte ins Rutschen, die Maschine kippte und schlitterte, löste sich von Elles Körper und rutschte auf das laut gackernde Huhn. Federn stoben durch die Luft, das Tier lag reglos da.

»Shit«, murmelte Junis.

Elle zog die Füße an den Körper und stützte eine Hand auf. Schon stand sie wieder. Er rannte zu ihr. Sie hatte nur Augen für das Huhn. Noch bevor sie sich niederbeugen konnte, schüttelte sich das Tier, sprang auf und verschwand in demselben Gebüsch, aus dem es gekommen war.

»Alles klar?«, fragte Junis.

Elle nickte. Unter dem Helm war sie allerdings kreidebleich geworden.

»Ich dachte, es ist tot«, sagte sie betreten.

»Dabei ist es einfach abgehauen. Das sind keine guten Manieren, wenn du mich fragst.«

Sie lächelte nicht mal.

Junis schielte nach dem Scooter. Der Motor war ausgegangen, im Schnee lagen ein paar Plastikscherben, schwarz und orange. Mindestens ein Blinker war kaputt. Als er das Fahrzeug aufhob, sah er einen spannenlangen Riss in der Verkleidung. Die Statik des Teils war hinüber.

»Es tut mir so leid!«

Elle stand nun hinter ihm. Ihre Wangen hatten sich wieder gerötet, die Augen glänzten feucht.

»Hey«, sagte er und boxte aufmunternd gegen ihren Oberarm. »Am besten, du steigst gleich wieder auf und fährst noch eine Runde.«

»Bist du sicher, dass dem Huhn nichts passiert ist?«

»Tut *dir* was weh?«

»Ich lern es nie«, sagte sie.

»Du kannst es schon«, erwiderte er. »In so einer Situation ist es fast unmöglich, gut zu reagieren.«

»Was hätte ich tun müssen?«

Junis erklärte es ihr. Er sah im Schnee einen roten Tropfen, direkt unter ihrem Handschuh.

»Du bist verletzt.«

Elle wunderte sich, weil ihr nichts wehtat. Den Handschuh wollte sie nicht ausziehen. Junis war froh, dass er ihr seine Handschuhe gegeben hatte und nicht die seines Vaters.

»Halt wenigstens den Arm hoch«, sagte er.

Der Scooter wollte nicht mehr anspringen, also musste Junis ihn schieben. Elle lief mit hochgehaltener Hand nebenher durch den halben Ort. Die Leute gafften. Uwe vor seinem alten Supermarkt bekam Stielaugen. Ein Polizeiauto hielt an und der Beamte fragte durchs offene Fenster, was geschehen sei. Junis erklärte, er sei bloß auf dem Glatten hingeschlittert. Es klang völlig harmlos.

Zu Hause sah er nach Elles Verletzung. Ein kleiner Riss am Unterarm, der nicht genäht werden musste, da war er sich sicher. Etwas Jodsalbe und ein Pflaster reichten aus. Elle konnte schon wieder lachen.

Seinen Eltern erzählte er, auf einer engen Straße sei ihm ein Auto entgegengekommen und er habe ausweichen müssen. Dabei sei er gestürzt. Ein dunkler Transporter, das Kennzeichen habe er sich nicht gemerkt. Sie fragten nicht weiter nach und zahlten später die hundertfünfzig Euro für die Reparatur.

Drei Tage nach dem Vorfall kam ein Brief von dem Hühnerhalterpaar, Ida und Henri Hofmann. Junis hatte keine Ahnung, wie sie an seine Adresse gekommen waren. Da er allein zu Hause war, konnte er das Schreiben bequem verschwinden lassen. Eine Zeit lang fürchtete er noch, sie würden ihn anzeigen. Doch es kam nichts nach.

Dennis musste das Fahrrad nehmen, um zu Vale zu kommen. Der wohnte nicht in Vierweg, sondern im blöden nächsten Kaff. Es dauerte länger als gedacht. Einmal verfuhr er sich. Sein Rucksack war schwer und das ging ihm auf die Nerven. In der Hofeinfahrt konnte er kaum weiterfahren. Spuren von Traktorreifen führten kreuz und quer. Sie waren so tief und breit, dass er sich problemlos hätte hineinlegen können. Nach ein paar Metern sprang er vom Rad, hob es auf die Schulter und marschierte zu Fuß weiter. Entlang der

Stallwand lag ein Haufen Abfall, halb verrottete, in Folie gewickelte, halb wieder aufgerissene Heuballen, Gitterboxen mit ausgebleichten Holz- und Plattenresten. Ein verrostetes Mähwerk stand da mit runterhängender Antriebswelle, Rollen mit Schafsdraht und durcheinandergewirbelte Holzpfähle lagen herum. Auf einer Palette saß eine alte Hundehütte. Ein Hund war zum Glück nicht zu sehen. Eine riesige Frontladerschaufel aus massivem Eisen beeindruckte ihn. In den Fahrspuren hatte sich Eis gebildet, doch er wollte lieber nicht drauftreten.

Auf dem Rad hatte Dennis geschwitzt. Nun begann er zu frösteln. Seine Jacke war zu dünn. Wenigstens die Handschuhe hielten warm. Er hatte sie in der Umkleide der Schulsporthalle gefunden, jemand musste sie dort vergessen haben. Endlich kam er bei dem alten Haus an. Vale hatte ihm eingeschärft, auf keinen Fall zu dem Neubau zu gehen. Im Grunde sahen beide Häuser alt aus, fand Dennis. Bei dem einen waren die Scheiben allerdings blind vor Dreck. Risse zogen sich durchs Mauerwerk, die Haustür hing schief in den Angeln. Eine Verwechslung war ausgeschlossen.

Vale zog die Tür auf, noch bevor er sie erreicht hatte. Der musste ihn auf dem Weg über den Hof beobachtet haben. In dem alten Kasten lag der Staub von hundert Jahren.

»Und? Wie viele hast *du*?«

Der Kleine hob die Schultern und zeigte seine leeren Handflächen.

»Ich bin erwischt worden, Hell.«

Dennis fasste es nicht.

»Wie erwischt?«

»Der Typ stand auf einmal hinter mir. Der, dem der Laden gehört.«

Konnte man so blöd sein?

»Mann, Vale, wir ham das zehnmal geübt!«

»Und ich hab auch alles so gemacht, ok? Der muss es gewusst haben. Er hat mir richtig aufgelauert.«

»Nicht *eine* Flasche? Loser. Da muss Onkel Hell wohl selbst noch ma ran.«

Dennis ließ die flache Hand über Vales Hinterkopf schrammen. Das war das Mindeste, was er verdient hatte.

»Kuck ma hier!«

Er nahm den Rucksack ab und zog den Reißverschluss auf. Es klirrte leise, als er den Wodka rausholte, drei Flaschen mit blauen Labeln auf dem flachen Bauch – alle zusammen für nur null Euro.

»Das reicht mal gerade für mich.«

»Die Polizei war hier.«

Dennis erschrak.

»Dein Ernst?«

»Ja, sie haben mich nach Hause gefahren. So haben *sie* es genannt.«

»Wenn sie den Kram hier finden, sind wir am Arsch.«

Vale grinste blöd.

»Die würden ne Hundertschaft brauchen, um hier was zu finden. Der Hof ist riesig. Niemand kennt ihn besser als ich.«

»Glaub nich, dass die vollkommen blöd sind.«

»Ich sag dir, die würden eine Woche brauchen.«

»Sie würden denken: ein altes Haus, das leer steht, ist doch 'n perfektes Versteck. Sie würden deine Spuren im Staub sehen.«

»Es war derart daneben, Hell. Ich meine: Sie konnten ja nichts machen. Nur mich hier abliefern und mit meinen Eltern sprechen.«

»Und, was ham die gesagt?«

»Streng! Ich muss einen Monat lang voll mithelfen. Und darf nicht weg außer zur Schule. Das macht aber nichts. Die Alten kriegen eh nix mit.«

Vale lachte wieder, er kapierte ganz offenbar nicht, wie ungut das alles war.

»Ehrlich, Vale, das gefällt mir nich. Wenn dein Vater jetzt hinter dir her schnüffelt …«

»Tut er nicht. Dafür hat er gar keine Zeit.«

»Deine Mutter?«

»Die erst recht nicht.«

Draußen fuhr der Trecker vorbei. Seine Reifen waren so groß, dass sie das Fenster verdunkelten. Das ganze Haus bebte.

»Hast du die Uhr auch hier?«

»Klar.« Vale zeigte auf ein altes Radio, einen großen Kasten aus dunklem Holz und mit einem magischen Auge vorn. Es stand auf einer Eckbank. »Da drin.«

Dennis kannte so einen Apparat von seinen Großeltern. Innen waren die Dinger bis auf ein paar Röhren leer.

»Weiß doch jeder, wie viel Platz in so eim Kasten is.«

»Hier kommt außer mir nie jemand rein!«

»Mein Vater sagt, das kann man nur vom eignen Grab behaupten.«

Man konnte sehen, wie der Kleine darüber nachdachte.

»Kapier ich nicht. Soll ich das Zeug verbuddeln?«

»Hol die Uhr einfach raus, Kälbchen!«

Vale wollte nicht so genannt werden, aber alle in der Schule machten das. Sie behaupteten auch, dass er nach Stall roch.

»Übrigens riechs du nach Stall.«

Er tat, als hörte er nichts.

»Es gibt kein besseres Versteck, Hell! In dem Radio könntest du eine halbe Leiche unterbringen, ohne dass man's merkt.«

Als gäbe es nichts Selbstverständlicheres auf der Welt, zog er jetzt einen Schraubenzieher aus der Tasche. Ein paar Sekunden später klappte der Deckel hinten weg.

»Kuck, wie viel Platz da ist!«

Dennis ließ sich von Vale die Uhr geben. Ihr breites Armband war aus genietetem Leder. Auf dem Edelstahlgehäuse saß eine schwarze Keramik-Umrandung mit eingraviertem Namen. Das sah er erst jetzt. Zuerst befürchtete er, es wäre der Name des Besitzers, aber es war nur der des Herstellers. Außer dem Rädchen zum Einstellen der Zeit besaß die Uhr zwei Knöpfe zum Drücken. Dennis wusste nicht, wozu die gut waren. Vale wollte sie ausprobieren, aber das kam nicht infrage. Dennis schlug nach seinen Fingern.

»Mach sie nich dreckig! Für die krieg ich hundert Euro.«

»Was ist dann mein Anteil?«

»'n Zwanni.«

»Wollen wir sie nicht lieber zurückgeben?«, meinte Vale plötzlich. »Ich fühl mich nicht wohl bei der Sache.«

»Wie, nich wohl? Der Typ hätte damit mal nicht so angeben sollen.« Dennis reckte den Arm und machte es nach. »Das is'n Angeber«, wiederholte er. »So einer hat nix anderes verdient.«

»Er war kleiner als du.«

Dafür gab's eine Kopfnuss. Das Weichei schrie gleich Aua.

»Wir müssen den ganzen Kram verschwinden lassen oder mindestens auf verschiedene Verstecke verteilen«, musste er Vale erklären. »So is zu gefährlich.«

»Ich dachte eh, du würdest das Zeug verhökern.«

Dennis sagte ihm, warum das gerade nicht ging. Sein

Hehler war fast erwischt worden, als er einen Flatscreen losschlagen wollte, und musste sich erst mal ruhig halten.

Draußen machten sie einen Bogen um den Matsch. Der Boden hatte die Farbe von frischer Kuhscheiße, fand Dennis.

»Weißte was? Ich hab Elle erschreckt neulich. Bevor wir losgezogen sin, war ich beim Weiher. Sie stand da mit Junis und hat rumgeknutscht. Ich hab mich im Wald versteckt und da so einen hohlen Stamm entdeckt. In den hab ich reingerufen«, er formte mit den Händen eine Röhre, um es nachzumachen, »E-eeelle! – Eee-eelle! Die ham beide voll Schiss gekriegt. Wussten nicht mal, aus welcher Richtung das kam.«

»Sie hat immer Angst am Weiher. Hast du das schon mal gemerkt? Weil sie nicht schwimmen kann.«

Dennis grinste. Es schadete nicht solche Dinge zu wissen.

»Komm, ich zeig dir was«, sagte Vale.

»Als wenn du mir was zeigen könn'st.«

Doch er war neugierig und folgte dem Kleinen durch den ganzen langen Stall, in dem mindestens hundert Kühe standen. Sie waren gar nicht angebunden, sondern bewegten sich frei in großen Boxen mit verschissenen Spaltenböden. Am Ende befand sich ein Melkstand, wie Vale ihm erklärte. Die Kühe gingen von sich aus da rein, um die Milch loszuwerden. Sonst kriegten sie Schmerzen. Ihre Zitzen wurden von einer Maschine gewaschen, anschließend saugten sich Becher mit Gummilippen daran fest. So wurden die Euter leer gepumpt. Dennis hielt sich in der Mitte des Futtergangs. Irgendwie war ihm das alles nicht sympathisch.

Kurz hinter dem Stall befand sich wieder ein Schuppen. An einem Band zog der Kleine seine Schlüssel aus der Hosentasche und öffnete ein altes Vorhängeschloss.

Die Hütte stand bedrohlich schief da, noch näher am

Zusammenbruch als vorhin das alte Haus. Im hinteren Teil waren die Dachbalken schon eingeknickt, von oben kam Licht rein. Dennis roch muffiges Heu. Vorn war es dunkel. Aber Vale hatte dort eine Taschenlampe deponiert. Ihren Strahl richtete er auf einen oben offenen Käfig aus Dachlatten und Draht. Gelbes Stroh bedeckte den Boden, in einer Schüssel stand Wasser neben einem Teller voll Körner. Vale stieg mit einem großen Schritt über die Seitenwand mitten in den Käfig rein. Er steckte die Hände in den dunklen Verschlag. Dennis hörte etwas gackern.

Als er sich umdrehte, blitzte ein Schnabel im Lampenlicht auf. Dennis blickte in ein starres Auge. Der rote Kamm hing nach unten, die bleichen Krallen waren an den Körper gezogen, die Federn sahen feucht und dreckig aus. Dennis drehte sich weg, als Vale ihm das Huhn entgegenstreckte.

»Äh, was wird'n das? Voodoo?«

»Es ist von einem Bussard angefallen worden. Hab's unter einem Strauch gefunden.« Er hielt das Tier ins Licht. »Kuck!«

Vale drehte das Huhn auf die Seite. Es lag in seiner linken Hand. Mit der rechten spreizte er einen Flügel ab. Wieder hörte Dennis so ein klagendes *Booaak*. Es versuchte sich frei zu machen, doch anscheinend fehlte ihm die Kraft. An der Brust sah er nun die pickelige Haut. Ein Loch klaffte da, das in düsteren Farben schillerte.

»Es fehlt ein Stück Fleisch. Ich hab die Wunde mit Jod behandelt, ich versuch es wieder hinzukriegen.«

Dennis merkte, wie ihm übel wurde.

»Warum zeigste mir das? Das interessiert mich nicht.«

»Meine Eltern denken, es wäre verendet. Was meinst du, wie die kucken, wenn es auf einmal wieder übern Hof spaziert?«

»Es stinkt, Mann. Bah!«

»Pass auf. Da drüben sind so alte Plastikdosen, wo mal Eis drin war. Davon nehmen wir eine und tun die Uhr rein. Wenn ich sie hier in dem Verschlag versteck, kommt keiner drauf. Im Leben nicht.«

»Und warum nicht?«

»Erstens: Der Schuppen kracht bald zusammen, sagt mein Vater. Hier geht wirklich niemand rein. Zweitens: Wenn jemand reinkommt, sucht er nie bei dem Huhn. Nicht mal du traust dich hin.«

»Ich will mir nur nich die Nase verätzen.«

»Eben. Gib mir mal eine Dose von dem Brett da. Nein, da!«

Dennis holte sie, legte die Uhr hinein und schloss den Deckel.

»Nicht dass die feucht wird da drin. Feucht wie ne Muschi, hehe.«

»Ich pass auf«, versprach Vale.

Er kuckte wie ein kleiner Junge. Das verwundete Huhn setzte er vor die Wasserschüssel und versteckte umständlich die Box.

»Ey, was liegt'n da?«, rief Dennis. »Is das ne Drohne?«

»Die hab ich beim Seniorenheim im Wald gefunden. Ist kaputt, glaub ich.«

»Die is ja groß!«

Vale stieg aus dem Verhau. Er nahm die Taschenlampe wieder und leuchtete das gelb-schwarze Teil an. Es hatte vier Rotoren, die über ein Kreuz verbunden waren. In der Mitte war die Batterie festgemacht, ein ziemlich schwerer Klotz. Sie hatte sogar eine Kamera. Dennis sah mit einem Blick, dass nicht viel daran kaputt war.

»Da sin nur ein paar Drähte lose«, meinte er. »Lässt sich problemlos löten.«

»Aber was is mit der Fernsteuerung?«

»Ich frag meinen Bruder. Der kennt sich mit so was aus. Vom Bund her.«

»Vielleicht kann er ne Rakete dranbauen.«

»Und dann lassen wir das Ding über die Schule fliegen und *Bam Bääng* jagen wir alles in die Luft.«

Ihre Gesichter leuchteten vor Freude.

»Und die Sporthalle hinterher«, rief Vale.

»Die ganze Welt soll draufgehen wegen mir.«

Er meinte es so.

»Ist eh am Arsch«, ergänzte Vale.

Sie hätten noch weiter rumgesponnen, wäre nicht draußen ein Auto zu hören gewesen. Dennis erkannte den V6-Motor am Geräusch. Er machte dem Kleinen ein Zeichen. Nun beeilten sie sich.

Die Freundin

Solange ihre Mutter nicht da war, schlich Elle häufig nach oben und setzte sich in das große, kreisrunde Fenster in Madlens Schlafzimmer. Von da schaute sie zu, wie die Sonne unterging. Trotz des anhaltenden Winters öffnete sie es manchmal und vergaß es nachher wieder zu schließen. Einmal als sie dort träumte, rief Tom an. Er vermisste eine Jacke von Alice. Elle wusste, dass sie an der Garderobe hing, und versprach sie zu schicken. Auf seinen letzten Besuch und sein abschiedsloses Verschwinden kam er nicht zu sprechen. Stattdessen bedrängte er sie wieder zu ihm zu ziehen.

»Ich spreche mit Nina. Sie hat bestimmt nichts dagegen.«

»Es ist ein schönes Haus«, gab Elle zu. So ein rundes Fenster besaß es aber nicht.

»Du könntest in den nächsten Ferien mal zu uns kommen. Oder über das lange Wochenende mit dem ersten Mai.«

»Da habe ich Geburtstag.«

»Ah, ja. Den willst du vermutlich mit deinen Freunden feiern. Das war mir in deinem Alter auch voll wichtig.«

Sie fragte sich, warum er dauernd *voll* sagte. Sie fand ihn zu alt dafür.

»Oder du machst mal ein, zwei Tage blau. Ich kann dir

eine Entschuldigung schreiben. Weißt du eigentlich, dass ich noch meine alte Vespa habe?«

»Schenkst du sie mir?«

»Also schenken kann ich sie dir nicht. Die ist quasi ein Teil von mir. Aber fahren darfst du sie. Ich nehm sie demnächst mal auseinander und mach sie wieder fit.«

Tom beendete das Telefonat bald, er schien es eilig zu haben.

Elle schwirrte der Kopf. Sie war sich sicher, dass sie in Vierweg bleiben wollte, aber sie fühlte sich schlecht damit, als würde sie Tom und sogar Alice enttäuschen. Das wollte sie nicht. Die Salamander fielen ihr wieder ein. Jemand hatte sie nicht haben wollen und einfach ausgesetzt an einem Platz, an dem sie keine Chance hatten. Zufällig war auch noch Dennis gekommen und hatte einen von ihnen getötet. Das Leben konnte grausam sein.

Lieber plante Elle ihre Party. Sie wollte alle einladen, die sie kannte. Sie hatte schon damit angefangen. Der dreißigste April war der Tag, über den sie nicht hinausdenken wollte, nicht mal bis zum Führerschein. Die Fahrstunden hatte sie nach ihrem Sturz erst mal ausgesetzt. Sie passte auch nicht auf, ob etwas im Kühlschrank war. Schließlich kam Betse zweimal die Woche, brachte Sachen und kochte für Elle. Ein bisschen war es wie früher, wenn Betse an Madlens freien Abenden bei Elle geblieben war. Nur dass sie jetzt einen dicken Bauch hatte.

An einem Samstag, bevor Madlen zurückkam, nahm Betse sie mit in die Landeshauptstadt. Sie gingen einkaufen und ins Kino. Elle sah in einem Schaufenster Fotos von Piercings, die ihr sofort gefielen. Die Freundin ging mit ihr in ein äthiopisches Restaurant. Dort wurden die Speisen auf einem säuerlichen Brotfladen serviert. Es gab kein Besteck. Vielmehr griff man sich das Essen mit Streifen von weiteren Fladen und steckte es mit dem Brot in den Mund. Es machte Spaß, so mit den Fingern zu essen, und es schmeckte superlecker.

Elle erzählte von den Salamandern, verschwieg aber, was Dennis getan hatte.

»Manche Leute sind eben nicht in der Lage, Verantwortung zu übernehmen. Das Schlimme daran ist eigentlich, dass sie es nicht mal wissen.«

»Sie könnten wissen, dass die Tiere da draußen sterben müssen«, sagte Elle.

»Ich fürchte, das ist denen egal. Oh, Mann!«

Etwas von dem Essen war aus dem Fladen gerutscht und auf Betses Pulli gelandet. Sie befeuchtete eine Serviette und rieb den Fleck weg.

»Also, ich finde das gewissenlos«, meinte sie.

Elle nickte. Das Gewissen hatten sie in Religion durchgenommen. Wenn man sich wegen einer Sache innerlich nicht wohlfühlte, also wusste, dass es falsch war, hatte man früher ein schlechtes Gewissen bekommen. Heute fühlte man sich mies. Der Unterschied, dachte sie, lag darin, dass das schlechte Gewissen vom Glauben kam. Sie stellte sich vor, Betse hätte manchmal ein schlechtes Gewissen. Vielleicht hatte sie auch immer ein gutes Gewissen, so wie sie stets nur einen Ohrring trug.

»Vielleicht solltest du später in der Richtung arbeiten. In einer NGO zum Beispiel. Die Welt retten.«

»Die Welt ist schlecht«, sagte Elle flapsig. Es rutschte ihr so raus, ohne dass sie viel überlegt hätte. Normalerweise hielt sie sich Betse gegenüber mit solchen Sprüchen zurück.

»Die Welt ist nicht schlecht!« Betse klang sehr ernst. »Sie hat vielleicht Fehler oder wir haben Fehler, aber man muss an die Welt glauben. Wir müssen an uns glauben, an unser Potenzial zum Guten. Sonst wird sich niemals etwas verbessern.«

Elle nickte. Für sie war Betse jemand, der sein Leben im Griff hatte. Nie übernahm sie sich, nie klagte sie über Unstimmigkeiten mit Freunden oder schmerzhafte Trennungen von Männern, die sie verarscht hatten. Als Kind hatte Elle sich ebenso rötlich blonde Haare und blassblaue Augen gewünscht wie ihre große Freundin. Als gäbe es da einen Zusammenhang zwischen Typ und Ausstrahlung. Längst hatte sie jedoch begriffen, dass sie niemals wie Betse sein würde.

»Ich werde kein Abi machen«, sagte Elle unvermittelt.

»Das ist ja wohl ein anderes Thema. Ich weiß, du magst die Schule nicht. Aber mit Abi hättest du viel mehr Möglichkeiten.«

Wie immer spürte Elle ganz plötzlich, dass sie satt war. Ihr Magen sagte einfach: Schluss! Sie aß dann keinen Bissen mehr.

»Du wirst es schon selbst rausfinden«, fuhr Betse fort, als Elle nichts erwiderte. »Hast du denn irgendeine Idee?«

»Ganz ehrlich?«

»Na klar.«

»Wenn ich daran denke, wird mir schlecht. Ich werde bald sechzehn, und ich will nicht weiter planen als bis zu diesem Tag.«

»Was hast du denn vor an diesem wichtigen Tag?«

»Es wird die Party meines Lebens.«

So viel konnte sie verraten.

»In deinem Alter ging es mir genauso. Heute denke ich anders. Ich versuche mir das ganze Leben vorzustellen. Auch wenn ich weiß, dass es Unsinn ist.« Sie legte sich eine Hand auf den Bauch. »Aber sicher wird mein Leben sich ganz schön verändern. – Wie du jetzt schaust!« Sie schenkte Elle einen liebevollen Blick. »Weißt du was? Gleich essen wir noch ein Eis.«

»Gern!« Nachher würde schon noch was in ihren Magen gehen.

Mit einer Geste bestellte Betse die Rechnung.

»Weißt du noch was?«

»Was?«

»Ich wünsche mir, dass du für mein Kind so eine ältere Freundin wirst, wie ich es für dich bin. Kannst du dir das vorstellen?«

Elle nickte. Sie wollte am liebsten keine Sekunde mehr warten, bis das Baby da war.

Der Tag, an dem Madlen zurück nach Hause kam, zog sich hin. Elle räumte auf und kaufte ein. Später kochte sie sich einen Tee. Mit der dampfenden Tasse hockte sie auf der niedrigen Fensterbank und tippte etwas in ihr Phone. Sie schrieb über die Salamander. Als sie bemerkte, wie angespannt sie dabei war, hörte sie wieder auf. Zarte Schwaden stiegen aus der Tasse und zogen durchs gekippte Fenster ins Freie. In ihrem entlaubten Urwald pfiffen dem anhaltenden Winter zum Trotz die Vögel. Der Abend kam. Sie machte kein Licht.

Die Ecken ihres Zimmers standen voller Pflanzen. Sie wuchsen bis unter die Decke. In der Dämmerung verschmolzen sie mit ihren Schatten, schließlich mit der allgemeinen Dunkelheit. Alle Kanten verschwanden, der Fensterrahmen aus lasiertem Holz wurde Teil des Waldes. Am liebsten hätte sie in ihrem Zimmer trockenes Laub aufgeschüttet und den Heizkörper mit Schlingpflanzen zuwachsen lassen. Der Boden war ohnehin kaum zu sehen. Da lagen dreckige und saubere Kleider unsortiert nebeneinander, ein Block und

Kreiden von ihrem letzten, schon länger zurückliegenden Zeichenanfall, ihre Sportsachen, ihre Schulsachen, und dazwischen standen zwei, drei Gläser, ein Teller mit angegessenem Apfel, eine Tüte vom Bäcker.

Sie hatte einmal zwei Vögel besessen, aber der eine war nach wenigen Tagen gestorben und dem anderen hatte das Alleinsein das Herz gebrochen. Die Zoohandlung hätte ihr einen neuen geschenkt. Madlen verbot es. »Du kannst doch einen toten Vogel nicht einfach durch den nächsten ersetzen wie eine kaputte Hose!« Das wollte Elle gar nicht, nur sollte der überlebende sich nicht allein fühlen. Es war schon ein paar Jahre her. Wieder nahm sie ihr Phone und tippte ein bisschen.

Es klingelte. Elle hob den Kopf und schwang die Beine von der Fensterbank. Mittlerweile war es so gut wie dunkel. Eine Ecke ihres Zimmers wirkte besonders gespenstisch. Die Blätter der Pflanzen dort schienen sich zu bewegen. Dabei zog es kein bisschen durch den Fensterspalt. Sie lief nach draußen in den Gang. Sie hatte das seltsame Gefühl, ihr Zimmer ohne Schutz zurückzulassen.

Im trüben Licht der Außenleuchte stand ihre Mutter da und lächelte ein Loch in ihren Schal.

»Mam! Wow, ich dachte, du kommst ohne Gips zurück.«

»Ell-e-en!«

Die machte einen Schritt nach vorn und nahm die Mutter linkisch in den Arm, nur kurz, denn Madlen sollte sehen, dass der Flur tipptopp geputzt und aufgeräumt war.

»Bist du in der Zwischenzeit gewachsen? Da fehlt ja nur noch eine Fingerbreite!«

Sie wollte zum Messen die Hand heben, kam jedoch mit der Krücke nicht klar. Um ihren Stand zu stabilisieren, musste sie sich auf Elles Unterarm abstützen.

»Was meinst du, ob ich so ins Miami gehen kann?«

»Ma-ma!«

»Ha, Scherz. Ich darf dieses Ding jedenfalls bald weglassen. Die Krücken brauch ich längst nicht mehr. Aber die gehören jetzt mir, was?«

»Wie heißt dieses Teil noch mal?«

»Das ist eine Unterschenkel-Fuß-Orthese. Mit Tintenlöschsohle, die sorgt für eine kurze Bodenreaktionszeit.«

Jetzt kam Betse mit dem Koffer rein. Er war groß genug für eine mehrwöchige Kreuzfahrt. Eine Rolle blockierte. Betse keuchte, als sie das Ding aufs Treppenpodest hievte. Elle wollte ihr helfen, kam jedoch zu spät.

»Dein Bauch!«, sagte sie.

Kurz wogte eine tolle Freude in ihr. Betse winkte ab.

»Auch gewachsen«, meinte Madlen. »Im Koffer hab ich was für dich, Ellen.«

»Achja, Mam, ich will ein Nabel-Piercing«, sagte Elle. »Bekomm ich das zum Sechzehnten?«

Ein Schatten huschte über Madlens Gesicht. Elle glaubte, dass sie nein sagen würde. Dabei trug sie selbst ein Helix-Piercing, eine kleine Indianerfeder, die von einem goldenen Ring in ihrer Ohrmuschel baumelte. Früher hatte sie angeblich sogar ein schwarzes Hufeisen in der Nase getragen. Inzwischen fand sie das zu auffällig. Dabei hätte es niemanden gestört, weder Elle zu Hause noch Madlens Kollegen in der Hausgerätefabrik.

»Wie ich sehe, habt ihr hier ja totaal geputzt«, sagte Madlen. »Man kann fast froh sein, dass das Licht im Flur nicht heller ist. Sonst sähe es aus wie bei Spießers daheim.«

Über Elles Gesicht huschte ein Schatten. Betse hatte ihr beim Aufräumen geholfen. Aber auch die sagte nichts weiter dazu, sondern zog lediglich die Enden ihrer Jacke über dem Bauch zusammen. Der Reißverschluss ging nicht mehr zu.

»Besuchst du mich, Elle?«, fragte sie.

»Klar, ich komm nachher zu dir.«

»Nein, ich meine morgen oder übermorgen. Wenn deine Mutter wieder richtig angekommen ist.«

Sie winkten sich zum Abschied. Elle würde ihre Abende zu zweit vermissen.

»Dann häng ich mal meine Jacke auf«, sagte Madlen und bückte sich danach.

»Das mach ich«, sagte Elle.

Madlen ließ sich helfen.

»Kochst du uns nachher was? Ha, wie du kuckst! Noch ein Scherz, Schatz. Zur Feier des Tages gehen wir mal zum Italiener. Andiamo!«

Sie verzog kurz den Mund, weil sie wieder auf dem kranken Fuß rumgehüpft war. Aber gleich kehrte ihr Lächeln zurück.

»Ist das gut? Sag, dass es gut ist.«

»Gut«, sagte Elle. Sie mochte Pizza.

Madlen lief fast normal mit diesem komischen Stiefel, den fette Schnallen an Fuß und Schenkel festhielten und dessen Sohle in der Mitte viel dicker war als vorn und hinten. Ein heller Glockenton sprang durch die Luft. Madlen wurstelte ihr Phone aus der Hosentasche, ihr Gesicht leuchtete vor Freude. Mit einer knappen Entschuldigung ging sie vor die Haustür. Elle trug derweil den Koffer rauf. Sie schloss das Rundfenster und drehte den Heizkörper auf.

»Es kann sich leicht entzünden«, sagte Madlen, als sie fröstelnd wieder reinkam.

»Hä?«

»Am Nabel. Da reiben dauernd die Klamotten drüber.

Wenn der Schmuck an deinem Shirt hängen bleibt, kann es ziemlich wehtun. Und der Stichkanal entzündet sich leichter als an irgendeiner anderen Stelle. Außerdem – ich meine, da ist doch alles superempfindlich, so am Bauch.«

»Mam!«

»Ich will nicht spießig klingen.«

»Du klingst nicht spießig. Es ist nur …«

»Naja, du musst es auch mal aushalten, wenn mir was nicht gefällt.«

Etwas in Madlens Ton sagte Elle, dass ihr Nein nicht endgültig war.

»Ich glaube, ich bin wieder viel zu streng, was? Lass uns einfach zusammen ins Studio gehen. Ich mein, wenn ich mich trau. – Ist das gut?«

Nicht so gut, dachte Elle.

»Hast du mal was von deinem Vater gehört?«

»Er hat gesagt, ich soll zu ihm ziehen«, platzte Elle raus, »in Opas altes Haus.«

»Wow.« Madlen schüttelte den Kopf. »Das war ein Schwinger.«

Sie wirkte benommen. Elle wollte sie beruhigen, doch ihre Mutter hörte gar nicht zu.

»Das wirst du mir doch nicht antun!?«, rief sie. »Zu diesem Typen, der für nichts und niemanden auf der Welt geradesteht, der uns hier sitzen gelassen hat mit einer fetten Hypothek am Hals?«

»Tom ist mein Vater, Mam.«

»Bestimmt sucht er nur jemanden, der auf Alice aufpasst. Das kann er vergessen. Ich habe das Sorgerecht für dich.«

»Er hat gesagt, du kannst mir nicht einfach alles vorschreiben. Ich bin so gut wie sechzehn!« Auch Elle war laut geworden. »Und ich bestimme selbst über mein Leben.«

»In zwei Jahren, wenn –«

»Vergiss es«, schrie Elle. »Ich tue, was mir gefällt.«

In einer Sekunde war sie aus der Tür.

Sie rannte ohne Ziel. Dass sie keine Jacke und keine geeigneten Schuhe anhatte, war ihr egal. Unter dem Straßenlicht sah sie die kleinen Dampfwölkchen vor ihrem Mund. Ihr wurde schon wärmer. Sie stellte sich vor, wie sie mit ihrem Atem den Schnee zum Schmelzen brachte. Stadt und Land wurden wieder lebendig, die Sträucher grün, die Blumen bunt. Sie vermisste die Wärme, den Sonnenschein. Sie wollte gern auf eigenen Füßen stehen. Mit BAföG könnte sie ab sechzehn vielleicht in eine eigene kleine Wohnung ziehen, dachte sie.

Eine halbe Stunde später stand sie keuchend vor dem Haus, in dem Betse wohnte. Sie wollte nicht reingehen, doch fror sie mittlerweile so sehr, dass sie, als zufällig jemand hinaustrat, schnell durch die Haustür schlüpfte.

Betse war da. Sie war allein. Sie sah ein bisschen betrübt aus, aber sie fragte nicht viel.

»Ich lass dir warmes Wasser ein«, meinte sie nur. »Bis dahin ziehst du meine Daunenjacke an.«

Nach dem Baden war die Kälte ganz und gar aus Elles Körper gewichen, ihre Wut hatte sich gelegt. Betse bestand darauf noch einen Tee gemeinsam zu trinken. Elle ließ sich in den Sitzsack fallen, während Betse in die Küche ging. Es war der einzige freie Platz im Zimmer. Schreib- und Esstisch waren gleichermaßen mit Büchern, Zeitschriften und Fotokopien übersät, aus den Stapeln leuchteten bunte Zettelchen hervor. Vieles lag aufgeschlagen da. Am Laptop klebten Notizen, die Tastatur war unter einem grob aufgerissenen blassgelb-blauen Polsterumschlag verschwunden.

Nie zuvor hatte in Betses Wohnzimmer eine solche Unordnung geherrscht.

Auf der linken Tischseite stapelte sich alles, was mit Babys zu tun hatte. Rechts waren Brautmodenkataloge, Hochzeitsplaner und Menü-Angebote versammelt. In der Mitte lag eine handgeschriebene Mindmap.

Hochzeitsmode interessierte Elle mehr als Babysachen. Sie blätterte in der obenauf liegenden Zeitschrift und musste bald grinsen. Mit ihren glänzenden Haaren und den gestutzten Bärten, die Hälse zum Teil in hohe Kragen gequetscht, an denen komplizierte Schleifen oder Knoten prangten, wirkten die Bräutigame ziemlich albern auf sie. Ein Model trug eine grau-schwarz gestreifte Hose. Die dazugehörige Jacke reichte fast bis zu den Knien hinunter. Das Ganze nannte sich Stresemann. Ein anderes Model hielt einen schwarzen Spazierstock in der Hand. Auf einer Doppelseite trugen die Männer graue oder schwarze Zylinder und andere komische Hüte. Auch eine Frau mit weißem Zylinder war dabei. Die Hüte gefielen ihr. Diese Typen sahen nicht aus wie irgendeiner, dem Elle in ihrem Leben schon mal begegnet war.

Sie war so vertieft, dass sie weder das Aufwallen des Wassers noch das Klacken des Kochers hörte. Erst als Betse mit einem kleinen Tablett angewackelt kam, auf dem sich die dampfende Kanne, eine Dose mit Kandiszucker und etwas klapperndes Geschirr befanden, kehrte sie aus der Hochzeitswelt zurück. Es duftete leicht nach Orange.

»Nimm doch den Becher«, sagte die Freundin.

Elle ließ sich einschenken und spürte sofort die Wärme in ihre Hand strömen. Der Kratzer am Unterarm hatte sich auch ein paar Tage lang warm angefühlt. Jetzt war nur noch ein rosa Strich zu sehen.

»Spürst du eigentlich schon was?«, fragte sie und zeigte auf Betses dicken Bauch.

»Es strampelt manchmal, aber man sieht es noch nicht.« Betse legte eine Hand auf die Wölbung. »Später lass ich dich mal fühlen. Wie läuft der Fahrunterricht?«

»Ganz gut.«

»Du weißt, wie wichtig ein Führerschein in unserer Gegend ist.«

Zum ersten Mal, seit sie bei der Freundin angekommen war, fühlte Elle sich kontrolliert. Niemand würde verstehen, dass sie keine Fahrstunden mehr nahm. Sie dachte an Toms Vespa. So ein originaler alter Roller traf ihren Geschmack sehr gut. Leider konnte man auf Toms Versprechungen nicht viel geben. Neulich hatte er behauptet, Nina wäre einverstanden, wenn Elle nach Ingenhausen zöge. Dann hatte er am Telefon gesagt, er müsse erst noch mit ihr reden. Nina würde niemals ja sagen, glaubte Elle. Sie mochten sich nicht.

Auf dem Schreibtisch klingelte ein Telefon. Betse zog es unter den Menüvorschlägen hervor. Beim Blick aufs Display zogen sich kurz ihre Brauen zusammen, aber sie ging ran. Sie sprach einsilbig. Es dauerte kaum eine Minute. Elle konnte sich leicht ausrechnen, wer angerufen hatte.

»Wird Alex so eine gestreifte Hose anziehen?«

»Was für eine Hose?«

»Wie in dem Heft da.«

Sie zeigte es Betse.

»Einen Stresemann? Ich fänd's ja schick. Aber so einen Anzug trägt man nur einmal im Leben. Manchmal denke ich, Alex wird in Jeans und T-Shirt bei der Hochzeit erscheinen.«

»Ein Brautkleid zieht man doch auch nur einmal an.«

»Ich bin auch nicht sicher, ob ich ein spezielles Hochzeitskleid tragen will. Vielleicht nehme ich lieber was Praktisches.«

»Du sollst einen Zylinder aufsetzen. Aber einen echten, so einen schwarzen!«

Betse lachte und versuchte Elle durch die Haare zu wuscheln. Die warf den Kopf zur Seite.

»Habt ihr Streit? Du hast so gekuckt beim Telefonieren.« Sie machte es nach.

»Ich weiß gar nicht, ob ich dir das erzählen will«, seufzte Betse. Doch sie erzählte es. Vor ein paar Tagen hatte sie auf seinem Phone die Nachricht von einer Iris entdeckt.

»*Es war so toll dich zu sehen – du bist so sweeeet*, stand da. Und so weiter … Herzchen … Kussmünder … Das hat mir einen echten Stich gegeben. Als ich Alex zur Rede stellte, hat er es abgetan. Die Nachricht habe nichts zu bedeuten. Aber kein Wort darüber, wer diese Iris ist.«

»So ein Arsch«, sagte Elle. »Du solltest dich trennen.«

»Wie kommst du denn darauf?«

»Er passt nicht zu dir.«

»Alex passt zu mir. Und ich liebe ihn. Wir werden das ausräumen.«

Elle verstand nicht genau, was Betse mit *ausräumen* meinte. Wenn Alex diesen Mist machte, liebte er Betse nicht richtig, das lag für sie auf der Hand. Elle hatte sich noch nie verliebt, außer vielleicht kurz in Holger. Warum das so war, wusste sie nicht.

»Du hast noch gar nichts von daheim erzählt. Habt ihr gestritten?«, fragte Betse.

»Mam ist gemein zu mir. Kaum warst du weg, ging es schon los. Dabei hab ich nur erzählt, was Tom gesagt hat. Dass ich zu ihnen ziehen soll.«

»Vielleicht hast du sie damit überfahren.«

»Ich hab niemanden überfahren!« Elle zog einen Schmollmund. »Wenn überhaupt, hat Tom mich überfahren.«

»Ich habe viel nachgedacht, seit du mir davon erzählt hast. Madlen macht es sicher große Angst, dass du weggehen könntest.«

»Das kann sie mir nicht verbieten!«

»In zwei Jahren wirst du achtzehn. Das ist nicht mehr so lange hin.«

Für Elle waren zwei Jahre eine Ewigkeit.

»Nach der Schule zieh ich sowieso aus.«

»Genau davor fürchtete sich deine Mutter sicher. Sie wär dann allein.«

Ihr Problem, dachte Elle.

»Sie datet jemanden«, sagte sie. »Vorhin ist sie zum Telefonieren extra vor die Tür gegangen, damit ich nichts mitkriege. Nachher haben ihre Augen vor Freude nur so geglänzt.«

»Kann es sein, dass du eifersüchtig bist?«

»Spinnst du? Vielleicht umgekehrt. Neulich hat Mam sich genau solche Klamotten gekauft, wie ich sie gern anziehe.«

»Ist dir das peinlich?«

»Es ist *mein* Stil! Warum kann sie sich nicht anziehen wie andere Mütter oder wie –«

Elle unterbrach sich.

»Wie ich?«, frage Betse, kein bisschen beleidigt. »Hast du es ihr gesagt?«

»Was gesagt?«

»Dass es dich stört. Dass sie deine Individualität respektieren soll.«

»M-m.«

»Es ist wichtig, dass du ihr zeigst, wie sie auf dich wirkt. Du darfst dich ruhig mehr trauen.« Betse bedachte Elle mit einem liebevollen Blick. »Hey, ich mach dir einen Vorschlag: Dienstagabend gehen Alex und ich in den *Fünfziger*, um das Hochzeitsmenü zu besprechen. Willst du mitkommen – als unsere Speisentesterin?«

»Vielleicht.«

»Na, komm! Vorher machen wir was zu zweit. Ich seh zu, dass ich ein bisschen früher aus der Gruft rauskomme.«

»Es heißt Seniorenzentrum!«, sagte Elle. »Dienstag geht. Wann sollen wir uns treffen?«

»Gegen fünf. Ich schick dir eine Nachricht. Hey, ich freu mich, dass du wieder mehr aus deinem Dschungel rauskommst.«

Elle spürte eine heiße Welle durch ihren Körper wogen. Sie fühlte sich bei Betse wohl. Umso weniger Lust hatte sie, zurück nach Hause zu gehen.

»Kann ich bei dir schlafen? Bevor ich wieder im Dschungel verschwinde.«

Betse zögerte nicht lang.

»Ok. Aber du musst Madlen anrufen.«

Der Verdacht

Madlen hielt daran fest gemeinsam zum Italiener zu gehen. Elle war nicht ganz wohl dabei. Sie befürchtete eine weitere Auseinandersetzung über Toms Vorschlag. Doch ihre Mutter wirkte aufgekratzt, weder vom Zorn auf ihren Ex-Mann noch von ihrem Beleidigtsein übers Elles Flucht zu Betse schien etwas übrig zu sein.

»Ich bestell dir ein Glas Wein. Du bist ja quasi schon sechzehn.«

Elle protestierte sanft. Sie wollte Madlen endlich von ihren Party-Plänen erzählen. Wenn sie vom Alkohol benebelt war, würde das nicht leichter werden. Sie nahm sich vor, nur ein, zwei winzige Schlucke zu trinken und dabei abzuwarten, bis Madlen ihr Glas geleert hatte. Sie saßen am Fenster. Draußen an den Sträuchern zeigten sich die ersten Knospen. Endlich wurde es warm. Elle hatte das Gefühl, die lang andauernde Kälte säße ihr weiter in den Knochen.

Sie wollte bloß einen Salat. Madlen bestellte sich Pasta. Beim Essen erzählte sie zum x-ten Mal von der Reha. Elle langweilte sich. Sie sah zu, wie ihre Mutter die mit lachsfarbener Soße verschmierten Nudeln runterschlang und dabei behauptete, das Essen zu genießen. Sie selbst hatte schnell das Gefühl, vollkommen satt zu sein, und ließ den restlichen

Salat auf dem Teller. Das Brot mochte sie ohnehin nicht. Die ganze Zeit überlegte sie, wie sie am besten sagen konnte, dass sie ihren Sechzehnten auf dem Bahngelände feiern würde. Sie hätte lügen können, dass sie bei Junis oder so feiere. Madlen überprüfte so was nie. Aber sie wollte, dass ihre Mutter einverstanden wäre, dass sie sagte: Mir macht das ja ein bisschen Angst, aber ich vertraue dir. Lass dich nicht erwischen, hätte sie noch hinzufügen dürfen. Elle konzentrierte sich. Dass Madlen ihr nebenbei das Piercing gestattete, überhörte sie fast.

Zum Nachtisch musste sie sich ein Tiramisu bestellen. Sie schaffte gerade mal zwei Löffel. Ihre Mutter aß mit unerschöpflichem Appetit, für sie war der Italiener schätzungsweise ein Gipfel der Lebensfreude. Der Ausdruck hätte von Junis stammen können, tat er wahrscheinlich auch. Wieder holte Elle Luft, um loszureden. Doch Madlen kam ihr zuvor.

»Es gibt Neuigkeiten, Schatz.«

Sie zog den zweiten Dessertteller zu sich herüber und stieß den Löffel in das Tiramisu. Es kam, was Elle schon erwartete. Der neue Mann hieß Chris, sie kannten sich von der Reha. Madlens Augenlider flatterten. Sie aß und redete zugleich. Chris schien ein toller Typ zu sein. Da draußen liefen ja nur tolle Typen rum, jedenfalls solange man sie nicht näher kennen lernte. Madlen griff nach dem Weinglas und warf es beinah um. Elle fand sie übertrieben.

»Es ist mir totaal peinlich, Süße«, sagte sie und schabte den letzten Rest der Nachspeise aus der Schale. »Also, ich werde an deinem Geburtstag nicht da sein. Es gab einen supergünstigen Flug nach Malle und Chris hat ihn schon gebucht, er wusste ja von nichts. Langes Wochenende und so. Ist nicht stornierbar.«

Das Tempo, das ihre Mutter diesmal vorlegte, überraschte

Elle. Gleich zusammen in den Urlaub – sollte er es etwa ernst meinen? Diesmal nahm sie einen großen Schluck Wein. Sie sagte lieber nichts.

»Bist du jetzt sauer? Ich könnt es voll verstehen.«

»M-m.«

»Sag es ruhig. Ich finde es ja selbst schofel.«

»Schon ok. Ich weiß eh noch nicht, ob ich feiern werde.«

»Du darfst natürlich bei uns zu Hause feiern, wenn du willst. Aber macht bitte nichts kaputt. – Hey, ich ruf dich an, sobald wir im Hotel sind! Das ist sooo wichtig für mich, weißt du?«

»Ich weiß«, sagte Elle.

»Ich lass dir Geld da, damit kannst du für deine Fete ordentlich einkaufen. Trinkt keinen Schnaps, ok? Ach ja, ich habe mit deinem Vater geredet. Also, du kriegst seine Vespa! Er will sie nur noch durchchecken.«

»Ich freu mich.«

»Weißt du vielleicht, ob wir noch irgendwo Sonnenmilch haben, die in der Sprühflasche?«, fragte Madlen übergangslos. »Könntest du morgen welche besorgen?«

»Na klar.«

»Und du bist wirklich nicht sauer?«

»Nein, Mam. Du arbeitest immer so viel und du hast es verdient. Ich bin doch nicht sauer, wenn du einen neuen Freund hast.«

»Du Schatz!«, strahlte Madlen. »Daaanke!«

Sie sah in etwa so erleichtert aus, wie Elle sich fühlte.

Zusammen mit Junis sah Elle sich kurz darauf das Bahngelände an. Sie hätten leicht über den Zaun steigen können, doch Elle wollte lieber durch das offene Tor an der Rückseite gehen. Sie stellte sich schon vor, wie die ganzen Leute hier zwischen Pfützen und piksigen Pflanzenstängeln auf den Platz vor den Schuppen latschten. Sie hatte ein paar Absagen kassiert, aber sie hatte auch echt viele Leute eingeladen. Junis zeigte ihr einen im Gebüsch verborgenen, halb verfaulten Prellbock. Ein Stück weiter wies er sie auf einen alten Tennisschuh mit zerfetzter Sohle hin. Er hatte seine Augen wirklich überall.

Bevor ihr Großvater dement wurde, hatte er Elle oft vom Krieg erzählt. Wie alle Vertriebenen war er zwar erst später in die Gegend gekommen. Trotzdem wusste er viel über die Muna. Zwangsarbeiter stellten während des Kriegs aus giftigen Grundstoffen Munition her. Genau da, wo sie gerade standen, wurde das Zeug damals verladen.

»Die meisten haben nicht lange überlebt«, sagte er, immer mit so einem Lächeln, als freute es ihn irgendwie, »sie mussten sehr hart schuften und kriegten wenig zu essen. Wer muckte, wurde erschossen.« Darauf folgte regelmäßig sein Lieblingssatz, mit dem er die Geschichte krönte: »Diese Stadt ist auf Knochen errichtet worden. Menschenknochen, Ellen.«

Von den Knochen war nichts zu sehen und seit vielen Jahren fuhr hier auch kein Zug mehr. Elle beschloss sich nicht weiter irritieren zu lassen. Die Schuppen waren ganz schön modrig. Auf den Dächern wuchs Gras, an einer Seite stand sogar eine kleine Birke.

»Was denkst du, ob sie bald einstürzen?«

»Die schauen wir uns genauer an.«

Sie stemmten sich auf die Rampe hoch. Junis wollte das Tor aufschieben, aber Elle hielt ihn zurück. Sie fühlte eine Mischung aus Scheu und Lust hineinzugehen – die wollte sie nicht gleich verlieren. Er zuckte die Achseln und ließ den rostigen Griff wieder los. Noch einmal bot er ihr an, die eingekauften Knabbereien, Getränke und so weiter vorab herzubringen. Auch das lehnte sie ab.

»Hat Hell noch was von dem Ofen gesagt?«

»Er will ihn herbringen«, sagte Junis.

»Er soll ihn draußen stehen lassen, falls ich noch nicht da bin.«

»Ich sage es ihm. Aber der muss angeschlossen werden, weißt du? Das Ofenrohr muss zu einem Fenster oder zum Dach hinausführen.«

»Er soll trotzdem auf mich warten«, wiederholte Elle.

Sie glaubte immer noch nicht, dass Dennis einen kompletten Ofen hier raus bringen würde. Von einem Feldofen hatte er gesprochen, allein das hatte sie misstrauisch gemacht, dieses Wort!

»Weißt du, Junis …«

»Was?«

»Es haben schon zehn Leute abgesagt.«

»Wie viele hast du eingeladen?«

»Ich weiß nicht. So fünfundzwanzig?«

»Na, dann sind ja noch genug übrig.«

»Meinst du?«

»Nimm es mir nicht übel, aber meinetwegen könnten wir hier auch allein feiern, du weißt schon, nur die üblichen Verdächtigen.«

Das war wieder einer von seinen Ausdrücken.

»Jetzt«, sagte sie. »Lass uns das Tor aufschieben.«

Es quietschte laut.

Bis Mittwoch sagten noch mehr Leute ab. Manche fuhren in den Kurzurlaub, andere gaben gar keinen Grund an. Elle fühlte sich verletzt. Sie glaubte, die meisten von ihnen wollten einfach etwas anderes machen. Am Donnerstag, eine

Woche vor der Party, kam sie mit selbst gemalten Zetteln in die Schule, um wenigstens ein paar Leute umzustimmen. Sogar Sophie lud sie noch mal ein. Die aber warf nur einen kurzen Blick auf das liebevoll gestaltete Blatt, bevor sie die Brauen fast bis zum Ansatz ihrer frisch gefärbten Haare hochzog. Zwei volle Sekunden lang schaute sie Elle einfach nur an. Als sie schließlich den Kopf schüttelte, lag darin keinerlei Bedauern.

Elle fühlte sich erniedrigt und hätte am liebsten alle Internetkanäle mit Hass-Posts auf Sophie geflutet. Sie sah die Mädchen im Pausenhof zusammenstehen – Sophie mit ihren silbernen Haaren neben Corinna, dem Klischee, mit ebenso frisch gefärbten weißen Haaren und einem Mädchen aus der Zehnten, deren Schopf rot leuchtete. Das Klischee hatte dieses Jahr schon zwei Beziehungen hinter sich gebracht. Angeblich war sie sexbesessen. Und die Jungs, jedenfalls solche, die Alexander, Julius oder Maximilian hießen, standen auf sie. Genau diese drei strichen in ihren verschiedenfarbigen Woolrich-Parkas gerade um die Mädchengruppe herum.

Mit Wut im Bauch sah Elle zu, wie das Klischee sich Julius zuwandte. Sie sah ihm in die Augen, ließ den Blick langsam zu seinen Lippen wandern und zurück. Jetzt legte sie ihm die Hand auf die Brust und ließ sie dort ruhen. Julius grinste dämlich. Er traute sich nicht mal Corinna anzufassen. Die trat noch etwas näher. Elle beobachtete jede Einzelheit, sie gab sich keine Mühe ihr Interesse zu verhehlen. Sie stellte sich vor, wie die beiden zu den alten Schulklos hinter der Turnhalle abhauten. Eine der Türen war eingetreten worden – der optimale Ort, um einen Woolrich-Parka-Boy zu klären. Heißer Sex lebe vom Kontrast, behauptete Corinna. Elle kannte sie schon seit der ersten Klasse. Damals wollte sie immer Pferd spielen und jedes Mal musste Elle sich ein Bein brechen.

Dario kam und sagte ab. Es tue ihm leid, er habe an dem Abend ein Fußballspiel. Elle fand sein Verhalten nett. Doch ihre Vorfreude wurde immer kleiner. Offenbar interessierte es keinen Menschen, dass sie sechzehn wurde! War sie den Leuten so egal?

Langsam ging Junis an der Mädchengruppe vorbei. Elle wollte sich die Augen reiben. Corinna trat an ihn heran. Sie versuchte es mit der gleichen Nummer wie vorher bei Julius. Elle ballte die Fäuste, sie würde dem Klischee den Hals umdrehen. Innerlich zum Sprung bereit, schlich sie ein Stück näher hin. Das fiel niemandem auf, leider auch Junis nicht. Sie hörte Corinna etwas sagen, konnte die Worte aber nicht unterscheiden. Junis zuckte die Achseln, er schaute dabei teilnahmslos auf ihre Brüste, die sie ihm aus der halb offenen Jacke entgegenschob. Elle blieb trotzdem wütend, sie musste ganz schön an sich halten. Junis wurde lauter, sie verstand ihn plötzlich. »Ich finde nur nicht gut, dass es am selben Tag sein soll, Corinna«, sagte er in einem sehr erwachsenen Ton. Damit ließ er sie stehen.

Er war noch keine fünf Schritte entfernt, als das Klischee den Kopf an Sophies Schulter warf.

»Oh, mein Gott, er sieht so gut aus«, rief sie, »diese Jochbeine, diese Kieferknochen!« Sie fasste in ihr eigenes Gesicht. »Der Adamsapfel! Wenn er schluckt, dreh ich komplett durch! Von den Augen will ich erst gar nicht reden. Oh, mein Gott, oh, mein Gott, oh, mein Gott. Und dieses schwarze Haar. Es duftet, er wäscht sich sogar die Haare! Kann mir eine von euch sagen, wie ich diesen Typen klären kann?«

»Den klärst du niemals, der ist schwul«, rief Stabilo im Vorbeigehen.

»Ist eigentlich alles an dir so groß wie deine Ohren?«, fragte sie zurück.

Sie waren tatsächlich ziemlich groß. Elle konnte erkennen, wie sie nun rot wurden. Still ging er weiter.

»Stabilo sieht *auch* gut aus«, entschied das Klischee. »Er hat bedeutend bessere Haut als Maximilian. Aber seine Stimme macht al-les kaputt.«

Sie versuchte ihn nachzumachen.

»Junis ist schwul«, sagte Sophie. »Woher Stabilo das wohl weiß …«

Sie lachten. Elle dagegen wurde immer noch wütender. Sie würde ein paar Runden rennen müssen, um das loszuwerden. Das ging hier natürlich nicht. Zuerst still, dann mit großen stampfenden Schritten machte sie sich auf den Weg zu Junis, der inzwischen verdächtig nah beim Ausgang stand. Dabei erlebte sie live, wie die Nachricht sich über den Schulhof verbreitete. Überall wurde gelacht, sie hörte Sätze wie »Corinna fickt ihn trotzdem«, ein paar Mädchen sangen *Ride my Pony*. Einer aus den unteren Klassen fragte Junis ins Gesicht: »Bist du schwul oder bist du cool?« Dann rannte er weg, so schnell er konnte. Niemand verfolgte ihn.

»Hey«, sagte Junis, als sie ihn erreicht hatte. »Es gibt keinen Grund wütend zu sein. Oder doch, einen gibt es.«

»Die ist so bescheuert«, zischte Elle.

»Das Klischee will am selben Tag Geburtstag feiern wie du«, sagte er. »Ich weiß, das macht dich sauer. Aber ich finde, du solltest es wissen.«

»Und«, fragte Elle, »zu wem gehst du?«

Seine Augen gaben ihr die Antwort. Er schaffte es sie mit einem Blick zu besänftigen. Gleich machte sie sich wieder Sorgen um ihn.

»Wollen wir Arm in Arm in die Klasse gehen?«

»Danke, aber heute geh ich da nicht mehr hin. Wir sehen uns, Elle!«

Er lächelte geheimnisvoll und zog ab in Richtung Stadt. Elle schwankte ein paar Sekunden. Nein, sie konnte nicht schon wieder fehlen.

Nach der Pause, in Mathe, ging das Getuschel weiter. Die Mädchen um Corinna texteten mit ihren Phones, ab und zu wurde ein Kichern laut. Denner sagte nichts. Er duldete es sogar, als Mikel aufstand, um Stabilo etwas ins Ohr zu flüstern. Elle versuchte dem Unterricht zu folgen. Sie merkte schnell, dass es sinnlos war, denn sie wusste nicht mal, ob die kleine Zahl oben an der größeren nun Exponent oder Basis hieß. Also versuchte sie, einerseits aufmerksam zu wirken, sich andererseits jedoch hinter den gereckten Armen der Streber zu verstecken. Dennis' Kopf war auf die Tischplatte gesunken. Auch das störte Denner anscheinend nicht – Hauptsache, er konnte ein paar Leuten seine *Inhalte vermitteln*.

»Ok«, sagte er schwungvoll und zugleich genervt, »noch mal für alle: Welches Rechengesetz gilt für das Multiplizieren von Potenzen mit gleicher Basis? – Ellen!«

Sie schrak zusammen. Da hob Dennis mühsam den Kopf und nuschelte:

»Die is nich da.«

»Oh«, sagte Denner, »dann eben … aber da bist du doch, Ellen! Also?«

Zum Glück hatte Fabienne neben ihr das Buch aufgeschlagen und zeigte mit dem Finger auf die richtige Stelle. Elle konnte ablesen.

»Potenzen mit gleicher Basis werden multipliziert, indem man die Exponenten addiert und die Basis beibehält.«

»Sehr gut. Gibt jemand ein Beispiel?«

Die Streber meldeten sich wieder, aber Denner ignorierte sie. Stattdessen fragte er Stabilo. Der musste erst mal sein Buch aus der Tasche holen. Er blätterte ziellos darin. Denner sah ungewöhnlich lang zu. Er trug auch in Mathe ein Shirt, dass seine breiten Schultern betonte. Schließlich hatte er genug und wandte sich an die Klasse.

»Ok. Wie viel ist eins plus eins?«

Jetzt gab es lautes Gekicher und sogar Gelächter. Falsche Zahlen wurden gerufen, bis hoch zu Sieben. Ein Junge rief »Elf« und aus dem Gelächter wurde ein Johlen. Elle sehnte sich nur noch weg. Als Denner schwungvoll vom Pult sprang und sich der Tafel zuwandte, hatte sie den Impuls, ihre Tasche zu nehmen und leise zu verschwinden. Sie tat es nicht, sie sah zu, wie Mikel erneut aufsprang und an Hells Tisch riss, der ihm daraufhin gegen das Schienbein trat. Sogar Sophie stand auf, um Anna einen Zettel zu geben. Elle starrte auf den leeren Platz, auf dem ihr einzig möglicher Retter sonst saß. Als hätte er gemerkt, an wen sie dachte, rief Stabilo halblaut und mit verstellter Stimme: »Junis geht mit Denner.«

Sofort wurde es still in der Klasse. Denner drehte sich langsam um, er warf die Kreide in einem Bogen durch die Luft, fing sie mit der Linken wieder auf und leitete sie gleich aufs Pult weiter.

»Ok. Auf Seite vierundachtzig folgende findet ihr die Rechenregeln für das Potenzieren. Arbeitet sie selbständig noch mal durch. Fünfundachtzig unten die Aufgabe zwei und von der drei die Buchstaben a, b und c … und d macht ihr bitte als Hausaufgabe. Ist ja ein langes Wochenende. Wem das zu schnell ging, der kann es nachher von der Tafel abschreiben. O-k«, er hüpfte zurück aufs Pult und blieb dort breitbeinig sitzen, »und jetzt mal sehen. Wer von euch denkt, dass ich schwul bin?«

Er schaute alle der Reihe nach an. Keiner meldete sich. Es kicherte auch niemand mehr. Elle nahm die Befriedigung in Denners Gesicht wahr. Er fing allen Ernstes eine Diskussion an. Es gab die üblichen Sprüche zum Thema, etwa dass niemand aufgrund seiner sexuellen Orientierung benachteiligt werden dürfe. Lediglich Danilo, den keiner in der Klasse leiden konnte, sprach sich offen gegen Schwule aus. Er erntete dafür Kritik. Dennis hätte Elle zugetraut zu sagen, dass er einer *Schwuchtel* die Fresse polieren würde. Aber der wippte nur mit dem Stuhl und stieß dabei sein vorgeschobenes Becken rhythmisch gegen den Tisch. Als er vorhin behauptete, sie sei nicht da, war das eigentlich aus Nettigkeit ihr gegenüber gewesen oder weil er testen wollte, wie blöd Denner war?

Der sprach nun über die Häufigkeit von Homosexualität in verschiedenen Gesellschaften. Statistisch gesehen sei auch in dieser Klasse mindestens ein Junge schwul. Erneutes Gekicher. Er sprach nur von den Jungen und ließ den Blick dabei von Tisch zu Tisch wandern. Junis hatten offenbar alle vergessen. Dennoch hasste Elle die ganze Debatte. *Sie* dachte noch an Junis. Er schien sich wirklich nicht für Mädchen zu interessieren, jedenfalls nicht *so*. Seltsam war, dass Elle sich auch nicht *so* für ihn interessierte. Er war ihr bester Freund, sie verbrachten viel Zeit zusammen und vertrauten einander. Er sah gut aus, er war ihr Typ, aber er machte sie nicht an. War das der Beweis dafür, dass er anders tickte? Oder eher sie? Vielleicht würde sie ihn an ihrem Geburtstag küssen, nur probehalber.

»Zwei männliche Pinguine haben sogar ein Ei zusammen ausgebrütet«, sagte Denner gerade.

Elle merkte, dass sie eine Lücke hatte. Ihr war leicht übel. Sie wollte sich schon melden, um aufs Klo zu gehen, da erlöste sie der Pausengong. Sie sah, dass Denner mit weit vorgeschobenem Becken auf dem Pult saß. Es sah ein bisschen aus wie vorhin bei Dennis. Alle sprangen auf, sie schaffte es nicht unter die Ersten.

»Jedenfalls«, rief Denner laut, »muss ich euch enttäuschen. Ich bin nicht schwul. Nicht mal ein bisschen.«

Elle fühlte sich, als hätte er das ihr persönlich nachgerufen.

DER GEFUNDENE TOD

Die Freinacht

Das Bahngelände hatte Junis im letzten Herbst einmal überflogen und war dabei so weit runtergegangen wie nur möglich. Das Drohnenauge glitt über die Wipfel junger Fichten. Sie standen so dicht, dass nur Grün zu sehen war. Bei geringem Flugtempo waren im Video einzelne Zweige und sogar Nadeln zu unterscheiden. An einer kahlen Stelle ragte etwas Dunkles aus dem Boden, eine Rolle verrosteter Maschendraht oder ein halb verfaulter Teppich.

Da er ziemlich richtungssicher war, ließ er den Vogel in vollem Tempo über den Stichweg rasen. Die Kamera blickte senkrecht hinab. Aufgrund der Geschwindigkeit lieferte sie bloß eine Abfolge von Farben. Gelb, Rot und Braun herrschten vor, ab und zu unterbrochen von grünen Blitzen. Nur in einer Zeitlupe ließen die Bilder sich zuordnen oder eben aus Erfahrung. Laub, Gras, Zweige, Wasser. Aber was sagte das aus? Begriff man mehr von der Welt oder vom Leben, wenn man diese Dinge benennen konnte? Junis bremste die Drohne ab, bis sie über einer Pfütze stand, und verringerte noch einmal die Höhe. Das Gerät nahm sich selbst auf oder eigentlich sein Spiegelbild im Wasser, das der Rotorwind verzerrte. Die Konturen des Flugkörpers schlingerten, als wäre er dabei sich aufzulösen. Die Rotoren schienen zu eiern, so hätten sie in der Wirklichkeit kein noch so kleines Objekt in der Luft halten können. Die Teerpappe auf dem Dach des Schuppens verwandelte sich in die Wüste eines fernen Planeten. Düstere Abgründe taten sich auf, in die kein Raumschiff vordringen konnte. Diese fremde Welt, stellte sich heraus, war eine Scheibe, dazu viereckig. Junis war wieder hochgegangen, bis er das Gelände vollständig im Bild hatte. Aus der Höhe war es leicht sich zu orientieren. Aber dieser Überblick erschien ihm nachher wie eine Fälschung. So wie man aus dem Flugzeug eine Landschaft betrachten konnte, die sinnvoll geordnet wirkte. Fuhr man mit dem Fahrrad oder dem Roller durch dieselbe Landschaft, verschwand die Ordnung schnell und man brauchte ein Navigationsgerät, um sein Ziel zu finden. Er wünschte sich, dass das Laub, die Nadeln und Halme, die Wasser- und Teerflächen, die er sah, nicht länger diese Dinge wären, sondern unbestimmte Objekte, denen er selbst ihre Bedeutung zuordnen konnte – grüner Teppich, Rücken einer Rakete, spiegelndes Dach über dem Jenseits. Für diese Welt gab es keine Totale, die eine Verbindung von Bild und Gedanken löste die nächste und löschte die vorige aus.

Er hatte sich das Video noch einmal angeschaut, bevor er mit Elle zum Feiern dort hinausging. Vor Ort wollten die Dinge sich jedoch nicht noch einmal verwandeln. Die Pfützen blieben Pfützen, der Schuppen ein Schuppen, und der Wald war der Wald. Er sagte sich, dass er schließlich auch nicht von oben hinabschaute. Auch nicht auf Elle, die Elle blieb und weiterhin hoffte, dass viele Gäste kommen würden.

Inzwischen war es sieben und noch hell. Elle ließ die Beine von der Laderampe baumeln und schien zu träumen. Er an ihrer Stelle hätte eine Legende schaffen wollen, ein Fest, von dem man noch in zehn Jahren sprach. Er stellte sich vor, wie eine Menge Leute auf das Gelände strömte und der Lärm schnell anschwoll, wie einige zu tanzen begannen, während andere im Schuppen kifften. Alle tranken und alle fanden die Musik vollkommen; sie waren glücklich.

Elle sprang auf die Füße. Offenbar fühlte sie sich unbeobachtet, oder es war ihr egal, dass Junis zusah, wie sie ein paar Übungen machte. Sie bemerkte sein Zeichen nicht, das er ihr gab, als von hinten Dennis ankam und sie mit einem Stoß in den Rücken erschreckte. Er schien das immer noch für einen guten Witz zu halten. Obwohl es noch gar nicht so weit war, nuschelte er einen Glückwunsch. Verärgert schaute sie ihn an. Unbeeindruckt hob er eine Plastiktüte hoch und schüttelte sie. Im Innern klackten Flaschen aneinander.

»Vale, der Versager, hat sich erwischen lassen«, ließ er sie wissen. »Deshalb bring ich nur drei Flaschen. Exklusiv geklaut bei *Uwe's*.«

Das war sein Trumpf. Elles Miene hellte sich auf.

»Ich hab auch den Ofen«, fuhr er fort und grinste noch breiter als breit. »Ein Zeltofen. Von meinem Bruder. Dafür könn'st du mir mindestens die Eier kraulen.«

»Du nervst«, antwortete sie.

Viel zu milde Reaktion, fand Junis.

»Feierst du in dem Schuppen da?« Dennis deutete mit dem Kopf in die Richtung. »Ich bau ihn so auf, dass es drinnen nicht raucht. Du kannst so lang Holz sammeln gehen.«

Folgsam verschwand Elle zwischen den Büschen. Warum gehorchte sie ihm? Und hatte sie nicht gesagt, Dennis solle auf keinen Fall allein in den Schuppen gehen?

Junis folgte ihm nach drinnen. Er hatte sich vorgenommen, Dennis zu ermahnen, dass er seine anzüglichen Bemerkungen Elle gegenüber heute einmal bleiben lassen sollte. Es war gut möglich, dass er damit das Gegenteil bewirken würde. Außerdem gefiel es ihm, wie konzentriert und fachmännisch Dennis gerade den Raum musterte. Sein Blick wanderte unter dem Dach entlang zu den Stellen, an denen die Balken gebrochen waren und in zackigen Fetzen Teerpappe herabhing. Weiter wanderte er über die Wand zu dem hoch gelegenen Fenster, von dem nur die eisernen Sprossen übrig waren. Dennis nickte beifällig. Er holte das Ofenrohr und steckte es geschickt zwischen den Streben hindurch. Wie ein Fragezeichen hing es an der Wand. Junis nahm sich vor, ihm für die Schlepperei zu danken. Ohne Ofen könnten sie es keine drei Stunden hier aushalten, zumal seiner Einschätzung nach kaum weitere Leute kommen würden. Das tat ihm leid.

Dennis schleifte jetzt den Ofen rein, die eisernen Füße kreischten über den Betonboden. Junis dachte nicht daran ihm zu helfen. Er fummelte stattdessen seine Boom aus dem Rucksack. Als Dennis sie sah, ließ er den Ofen so abrupt los, dass der für ein paar Sekunden tanzte. Er rannte zu Junis und wollte die akkubetriebene Box gleich in die Hand nehmen. Junis zog sie weg. Dennis fingerte sein Phone aus der Hosentasche.

»Komm, schalt an, dann kann ich mich verbinden. Wir stellen sie auf die Rampe. Von da können wir das ganze Gelände beschallen.«

Junis stellte sich MC Dennis vor, wie er von einem zum anderen Ende der Rampe sprang und nicht in den Kopf kriegte, dass der Menge unten sein Set nicht gefiel. Er sah ihn zappeln und sich selbst feiern.

»Erstens«, bestimmte er, »bleibt die Box drinnen. Ich will nicht, dass sie versaut wird. Zweitens verbinde ich sie mit

Elles Phone. Und wenn sie das nicht will, habe ich ein paar Sets vorbereitet.«

»Die hört bestimmt nur Scheißmusik«, murrte Hell. »Shawn Mendes, oder?«

Solange Junis diesen Ort kannte, stand hier ein verwestes Sofa. Früher hatte er sich bedenkenlos draufgesetzt. Heute dachte er, dass es vielleicht doch gesünder wäre zu stehen oder daneben auf einer Pappe zu hocken. Der Boden war ja einigermaßen trocken. Sein Blick fiel auf das Rohr für die elektrische Leitung, das unten von der Wand abstand. Oben hing noch die Porzellanfassung für eine Glühbirne, aber Strom gab es nicht. Das hatte er außer Acht gelassen, sonst hätte er einen Generator organisiert. Hier zu sitzen, wenn es draußen richtig dunkel wurde, konnte keinen Spaß machen. Er fluchte innerlich, weil sie so amateurhaft an die Sache rangegangen waren.

In einer Ecke sah er einen Haufen Ziegelsteine liegen. Einige davon schichtete er sorgfältig zu einem Turm auf. Die obere Lage wischte er mit einem Papiertaschentuch ab, ein weiteres breitete er anschließend als Deckchen darauf aus. Dort platzierte er die Boom. Er wollte sie gerade einschalten, da hörte er von draußen Stimmen.

Elle hatte sich nur wenige Meter vom Schuppen entfernt. Die wenigen Äste in ihren Händen ließ sie wieder fallen, als sie sah, wer sich dem Schuppen näherte. Ausgerechnet das Klischee! Die machte doch ihre eigene Party! In ihrem Gefolge gingen Leon und zwei weitere Jungs. War einer von denen Holger? Sie hatte sich nicht getraut ihn einzuladen. Vielleicht ging er auf Corinnas Party? Nein, es war nur jemand, der Holgers Stil nachahmte.

Die Frage blieb, warum Corinna aufkreuzte. Vielleicht, dachte Elle, war ja zu *ihrer* Party keiner gekommen und sie hatte sich entschlossen lieber hier mitzufeiern. Oder sie kam, um Leute zu sich abzuziehen. Oder, das würde am besten zu ihr passen, sie fand den Ort so unschlagbar toll, dass sie ihre eigene Feier hierher verlegt hatte. Es gab schließlich noch einen zweiten Schuppen auf dem Gelände.

»E-elle!«, rief das Klischee, »hast du nun heute Geburtstag oder morgen? Ich möchte dir gratulieren, aber *vorher* bringt Unglück. Ich hab übrigens heute, Schwester.«

»Morgen«, sagte Elle.

»Dann hab ich ja vor dir. Ist das lässig?« Sie schmiegte sich so eng an Leon, als wollte sie mit in seine Haut schlüpfen.

Elle gratulierte ihr.

»Wir sind mit dem Auto rübergekommen, weißt du, um schnell mal bei deiner Party vorbeizuschauen, bevor bei uns richtig die Post abgeht. Ich starte erst um neun. Feierst du da drin?« Sie zeigte auf das Schiebetor. »Ab-ge-fahren!«

Schon witschte sie durch den Spalt hinein, Elle folgte ihr. Wo war eigentlich Dennis hin? Sie sah nur Junis. Er hatte eine Art Tisch für seine Boom gebaut und stellte sich nun schützend davor. Es lief noch keine Musik. Es gab zu wenig Licht.

»Lässig«, sagte das Klischee, »ich nehme an, das ist pur. Richtig? So punkmäßig. Oder? Habt ihr gar keine Matratzen? Auf dem Sofa kann man ja nicht sitzen oder so. Das ist zu schmutzig, würde ich sagen. Wann kommen eigentlich deine Leute?«

Immer noch hing sie an Leon, als könnte sie allein nicht gehen. Trotz der Dämmerung im Schuppen sah Elle jede Einzelheit ihres Make-ups. Leon presste die Hand auf Corinnas Taille, und sie machte ein Hohlkreuz, das ihre Brust noch besser zur Geltung brachte. Jetzt hatte sie den kleinen Ziegelturm entdeckt.

»Was hast du da, Junis?« Sie bog sich so lange, bis sie an ihm vorbeischielen konnte. »Oh, die UE Boom 2! Nicht schlecht, wenn man keine richtige Anlage hat.«

Junis schob sich erneut zwischen seine Box und das Klischee.

»Lässig, lässiger Ort, lässige Idee«, sagte sie. »Ein bisschen kalt um diese Jahreszeit. Vielleicht mache ich meine nächste Party hier, im Sommer. Aber lasst euch nicht erwischen. Und wenn doch: Ihr wisst ja, wo ihr mich findet. *Meine* Party geht mindestens bis morgen früh. Vielleicht auch das ganze Wochenende. Ciao, Junis.«

Corinna schenkte ihm einen ihrer Augenaufschläge und legte wie neulich in der Pause die Hand auf seine Brust. Elle ballte ihre Hand zur Faust.

»Wir feiern kurz und hart«, sagte Junis.

Die Augen des Klischees leuchteten auf.

»Kurz und hart, das klingt … *uuhm*. Wir werden auch kurz und hart feiern, Jungs! Kürzer und härter, dafür öfter. Kommt!«

Bereits im Gehen, wandte sie sich plötzlich noch einmal an Elle.

»*Uups*, fast vergessen. Ich habe ein Geschenk für dich. – Leon!«

Der setzte den Rucksack ab und holte ein Päckchen raus, umwickelt mit lila-grünem Papier. Ein geringeltes goldenes Band verzierte das Geschenk. Elle wollte es nicht. Ein bisschen freute sie sich dennoch.

»Du darfst es erst aufmachen, wenn du Geburtstag hast. Sonst bringt es Unglück. Aber ich kann dir schon mal verraten, was drin ist: eine Bree Faro 1! Das ist die beste, schönste, praktischste Handtasche, die es gibt. Kein Fake. Ich hab sie doppelt, weißt du? Ciao, Elle!«

Junis fühlte sich erleichtert, als das Klischee mit seinem Gefolge wieder verschwand. Anders als letztens in der Schule war ihm ihre Hand auf seinem Körper nicht egal gewesen. Es hatte sich angefühlt, als würden aus ihren Fingerspitzen vier kalte Geschosse tief in seine Brust eindringen. Der ganze Auftritt war ihm zuwider. Elle tat ihm schon zum dritten Mal an diesem Abend leid. Er wollte sie drücken, nur hätte sie das sicher nicht gemocht. Sie gingen zurück auf die Rampe, um weiter nach Gästen auszuschauen.

Sie sahen nur Dennis zurückkommen. Er schleifte an einem Elektrokabel einen dürren Stamm hinter sich her. Die Hose mit Camouflage-Muster wirkte zu weit um seine Beine, die Sneakers waren aufgeplatzt. Der brombeerfarbene Hoodie schlockerte wie ein Sack um seinen Leib. Diese Sachen trug er meistens. Junis wusste vom Sportunterricht, dass er außerdem immer ein hautenges Doppelripp-Shirt anhatte, das seinen allerdings schmalen Brustkorb betonte. Dennis' Arme waren sehnig, die Muskeln nicht besonders ausgeprägt. Der ganze Körper hatte so eine feste Textur. Junis konnte sich schwer vorstellen, dass dieser Junge einfach jemanden umhaute. Andererseits waren die echten Schlägertypen selten besonders große oder muskelbepackte Kerle. Auch sein kantiges Gesicht wirkte wie eine Warnung. Seine Züge waren beinah schon männlich, der Adamsapfel stand hervor, leichter Bartwuchs zeigte sich. Die Haare trug Dennis kurz rasiert, nur auf der Schädelplatte waren sie ein wenig länger. Wie er es schaffte, ohne Jacke nicht zu frieren, war Junis ein Rätsel.

»Elle, kuck ma, kuck ma!«

Junis staunte, als Dennis plötzlich eine Drohne in Händen hielt. Es war nicht irgendeine Drohne, es war *seine* außer Kontrolle geratene Drohne. Die gelb-schwarze Lackierung erkannte er sofort. Die vier Rotoren an den Ecken wirkten unversehrt. Der hatte sie also entdeckt.

»Schenk ich dir. Die hab ich im Wald gefun'n. Es sin nur ein paar Kabel ab. Die löt ich dir noch.«

Elles Züge blieben völlig neutral.

»Was ist mit der Steuerung? Hast du die auch – *gefun'n*?«

Dennis schien nicht zu bemerken, wie sie ihn nachmachte.

»Die kriegs du in jedem Elektronikmarkt. Kommt noch.«

»Ich kann sie dir auch besorgen.« Mehr sagte Junis nicht.

»Danke, Dennis«, sagte Elle, schon wieder so brav.

»Is mir ein Vergnügen«, erwiderte der. Und gleich fing er wieder zu zappeln an. »Stell dir vor, das wär ne Kampfdrohne. Ich mein, du sitzt irgendwo auf so ner Militärbasis rum und daddelst an den Knöpfen – is vielleicht 'n bisschen langweilig. Also, du stehst mit dem Ding stundenlang über nem Wald wie hier und kuckst und kuckst mit deiner Kamera. Nix und niemand bewegt sich. Du fliegst 'n bisschen hin und her. Auf einmal wackeln die Büsche und da kommen die Taliban ausm Wald, du visierst den Kaftan von so einem an und *zack!* Rakete drauf. Auf die Schädel von denen.«

Nie vorher hatte Junis gehört, dass Dennis so lang redete.

»Hell! Stell dir vor, deine Drohne steht über Vierweg«, fing er an.

Das konnte Dennis nicht. Er glaubte, die Schule hätte ein Ziegeldach. Er wusste nicht mal, ob man von oben die Inschriften der Grabsteine lesen konnte, die sein Vater regelmäßig auf dem Friedhof aufstellte. Junis machte das Spaß.

»Du steuerst den Predator noch näher hin und dann«,

sagte er harmlos, »feuerst du deine Hellfire ab, genau in dem Moment, in dem du Denner am Giebelfenster siehst.«

»*Paouh*, und tschüs«, erwiderte Dennis grinsend, »a-to-misiert, der Sack.«

»Nicht mal die De-eN-iS bleibt übrig«, setzte Junis noch eins drauf. Dennis kapierte den Witz genauso wenig wie vorher den mit dem Giebel an einem Flachdach-Bau.

Es machte Junis immer mehr Spaß Dennis zu veräppeln. Der glaubte es sogar, als er ihm einen Fluss unterjubelte, der angeblich durch Vierweg strömte. Dennis wollte dem Lauf mit der Drohne bis zum Meer folgen und überhaupt per Kamera die Welt überwachen, das Böse aufspüren und vernichten. Sicher war er noch nie in seinem Leben aus dieser Gegend weggekommen, war noch nie geflogen, womöglich nicht mal auf einen Hochsitz geklettert, dachte Junis. Und vielleicht würde sich das auch nicht ändern.

Auf einmal tippte Elle ihm auf die Schulter. Sie zog ihn erneut nach drinnen.

»Hör auf, bevor er was merkt«, flüsterte sie dort.

Junis wollte sich unschuldig geben, konnte aber nicht verhindern, dass sein Gesicht sich verzog.

»*Was* merkt?«, versuchte er es schlapp.

»Dass du ihn hochnimmst. Wenn du ihn wütend machst, ist meine Party endgültig hin.«

»Sie hat ja nicht mal richtig angefangen«, murmelte Junis. »Wieso geht der Ofen nicht?«

»Hell meint, das Holz ist zu nass. Alles Holz hier. Und Licht haben wir auch nicht.«

Elle sah geknickt aus. Er drückte ihren Oberarm.

»Du hast dir die Haare toll gemacht. Sieht umwerfend aus!«

»Eigentlich wollte ich bunte Extensions.«

»Und?«

»Zu teuer. Mann, Junis! Meine Haare sind so was von dünn, ich kann gar nichts damit anstellen.«

»Hast du dein Phone schon mit der Boom verbunden?«

Es war nicht das erste Mal, und die Box erkannte Elles Phone sofort. Junis hoffte, die Musik könnte ihre Laune heben. Er würde versuchen sie zum Tanzen zu bringen. Sie würden die Party einfach zu zweit starten.

Elle war danach, Wincent Weiss zu hören, nur das hätte sie nie zugegeben. Sie wusste, dass die anderen ihn kitschig fanden. Außerdem machten seine Songs sie melancholisch, und das brauchte sie gerade nicht. Also entschied sie sich für eine Playlist, die eindeutig von Hollywood Undead dominiert wurde. Die hatten mit ihrer Mischung aus Metal und Hiphop gerade den coolsten Sound.

Woa, das machte Gänsehaut! Binnen Sekunden hob sie ab. Sie verzichtete auf die Idioten, die nicht zu ihrer Party kommen wollten, sie brauchte weder den Ofen noch das Licht, sie hatte die Musik, sie stieg in den Himmel, sie flog, sie war frei.

Sie schaute Junis an. Als könnte er Gedanken lesen, setzte er seinen schlaksigen Körper in Bewegung. Es waren eckige Bewegungen, ein bisschen steif, aber das machte nichts, im Gegenteil, so ließ es sie in Ruhe, ein Körper neben ihrem Körper, der nichts wollte und nichts gab, so konnte sie für sich bleiben und war doch nicht allein. Sie konnte genau das tun, was Junis tat – sich einzig zu den Beats wiegen. Sie sang sogar ein bisschen mit: *I think I've lost my mind, I'm feeling so alive*.

Nach einer Weile hielt Junis inne. Er goss zwei Wodka-Bull ein, die Becher und die Energy-Drinks musste *er* mitgebracht haben. Elle nahm einen großen Schluck und noch einen. Das war der Treibstoff, der sie endgültig rauskatapultierte, durch die Wolken, unter denen ihr ereignisloses Leben verschwand, schoss sie hinauf ins All zu tausend Sternen. Sie war kurz davor, die Arme auszubreiten, aber nein, es war noch zu früh, all das sollte vorerst nur innen geschehen. Das ganze Universum – es war absolut unglaublich! – war in ihr drin, es passte in ihren dünnen Körper, er wurde noch leichter, als er sich ohnehin anfühlte. Und heute war das genau richtig, dieses fehlende Gewicht ließ sie fliegen und fliegen. Die Leichtigkeit saß in ihrem Kopf, in ihrer Brust, sie kroch in den Bauch, in ihre Arme und Beine. *Woa, woa, woa.* Sie würde grenzenlos sein! Sie würde nicht sechzehn, sondern ewig alt sein! *Woaa.*

Dennis machte sich an dem Baumstamm zu schaffen, den er auf die Laderampe gezogen hatte. Er wollte ihn mit seinem Multitool klein sägen, merkte jedoch schnell, dass er da eine echte Aufgabe hatte. Die Äste, die hier rumlagen, würden niemals brennen, sie waren viel zu nass. Dieses dickere Holz aber müsste im Kern trocken sein. Die Stücke, die er von dem Stamm absägen würde, wollte er anschließend mit dem Multitool spalten.

Er hörte einen Zweig knacken. Vale kam über das Abstellgleis. Na, endlich. Er schleppte eine schwere Tasche und trug mit der Linken außerdem noch einen olivgrünen Zehnliterkanister.

»Ey, Kälbchen! Schlepps du nen Kanister Wodka an?«

»Ich hab noch zwei Flaschen organisiert, Hell. Im Kanister ist Diesel. Mein Alter hat einen ganzen Tank voll für seinen Trecker.«

»Manchmal hast du nen Lichtblick.«

»Wo sind die andern?«

»Elle und Junis im Schuppen, kanns raten, was die machen.«

Zur Erklärung für den Kleinen schob er den Zeigefinger durch ein Loch, das er mit Daumen und Finger der anderen Hand formte. Vales Gesicht verzog sich.

»Und die andern?«

»Es kommen keine annern. Glaub nicht dran.«

»Ich hab auch Lampen dabei, bisschen Licht kann nicht schaden. Auf Dauer kannst du die nicht mit Diesel brennen lassen, aber heut Nacht geht schon. Einen Haufen Grillanzünder hab ich auch.«

»Bist 'n schlaues Kälbchen.«

Vales Augen leuchteten auf. So einfach war es Menschen dankbar zu machen! Der Kleine hievte seine Sachen auf die Rampe und stützte sich anschließend selbst rauf. Dennis zog das Schiebetor zurück. Er hatte einen lustigen Einfall.

»Polizei, Polizei! Keine Vögelei!«

Die beiden Langweiler zuckten nicht mal. Dennis riss Vale die Lampen aus der Hand.

»Onkel Hell bringt Licht«, rief er.

»Es ist so dunkel, dass ich nicht mal sehe, was du da hast«, sagte Elle.

Er hielt ihr die Lampen hin. Gern geschehen!

Vale brachte mithilfe der Grillanzünder und des Diesels den Ofen in Gang. Offenbar hatte er Talent für so was. Er kam sogar auf die Idee, beim zweiten, wesentlich verfalleneren Schuppen ein paar Bretter vom Dach zu reißen.

»Schon wieder 'n Lichtblick. Ich helf dir!«

Er gab dem Kleinen eine freundliche Kopfnuss. Zusammen gingen sie rüber. Das Holz vom Dach war unter der

Teerpappe halbwegs trocken und würde gut brennen. Sie schleppten jeder ein paar Bretter zum Ofen. Weil sonst nichts da war und das Sofa besetzt, hockte Dennis sich auf den Stapel. Vale kauerte sich dicht neben den Ofen, offensichtlich fror er. Die Lampen rußten heftig, aber ihr Licht gefiel ihm. Es war so gelb und warm, und wenn sie schaukelten, sprangen nervöse Schatten über die rohen Wände. Er dachte an Halloween. So eine Maske hätte er jetzt gern getragen. Elle fläzte sich auf dem Sofa und flog die Drohne mit ihrer Hand. Auf einmal sah das Teil aus wie ein Raumschiff. Er konnte nicht sagen warum. Vale riss die Augen auf, als er das Gerät wiedererkannte. Beleidigt glotzte er herüber, sagte aber nichts. Der hatte inzwischen kapiert, wie das bei Onkel Hell lief.

Gegen elf kam ein Trupp Schüler vom E.T.A. Hoffmann-Gymnasium vorbei. Unter ihnen war tatsächlich Holger. Offenbar hatte er Freunde, die noch zur Schule gingen. Elle spürte wieder ihr Blut zum Herzen fließen. Ein Wunsch ging in Erfüllung!

Sie bot ihnen Wodka-Bull an. Gern wäre sie mit ihnen ins Gespräch gekommen. Aber sie machten sich nur über die Musik lustig, ebenso über die Lampen und den Ofen. Dabei wurde es endlich wärmer in dem Schuppen. Ohne zu fragen, schenkten sie sich nach und begannen von irgendwelchen Streichen zu erzählen, die sie für die Freinacht geplant hatten. Ursprünglich hätten sie der Geschichtslehrerin ein mobiles Klo in den Garten setzen wollen. Wie langweilig, dachte Elle. Die Idee, dem Direktor ein Bett ins Büro zu stellen, fand sie auch nicht berauschend. Sie seien davon abgekommen, weil sie keinen Weg gefunden hätten, ohne Gewalt in das Gebäude einzudringen. Lustiger fand sie schon, dass sie nun ihrem Deutschlehrer, der Modelleisenbahnen sammelte, ein paar Meter Gleis in den Garten legen wollten. Deshalb seien sie hier.

Elle fühlte sich vom Alkohol leicht benebelt. So gut und so unauffällig es ging, ließ sie ihre Augen Holger folgen. Zwischenzeitlich hatte sie das Gefühl auf seinen Schuhen zu stehen und jede seiner Bewegungen mitzuvollziehen. So ein schwereloser Tanz war das, für alle anderen unsichtbar. Zum Glück kam er nicht auf ihren blöden Ausflug ins Miami zurück. Einmal versenkte er seinen Blick in ihren, mindestens drei Sekunden lang und mit einem winzigen Hauch von Lächeln. Bei ihr kribbelte alles, im Bauch und auch darunter. Diese hellen Augen! Und die schwarzen Haare, die er ganz einfach trug. Am meisten beeindruckte sie sein Auftreten: ruhig, freundlich, so selbstsicher, dass er es nicht nötig hatte sich über die Jüngeren lustig zu machen.

Ansonsten beachtete er sie kaum. Nur als er erfuhr, dass sie in ihren Geburtstag reinfeierte, wünschte er ihr vorab alles Gute und machte eine Bemerkung darüber, wie sich für ihn mit sechzehn unglaublich viel geöffnet hätte, als er endlich Moped fahren durfte und mal aus Vierweg rauskam und als er durch das Lesen begann das Leben zu verstehen. Er redete wie ein Lehrer, wie der Kunstlehrer. Eigentlich konnte Elle das nicht leiden, doch von Holger klang es … gut. Gleich am nächsten Tag wollte auch sie mit dem Lesen anfangen.

Auch Junis freute sich, dass Holger da war. Er fragte sich, warum diese zierlicheren Jungen ihn so anzogen. Kam das, weil er selbst so übergroß und ungeschlacht war? Holger wirkte nicht so sehnig und hart wie Dennis, er hatte außerdem bessere Haut. Die hellen Augen hätte Junis ihm stehlen können, mit hellen Augen wirkte einer gleich viel intelligenter! Wie einladend er damit schauen konnte. Und so schöne Hände hatte er, so lange Finger und gepflegte Nägel. Als die Truppe ihre leeren Becher und Flaschen abstellte, lud Junis sie ein noch zu bleiben. Später könne man ihnen ja helfen das Gleisstück auszubauen. Willst du nicht auch mal dein Phone mit der Boom verbinden, Holger? Ich würde so gern deine Playlist hören.

Leider traute er sich nicht es laut zu sagen.

Dennis langweilte sich mächtig. Er schnappte sich die Drohne. Zu gern hätte er sie über den Köpfen der anderen kreisen lassen. Er hatte sie bei Vale heimlich einkassiert, weil er plötzlich dachte, sie wäre ein gutes Geschenk für Elle. Jetzt merkte er, dass er sie lieber selbst behalten wollte. Er schoss ein paar Raketen ab; die Explosionen und deren Folgen konnte er sich prima vorstellen. Flüsternd beschrieb er dem Kälbchen seinen Flug mit der Kampfdrohne.

»Der Predator steht überm Fluss, ganz nah bei unsrer Schule. Von unten sieht ihn keiner. Die Kamera checkt den Pausenhof.«

»Welcher Fluss denn?«, fragte der Kleine.

»Wieso, *der* Fluss! Ich bin vorhin schon die ganze Zeit da drüber geflogen.«

Vale schaute ihn komisch an.

»Du bist nicht von hier, was?«, mischte sich einer der Gymnasiasten ein. »In Vierweg gibt's keinen Fluss, Kleiner.«

»Nenn mich nich Kleiner!«, rief Dennis und sprang auf die Füße. Was lauschte der Sack!

»Naja, vielleicht hab ich auch was verpasst. Leute, kennt einer von euch einen Fluss in der Gegend?«

»Einen Fluss? Klar, Mann, die Viere.«

»Die Wege.«

»Der Weg ist der Fluss.«

»Es gibt hier vier Flüsse.«

»Eigentlich müsste unser Ort Vierfluss heißen.«

Dennis warf einen bösen Blick auf Junis. Der tat, als kriegte er von alldem nichts mit. Na, dem Penner würde er später noch Bescheid stoßen.

»Lass uns verschwin'n, Kälbchen«, sagt er leise.

Aber Vale blieb sitzen.

»A'schlöcher«, murmelte Dennis im Rausgehen. Der Fluss war aus seinem Kopf verschwunden, als wäre er nie da gewesen. Während er in die Dunkelheit stapfte, stellte er sich vor, ein Predator würde über ihm schweben. Er war mit einer Thermalkamera ausgestattet, das wusste er, und die Raketen hatten einen Wärmesensor. *Paouh*, es krachte und blitzte. Sein Kopf explodierte. Seine Eingeweide verteilten sich über den eisigen Boden. Sie schimmerten feucht im Sternenlicht.

Kurz vor Mitternacht hatte Elle einen kleinen Stimmungseinbruch. Holger und die Gymnasiasten waren wieder gegangen, sie hatten den größten Teil vom Bier und eine Menge Wodka getrunken. Holger hatte nicht weiter mit ihr geredet, nicht mal tschüs gesagt. Aber das war es nicht. Seine Playlist fand sie übrigens langweilig, das waren alles so deutsche Bands mit ironischen Texten, die am Ende einfach nur blöd waren, oder Gitarren-Pop. Das Kribbeln in ihrem Bauch wurde zu einem Brennen und es brannte ein Loch in ihre

Eingeweide. Aber das war es nicht, sicher nicht. Es lag am Älterwerden. Tom hatte mal behauptet, ab fünfzehn würden alle Menschen degenerieren, auch das Gehirn baue bereits ab. Genau so ein Gefühl hatte sie jetzt, als könnte sie nur noch Tippelschritte gehen und nichts mehr im Kopf behalten. Sie befand sich auf direktem Weg in die Gruft. Das wollte sie nicht mehr denken, aber heute passte es: Gruft, Gruft, Gruft.

Tom hatte diesmal an ihren Geburtstag gedacht und sie angerufen. Die Vespa sei noch nicht fahrbereit. Er hatte sie komplett auseinandergenommen, nun fehlte ein Ersatzteil, das sich schwer auftreiben ließ. Erneut kam er mit dem Vorschlag, sie solle zu ihm ziehen. Sie verweigerte die Antwort. Eigentlich hatte sie keine Lust. Madlen würde sie dafür hassen. Tom dagegen wäre womöglich beleidigt, wenn sie es nicht tat. Ingenhausen lag einfach zu weit weg, selbst mit einer Vespa.

Sie vermisste auch andere Mädchen auf ihrem Fest. Sophie hätte wenigstens kurz vorbeischauen können, sogar Betses Abwesenheit schmerzte sie nun. Aus gutem Grund hatte sie ihre ältere Freundin nicht eingeladen, sie hätte sich gefühlt wie mit einer Aufpasserin. Außerdem glaubte Betse, sie würde im ehemaligen Jugendzentrum feiern. Sie hätte sonst garantiert versucht, ihr das Bahngelände auszureden. Im Endeffekt war nur Junis ein echter Freund. Den kleinen Vale mochte sie ebenfalls; er war halt noch ein Kind und klebte viel zu sehr an Dennis. Sie hätte es ok gefunden, wenn die beiden vorhin zusammen verschwunden wären, um erst in ein paar Tagen wieder aufzutauchen.

I checked my head, but no one's home. The mood is right, the party is on. Looks like tonight, I'll be drinking alone. Ganz leise sang sie ein paar Zeilen mit und fühlte sich verstanden. Der Ofen machte sie schläfrig.

»Was habt ihr eigentlich gesagt, wo ihr heut Nacht bleibt?«, wollte Vale plötzlich wissen.

»Ach, Kälbchen«, sagte Junis, »wir sind schon aus dem Stall heraus und beinah in der weiten Welt, da muss man so was nicht mehr sagen. Davon abgesehen: Meine Mutter ist bis nächste Woche an der Uni, und mein Vater merkt nicht mal, ob ich da bin oder nicht.«

»Eben. Meine Eltern merken auch nix. Aber morgen früh halb sieben geht mein Alter in den Stall, da muss ich dem helfen.«

Vale würde spätestens um sechs aufs Fahrrad steigen müssen, um es rechtzeitig zu schaffen.

»Ich bin sowieso allein«, meinte Elle, »es ist ganz gleich, wo ich heute Nacht bin. Oder in irgendeiner Nacht.«

»Ich rette dich heute Nacht«, sagte Junis. Sie wünschte sich, er täte es. Nur für heute, nur für diese eine Nacht.

»Jeder will für immer leben«, sagte sie, »aber wer bin ich, zu sagen, ich möchte einfach ein Leben, an das wir uns erinnern werden – wir leben für heute.«

»Morgen ist heute. Auf dich, Elle! Es ist zwölf!«

Junis erhob sich von seiner Pappe und umarmte sie mit ausgestreckten Armen, er wünschte ihr Glück, er ließ sie nicht los. Eine schöne Wärme durchrieselte sie, wurde jedoch merkwürdig gedämpft. Am Alkohol lag es sicher nicht.

Sie tanzten auf der Stelle, es war mehr ein Wiegen als ein Tanz, aber durch die Musik kehrte die Unbegrenztheit zurück, die Sterne, das All, das alles. Da wollte Elle für immer bleiben, in keinem anderen Raum auf oder außerhalb der Welt.

»Gibt es Sekt?«

»Wäh, bloß kein Sekt, ich bin doch nicht meine Mam«, rief

Elle. »Ein Bier auf ex! Vale sprang sofort zum Kasten und öffnete drei Flaschen.«

»Auf Elle!«

»Auf Elle!«

»Auf euch! Auf mich! Auf alle, die heute Nacht hier sind!«

Sie hatten ihre Flaschen fast ausgetrunken, als sie von draußen ein lautes Rufen hörten:

»E-eeelle! – Eee-eelle!«

Allmählich organisierte sich Dennis' vom Drohnenangriff atomisierter Körper wieder. Mit seiner Selbstverteidigungs-Taschenlampe in Baseballschlägerform suchte er den Himmel ab. Die angeblich superhellen LEDs reichten leider nicht mal aus, um bis in die Baumwipfel zu leuchten, geschweige denn, um versteckte Flugobjekte ausfindig zu machen. Also richtete er den Strahl auf den Boden vor seinen Füßen. Im braunen Gras des Vorjahres glitzerten die Eiskristalle, da kam kein Sternenhimmel mit, so weiß, so klar, so kalt wirkte das. Er mochte die Kälte, sie durfte ruhig beißen, er biss dagegen an.

Schnell erreichte er das Ende des offenen Geländes und landete in einer Zone mit Gestrüpp und kleinen Hügeln, aus denen hie und da alter Müll rauskuckte. Dahinter kam ein Tannenwäldchen, in dem er sich vor dürren Ästen in Acht nehmen musste. Es sah aus, als ginge es immer so weiter. Hinter den kleinen Tannen standen große Tannen, deren Umrisse er gegen den Himmel ahnen konnte. Und dahinter musste der riesige Wald sein, in dem das beschissene Kaff, in dem er nun gelandet war, leider mittendrin lag. Die Leute hier nannten den Wald ein *Holz*. So ein Schwachsinn. Dennis ließ sich nicht für dumm verkaufen.

Umso unfairer fand er, dass die anderen ihn verarscht hatten. Woher sollte er wissen, ob es in Vierweg einen Fluss gab, war er etwa hier geboren? Junis hätte er die Sache vielleicht verziehen, weil Junis ok war und immer gern einen Joint spendierte. Aber dieses Weichei Holger mit seinen blöden Freunden vom Gymnasium – das ging zu weit. Er würde es ihnen heimzahlen. Dennis malte sich aus, wie er mit seiner Basi-Taschenlampe die Scheinwerfer an Holgers Auto zertrümmerte. Anschließend wäre die Frontscheibe dran, die Türen, die Haube, das Dach. Viel würde nicht übrig bleiben. Vielleicht blieb auch von seiner Lampe nicht viel übrig, die an ein echtes Diskutierholz nicht rankam. Neben dem Schuppen lag ein Haufen alter Wasserrohre – bestimmt noch aus dem Krieg. Mit einer Winkelmuffe vorne dran könnte so ein Eisen eine gute Alternative sein.

Die Taschenlampe war echt ein Fehlkauf. Der Fokuspunkt der Linse war zu klein. Nicht mal den Boden konnte man damit ordentlich ausleuchten und erst recht niemanden blenden. Als es in der Nähe knackte, suchte er die Büsche ab und sah eben noch ein Kaninchen wegspringen. Wahrscheinlich schreckte er gerade die gesamte Tierwelt in der Umgebung auf. Was hockten die auch hier rum, wo er pinkeln wollte! Er hatte sich nicht erschreckt, er war kein Typ, der sich im Dunkeln die Hosen vollmachte. Es machte auch nichts, wenn alle gegen ihn waren. Er kam sehr gut allein klar.

Zwischen diesen kleinen Tannen brachte die Lampe fast gar nichts. Hie und da sah er das alte Gras schimmern. Es war immer spannend auf so eine Stelle zu treten. Nie wusste man, ob darunter ein fauler Stumpf verborgen war und das Büschel nachgeben würde oder ob gleich der feste Boden kam. Er hatte Lust noch weiter zwischen die Bäume zu laufen. Die Musik aus dem Schuppen hörte er nach wie vor klar, schon wieder Hollywood Undead, naja. Als sein Fuß an etwas hängen blieb, wollte er durchziehen. Doch das ging nicht. Er musste die Schuhspitze herauswursteln, als hätte sie sich in einem Teppichwulst oder etwas Derartigem verfangen. Er leuchtete. Teppich schien gar nicht so daneben, jedenfalls war es was Größeres, Dunkles … das sah eher wie ein Mantel aus. Oder wie eine Jacke, ja, es war eine Jacke. Zur Jacke gehörten noch eine Hose und ein Paar Tennisschuhe.

Erst als der Strahl der Lampe eine Hand erfasste, wurde Dennis klar, dass da jemand lag. Im selben Moment wusste er auch, dass der Liegende tot war. Kein Zweifel möglich. Er erschrak darüber nicht richtig. Es fühlte sich nicht viel anders an, als hätte er einen umgestürzten Baum entdeckt. Im Lichtkegel tauchten ein paar graue Strähnen auf. Schnell ließ er die Hand mit der Lampe sinken. Er fragte sich, ob er den Körper schütteln sollte, um sicherzugehen. Nein, das brauchte er nicht. Dennis nahm einen kräftigen letzten Schluck aus der Flasche und warf sie in hohem Bogen in den Wald. Er war ein geschickter Werfer und sie schlug an keinen Stamm an. Erst weit hinten hörte er sie auf einem Stein zerschellen.

Er würde jetzt beide Hände brauchen. Er würde Vale brauchen.

Vale ging langsam die Laderampe auf und ab. Das Bier auf ex war etwas viel gewesen, umso mehr tat ihm die frische Luft wohl. Wenn der Schwindel sich gelegt hätte, würde er zum Waldweg laufen, wo hoffentlich noch sein Fahrrad stand. Eigentlich kein Problem, aber in der Freinacht konnte man nicht wissen. Da wurde alles Mögliche geklaut oder versteckt. Vale fiel die Drohne ein. Es war nicht in Ordnung von Hell, sie einfach Elle mitzubringen, wo doch er sie gefunden hatte. Er hätte wenigstens fragen können! Vale würde Elle eine gecrackte Konsole schenken. Die hatte er nicht auch noch hier rausschleppen wollen. Sie sollte das Ding am Montag nach der Schule bekommen. Bloß ein Game hatte er ihr überreicht, und sie hatte völlig nichtsahnend die Augen verdreht und gesagt, sie hätte doch gar keine Station. Hehehe. Elle würde sich richtig freuen.

Er überlegte, sich hinzusetzen. Leider konnte jede Bewegung dazu führen, dass ihm übel wurde. In der Früh hatte er nach dem Huhn geschaut; es war tot. Zu viele Wunden, schätzte er. Es machte ihn jetzt noch traurig. Morgen würde er es begraben, tief genug, dass der Fuchs es nicht wieder ausbuddelte. Seine Mutter hatte gleich gesagt, das wird nichts mehr. Aber er war nah dran gewesen.

»Vale! Vale!«

»Hell?«

Achja, der war nach draußen gegangen. Warum senkte er die Stimme so?

»Gut dass du gerade da bist. Du musst mir bei was helfen.«

»Wobei denn?«

»Siehst du dann.«

»Tolle Lampe. Sieht aus wie'n Migränestab.«

»Funktioniert auch so.«

»Au, was soll das, Mann, hau mich doch nicht!«

»Leichte Schläge aufn Schädel erhöhen das Denkvermögen. Wir brauchen 'n Seil oder so was. Irgendwo muss noch das Kabel liegen, mit dem ich vorhin Holz ausm Wald geschleppt hab.«

»Zwischen den Lagerschuppen hab ich ein Drahtseil gesehen. Das Ende kuckte aus dem Boden. Weiß aber nicht, ob's lang genug ist.«

Sie gingen hin. Vale musste ziehen, zum Glück ging es leicht. Hell knipste rund drei Meter davon mit dem Multitool ab. So ein Teil hätte Vale auch gern gehabt.

»Jetz komm mit.«

»Wohin denn?«

»Schiss?«

»Im Dunkeln? Hab ich noch nie Schiss gehabt.«

Vale folgte Hell ins Dickicht.

»Was ist'n das? Ein Teppich?«

»Hab ich auch ers gedacht. Nee, Mann. Kuck genau hin! Jacke, Hose, Schuh.«

»Ok?«

»Was meinste wohl, was drin is?«

»Ein Freund von dir?«

Er fürchtete, Hell könnte ihm noch einen Schlag verpassen. Doch der fing an zu lachen.

»'n Freund? Hahaha. Bist 'n lustiges Kälbchen. Ja-ha, das ist mein neuer Freund. Ham uns gerade kennen gelernt.«

»Wie heißt er denn?«

»Wie? Keine Ahnung.«

»Ich glaub, der hat zu viel getrunken. Sollte nicht hier liegen bleiben. Zu kalt.«

»Ge-nau, ge-nau. Aber der … kann nich laufen oder so. Wir müssen ihn wegbringen von hier.«

Jäh verstand Vale. Das war eine Leiche, die da lag! In plötzlicher Scheu traute er sich kaum hinzusehen. Er musste daran denken, wie er vor Jahren seinen verstorbenen Onkel im Krankenbett anschauen sollte und wie es ihn erschreckt hatte, weil der seinem Vater so ähnlich sah. Die Hand des Onkels war eiskalt damals. Später schämte er sich, weil er selbst so warm war.

»Nu pack schon an!«

Vale nahm sich zusammen. Er versuchte dem Toten das Drahtseil um die Brust zu binden, während Hell ihn festhielt. Der Körper war überraschend sperrig und schwer. Wie Hell an der Jacke zog, um ihn auf den Rücken zu drehen, machte es *Raatsch*. Der Stoff zerriss entlang der Reißverschlussnaht, und Hell fiel um ein Haar auf den Hintern. Nach einigem Hin und Her konnte Vale das Seil zwei Mal rumwickeln und auf dem Rücken einen Knoten machen. Hell wollte den Toten zum Schuppen schleifen. Das ging nicht leicht. Vale war klar, dass er für sein Alter viel Kraft hatte. Dennoch musste er bei jedem Schritt die Füße in den Boden stemmen. Er glaubte, dass Hell nicht richtig mitzog. Wenigstens ließ sein Schwindel nach, er würde sich nachher mit einer Flasche Bier für die Schufterei belohnen.

Endlich kamen sie beim Schuppen an.

»Weißte was«, rief Dennis, »wir schenken den Elle zum Geburtstag. Was für ne irre Idee!«

Um einen besseren Effekt zu erzielen, sollte der Körper an einem Baumstamm aufgerichtet werden. Vale weigerte sich, ihn zu umarmen und so festzuhalten, das war echt zu viel. Nach einer Zeit gab Hell auf. Sie mussten jetzt nur noch den Oberkörper an den Stamm lehnen. Dabei zog Vale ihm versehentlich einen Teil der zerrissenen Jacke vom Arm. Ein bisschen gruselig war selbst das. Hell entschied, dass es mit der halben Jacke blöd aussah, und zog ihm den anderen Teil auch aus. Vale las den verwaschenen Schriftzug auf dem Shirt darunter: *Miami*. Natürlich kannte er den Vierweger Club, aber er dachte sofort an die Stadt in Florida, an Palmen und Meer und eine von Millionen Lichtern funkelnde Skyline. Da wäre er echt gern mal hingefahren! Er wusste, dass es so bald nicht geschehen würde. Er konnte froh sein, wenn er im kommenden Sommer überhaupt wegdurfte. Urlaub ohne Eltern – das wünschte er sich zum Vierzehnten.

Hell trat einen Schritt zurück wie ein Handwerker, der etwas fertig hatte. Er wirkte unzufrieden.

»Wir binden die Hand an den Ast da. Dann sieht's aus, als ob er winkt.«

Mit Mühe hob Hell den toten Arm an. Vale band ihn schnell mit dem Kabel fest. Dabei entdeckte er eine goldene Gliederkette. Er stupste Hell in die Seite.

»Kuck mal, was der da hat. Da, um den Hals.«

Ohne zu zögern, nahm Hell die Kette an sich. Der schien überhaupt keine Scheu zu haben! Nah vor seinem Gesicht sah Vale ein paar Buchstaben baumeln.

Elle wollte zuerst nicht nach draußen kommen. Sie fühlte sich wohl zwischen dem bullernden Ofen und der Boom. Immer noch erfüllte sie ein Gefühl der Unbegrenztheit, nur hatte es sich auf geheimnisvolle Weise umgekehrt. Sie schwebte nicht mehr unendlich hoch und weit draußen, sie sank durch einen unbestimmten Raum, der ihr keinen Anhaltspunkt gab, wo darin oben und wo unten war. Trotzdem spürte sie eindeutig, dass es in eine grenzenlose Tiefe ging, vielleicht die Ewigkeit. Sie war dunkel, sie war das Nichts, und wenn sie nicht das Nichts war, dann war sie die Verneinung von allem Bestimmten oder Bestimmbaren auf der Welt. Für einen Moment schien es, als würde die neblige Unendlichkeit sich verdichten, als wären die Wände eines Schachts, durch den sie stürzte, zum Greifen nah. Da tauchten Bilder auf von Tom mit seinen schwarzen Klamotten und Arbeitsstiefeln. Kurz wurde in dem Schacht eine Wand erkennbar, ihre Schwester Alice hämmerte von der anderen

Seite dagegen. Elle sah die kleinen Fäuste und streckte ihre Hand aus, erreichte sie aber nicht. Madlen lag mit einem viel zu knappen Bikini und viel zu braun am Strand von Malle, sie ließ sich von einem fremden Mann den gebrochenen Fuß massieren. Da krachte die Wand schon wieder ein oder besser gesagt: sie erwies sich als Täuschung in der Täuschung. Tatsächlich waren da nur Raum, Raum, Raum, Leere, Leere, Leere. Ein Licht wie in einem Taucherfilm, jedoch in absolut neutraler Atmosphäre, nichts Nasses, nichts Warmes oder Kaltes, auch keine Dunkelheit.

In einer anderen Dimension schaffte Elle es schließlich, Boden unter ihre Füße zu bekommen. Sie wankte, sie hatte den Eindruck, ihr gesamtes Blut sammle sich in ihrem Unterleib. Ihr Kopf fühlte sich dagegen leer an. Draußen biss sich die Kälte durch ihre Kleider. Die Wolken waren fort, ein äußerst matter Sternenhimmel zeigte sich, an dem der Mond keine Ruhe halten konnte. Ein ADHS-Mond war das, eine silbrige Flipperkugel, die von Sterne-Bumpern hin und her geschossen wurde.

Hell und Vale sah sie erst, als eine Taschenlampe anging. Auch die beiden standen keineswegs still.

»Gibt neue Gäste«, rief Dennis. »Ehrlich is es bloß einer. *Tataa!*«

Automatisch schwenkte Elles Blick mit dem Lichtkegel. Da saß jemand an einem Baum. Mehr konnte sie kaum erkennen. Er hielt den Arm seltsam. Er schien zu schlafen.

»Schön hallo sagen«, forderte Hell.

Um ein Haar hätte sie es getan.

Ein zweiter Lichtkegel gesellte sich suchend zu dem ersten. Er traf Dennis im Gesicht und Vale am Bauch, bevor er ein Paar alte Tennisschuhe fand, deren Streifen hell aufleuchteten. In einer Sohle erkannte sie ein sternförmiges Loch.

Es sah aus, als ob da jemand säße, nur war der Körper so ganz ohne Spannung. Dieser scheinbar winkende Arm war so tief in den Ellenbogen gesackt, der Oberkörper wollte zur Seite weg, der Kopf hing zu weit über. Sie ahnte, was das bedeutete, sie dachte auch: das kann nicht sein.

Junis stand neben ihr auf der Rampe. Wie ein Cop hielt er die Lampe über der Schulter. Ihr Licht konnte brutal blenden.

Mit einem Sprung war Elle unten. Sie hatte beim Landen das Gefühl zu viel Schwung genommen zu haben, fast als würde sie dem seltsamen *Freund* gleich in die Arme segeln. Das wollte sie auf keinen Fall.

»Du kanns mit dem machen, was du wills«, rief Dennis.

Wie zum Beweis riss er den anderen Arm der seltsamen Gestalt in die Höhe und bog ihn immer weiter nach hinten. Es knackte satt. Das Geräusch fuhr Elle durch alle Glieder. Der an dem Baum lehnende Körper sackte noch weiter zur Seite. Um ihn wieder aufzurichten, riss Hell an dem Seil.

»Und was soll ich mit dem?«, fragte Elle.

»Is'n Freund von mir«, wiederholte Dennis. »Mein Prügelknabe.«

Er versuchte den Körper zu umarmen. Dann packte er seine Taschenlampe ganz hinten am Griff und schlug zu. Es gab fast kein Geräusch.

»Ist das alles?«, fragte Junis. »Hält der nicht ein bisschen mehr aus?«

Hell schützte seine Augen mit der Hand vor dem stechenden Licht aus Junis' Lampe. Seine eigene drückte er Vale in die Finger und verschwand in der Dunkelheit. Vale schien anzunehmen, nun sei er an der Reihe. Er packte den Kopf des Toten, als ob er ihn in eine bessere Position bringen wollte. Kurz darauf warf er etwas zur Seite, das wie ein Haarbüschel aussah. Das Kälbchen sackte in die Knie. Elle wollte ihn am liebsten von da wegziehen. Doch sie blieb reglos. Plötzlich registrierte sie, dass keine Musik mehr lief. Sie glaubte endlich, was sie sah. Der *Freund* war tot.

Hell kam zurück mit einem Stück Rohr, wie Elle sie neben dem Schuppen hatte liegen sehen. Am vorderen Ende saß eine T-Muffe. Er nahm Vale die Taschenlampe ab und steckte sie in eine Seitentasche seiner Cargohose. Er nahm kurz Maß. Weit ausholend schwang er das Rohr wie einen Hammer auf den Schädel und in das Gesicht des Toten. Etwas krachte; es gab noch schlimmere Geräusche. Sonst war es still, das nahm sie wahr, wie man jäh alles sieht, wenn jemand das Licht anmacht, auch die Leere im Raum. Kein Flugzeug, kein Zug, kein Tier in der Nacht, das durchs Laub raschelte, bellte oder schrie, keine Stimmen von Menschen, nicht mal das Surren eines Drohnenpropellers ertönte.

Es wirkte nicht wütend, wie Hell zuschlug, es war eher, als spaltete er Holz. Sachlich führte er Schlag auf Schlag. Nach einer Weile machte er Pause. Vale hockte immer noch am Boden. Es kam ihr vor wie ein Standbild. Nur war da dieses leise Zittern in dem gleißenden Strahl, das beständige Aufspringen weißer Funken von dem Reif am Boden.

Kurz darauf turnte der Lichtstrahl wild durch die Bäume. Junis war von der Rampe geklettert und ging zu dem Toten hin. Hell machte ihm Platz.

»Wetten, du schaffst es nicht, ihm den Arm auszureißen?«

Was ging denn jetzt los?

»So'n Quatsch! Wetten, du schaffst es nich ihm ein Bein abzuhacken?«

Sie versuchten es. Elle sah zu, wie die beiden sich an dem Körper zu schaffen machten. Er wirkte für sie in diesem Moment nicht anders als eine Kleiderpuppe, die man zerfleddert, um zu sehen, was sie zusammenhält. Auch Junis wirkte dabei geschäftsmäßig nüchtern. Der kleine Vale hatte die Taschenlampe übernommen, er filmte außerdem mit dem Phone.

Elle dachte nicht mehr daran, dass sie Geburtstag hatte. Sie taumelte immer weiter durch den endlosen Schacht in eine Tiefe, die sich nicht länger anfühlte wie Tiefe. In der frostigen Luft begann sie zu zittern. Warum war Junis weggegangen, warum stand er da unten und tat diese Dinge? Hatte Dennis nicht gesagt, der Mann wäre sein Freund? Sein Prügelknabe. War Freundschaft nichts als das, war Junis ihr Prügelknabe und sie sein Prügelmädchen? Warum war er so kalt? Alle waren so kalt. Sie spürte eine bohrende Sehnsucht, einem Menschen nah zu sein, sie wollte, dass sie alle sich umarmten, sogar Dennis sollte dazugehören. War es nicht seltsam, dass kein einziges Mädchen zu ihrer Party gekommen war? War sie etwa kein richtiges Mädchen? Aber was war sie dann? Was konnte sie, was wollte sie sein, womöglich eins mit diesem wunderbaren Fluidum, in dem sie sich seit einer Ewigkeit bewegte. Sie wollte keine Grenze haben, an der sie begann oder aufhörte Elle zu sein. Sie stand mit den Füßen auf dem Boden und konnte nicht tiefer. Es gab diese stoffliche Welt mit ihren Gesetzen. Aber das half nicht. Und sollte nicht. Im Gegenteil, sie hasste es. Sie wollte nicht aufkommen, sie wollte nicht gestoppt werden, sie wollte in der Welt aufgehen. Elle trat zu ihren drei Freunden, die sich ihr zuwandten mit Gesichtern voller Erwartung. Sie suchte Junis' Hand. Sie verlangte die Taschenlampe. Vale gab das Teil nur zögernd her, als hätte er Angst, es Junis später nicht zurückgeben zu können. Elle fasste die Lampe ganz hinten an. Das Metall kühlte ihre Hand. Das Gewicht tat ihr wohl. Sie holte aus, sie zog dem herabhängenden Schädel eins über. Die Haut platzte auf, ein Teil des Knochens löste sich mit dem Skalp. Wieder fehlte der Boden, wieder fiel sie oder flog oder schwebte und sie tauchte in dieses gewesene Bewusstsein. Sie schauerte, als hätte ein neuartiges Energiefeld sie erfasst. Wo war sie nun, mit wem war sie da verbunden? Der Lichtstrahl hüpfte die ganze Zeit hin und her. Einmal traf er Vales angstverzerrtes Gesicht. Sie wusste kaum, dass sie schlug. Irgendwann nahm Junis ihr die Lampe aus der Hand. Er sagte was, seine Stimme klang wie durch einen Vorhang. Das Licht ging aus. Sie stand da und starrte in die Nacht. Kalte Luft streichelte ihr Gesicht und die nackten Hände. Niemand berührte sie.

Ein Wimmern drang an ihr inneres Ohr, gar nicht weinerlich, das nach und nach zur Stimme wurde. Die Stimme hatte was zu sagen. Was sagte sie? Eine Zeit lang horchte Elle angestrengt auf die Wortschleife.

Eure, glaubte sie rauszuhören, *eure Welt,* knackte es in ihrem Kopf, *ist, ist, ist, schlecht.*

Es rauschte wie in einem alten Radio. Noch einmal. Kein Zweifel.

Eure Welt, ist schlecht.

Eure Welt ist, schlecht.

Eure, Welt, ist schlecht.

Wie von außen hörte sie es nun. Und sie wusste, von wem es kam. Noch hatte sie nichts zu erwidern, noch dachte sie bloß: *eure* Welt, ja. *Ich* kehre nie zurück. Ich werde fallen in Ewigkeit.

Es war Hell in seinem Wodkadunst, der sie mit einem Mal zurückholte. Wieso lag ihr Arm um seine Schulter? Sie konnte sich nicht erklären, wie er dahin gekommen war. Er hielt ihr ein Kettchen vor die Nase. Es glitzerte golden, fünf fette Buchstaben schaukelten daran.

»Er heißt übrigens Frank.«

Da musste Elle sich übergeben.

Frank

Am nächsten Tag hockte Elle in der runden Fensterlaibung oben in Madlens Zimmer. Der Himmel war blau, über dem Garten lag ein gewaltiger Schatten. Nur in eine Ecke drang Sonnenlicht, die Farben dort wirkten prall und künstlich.

An der Schattengrenze las sie ab, dass es etwa Mittag sein musste. Das Tageslicht war ihr zu hell, die Farbe des Himmels schmerzte in ihrem Schädel. Sie wandte den Kopf. Ins Zimmer zu sehen tat ihr auf andere Weise weh. Da stand das ungemachte Bett der Mutter mit ein paar Kleidungsstücken darauf, die Madlen aus dem Schrank geholt, aber nicht eingepackt hatte. Dazwischen lagen ein verwaschenes T-Shirt mit dem Namen einer Band aus dem vorigen Jahrhundert und ein Paar angeschmutzte Tennissocken. Aus Neugier hatte Elle an dem T-Shirt gezupft, um die Aufschrift lesen zu können.

Es störte sie nicht, dass ihre Mutter wieder einen Typen hatte, solange dieser Typ nicht Papa spielen wollte, und das war noch bei keinem vorgekommen. Nur, an diesem Tag hätte sie sich gewünscht, von niemandem zu wissen, noch nicht mal von Madlen. Sie wollte allein auf der Welt sein, umgeben von dicksten Wänden, unsichtbar, unhörbar, unerreichbar. Kein Verwandter, kein Freund und schon gar kein fremdes Wesen sollte ihre Sphäre berühren. Madlen würde sicher bald anrufen, um ihr zu gratulieren. Mit Widerwillen fühlte sie erneut die Übelkeit in sich aufsteigen.

Der neue Krampf fiel noch einmal heftiger aus. Sie hatte nicht gedacht, dass das möglich wäre. Sobald die kleinste Erinnerung an die vergangene Nacht in ihr aufstieg, versuchte sie ihr inneres Auge gewaltsam abzuwenden. Sie stellte sich die Landeshauptstadt vor, in die Betse sie manchmal mitnahm, doch mit rasender Geschwindigkeit gelangte sie nach Vierweg zurück. Sie stellte sich den Sportplatz vor, auf dem sie so gern Runden lief, und landete auf dem Bahngelände. Bloß weg da! Sie teleportierte sich auf eine einsame Insel und rannte dort den schönsten Strand entlang. Auf den Sand folgten Steine, zwischen denen die Brandung toste. Der Abstand zwischen ihnen vergrößerte sich rasant.

Sie erinnerte sich sehr gut an die vergangene Nacht. Wie lausig hatte alles angefangen und wie toll hatte es sich entwickelt. Sie erinnerte sich an ihre Reise durchs Universum, auch wenn sie sicher war, dass sie dieses irrsinnig gute Gefühl in ihrem Leben niemals wieder haben würde. Sie erinnerte sich an Holger und das Kribbeln in ihrem Bauch. Sie erinnerte sich, dass die Mitternacht gar nicht mehr so wichtig gewesen war, dass ihr Geburtstag eher gleitend begonnen und das Universum sich in diesen unbestimmbaren Schacht verwandelt hatte. Nun, der Schacht war endlich, sie war an seinem Ende, unten oder oben, angekommen. Weitere Bilder der Nacht lauerten hier, die sie aus ihrem Gedächtnis verbannen wollte. Sie kam nicht davon weg. Besonders häufig sah sie das Kettchen vor ihren Augen baumeln. FRANK. Es war schrecklich, seinen Namen zu wissen. Das machte es wirklich. Aber es war immer noch besser, das Kettchen mit den Buchstaben vor sich zu sehen, als irgendetwas anderes von ihm.

Es waren nicht bloß die widerlichen Bilder, die sie von sich fernhalten musste. Da blieb auch das Gefühl in ihrer Hand, wie sie diese seltsame, nach einem Baseballschläger aussehende Taschenlampe gepackt hielt, das Gefühl in ihrer Schulter, wie sie den Arm hob, das Gefühl in ihrem Arm, wie sie das Werkzeug auf den Schädel prallen ließ. Sein Kopf, ach, nun sah sie ihn doch vor sich. Nur weg damit! Das alles war absolut unvorstellbar, sie hatte etwas getan, was sie gar nicht tun konnte. Es widersprach ihrem Wesen in jeder Faser. Es geschah ihr recht, dass sie kotzen musste. Ihr ganzes Leben lang wollte sie weiterkotzen, bis nichts als Haut und Knochen übrig blieben. – Haut und Knochen, pfui!

Alles war vergiftet.

Sie streckte gerade den Kopf aus dem Rundfenster, als ihr Phone klingelte. Der Wind pfiff ihr in den Shirt-Ausschnitt. Aus der steinernen Laibung drang zusätzliche Kälte in sie ein. Kalt wollte sie sein, ganz wie er. Es fühlte sich richtig an. Sie hörte das Klingeln aus ihrem Zimmer durch den Garten dringen. Unten stand ebenfalls das Fenster offen. Zwei Mal wartete sie ab, bis es vorüber war. Beim dritten Mal platschte sie die Treppe hinunter. Sie wusste, wer anrief. Junis hatte seinen eigenen Klingelton.

»Endlich gehst du ran«, sagte er und klang dabei auf falsche Art frisch. »Deine Nachricht hat mir Angst gemacht.«

Hatte sie ihm eine Nachricht geschickt? Daran konnte sie sich nicht erinnern.

»Lass mich einfach«, sagte sie zu ihm. Dann begann sie zu schluchzen.

Sie weinte eine ganze Zeit lang, sie wusste nicht mal, ob er noch dran war. Er sagte nichts, um sie zu trösten.

»Wir haben Mist gebaut«, meinte sie schließlich.

Der Pflanzendschungel in ihrem Zimmer erinnerte sie an

das Bahngelände. Es war grauenvoll. Sie würde hier nie mehr wohnen können.

»Es bleibt unter uns«, sagte er.

Er schlug einen ungewohnten Ton an, so entschlossen und wach. Junis erzählte, dass er mit den anderen sprechen würde. Hell wollte er so bearbeiten, dass er dichthielt. Der kleine Vale stellte kein Problem dar. Er würde alles tun, was man von ihm verlangte.

»Ich habe mir das genau überlegt«, sagte Junis. »Es wäre sinnlos, noch einmal hinzugehen und etwas zu verändern. Wir würden bloß weitere Spuren hinterlassen und vielleicht noch jemandem auffallen. Das ist der springende Punkt bei der Sache. Wenn uns jemand gesehen hat, bekommen wir ein Problem.«

»Was ist mit den Gymnasiasten?«, fragte Elle, die sich mechanisch auf seine Ebene begab, so wie man es bei Krimis tat: Wo waren Sie vergangene Nacht?

»Sie wissen, dass wir letzte Nacht auf dem Gelände waren«, bestätigte Junis. »Aber es könnten nach uns noch andere da gewesen sein. Wenn irgendeine Spur zu uns führt, können wir immer noch behaupten, wir wären direkt nach den Gymnasiasten gegangen. Sie könnten bestätigen, dass es keine richtige Party gab.«

Würde Holger erfahren, was sie letzte Nacht getan hatte?

»Vielleicht können wir etwas mit ihnen aushandeln. Ich denke noch darüber nach.«

Hätte sie seine Stimme nicht so gut gekannt, Elle hätte bezweifelt, dass sie mit Junis sprach. Sonst war er das Gegenteil von einem Macher.

»Ein weiteres Problem sind die Videos. Hell glaubt, sie können ihn zum Internet-Star machen. Er darf sie auf keinen Fall online stellen, sonst verlieren wir die Kontrolle.«

Oh Gott, es gab Bilder? Von *dem*? Hatte sie doch einen Teil der Nacht vergessen?

»Er muss alles löschen«, sagte sie zu Junis. »Was für ein Idiot!«

»So erkenne ich dich wieder, meine Elle.«

Wieso hatte sie das Gefühl, dass jemand anderes das sagte? Junis sprach sonst nicht so. Aber da war noch etwas wie der Hauch einer ganz fremden Stimme. Fast fremd, fast vertraut. Woher kam das?

»Mir ist schlecht«, sagte sie.

»Aber ich hab ein Geschenk für dich!«

Sie hatte mal wieder den Faden verloren.

»Ich habe gar nicht Geburtstag. Das war ein Irrtum.«

»Heute, Elle, heute. Nur ist es dein erster Geburtstag, du bist frisch auf die Welt gekommen. Alles davor ist in einem anderen Leben geschehen. Schau nachher mal vor die Haustür!«

Während er sprach, hörte sie den Message-Ton. Er schickte ein süßes, von Emojis überzuckertes *Happy Birthday!* Junis tat ihr gut.

Schon kurz nachdem sie aufgelegt hatten, war sie sich da nicht mehr sicher. Wäre es nicht viel besser gewesen, er hätte gesagt: Ich regle das, ich gehe zur Polizei und erkläre, was geschehen ist? Sie hatte irrsinnige Angst. Nein, besser, er hätte gesagt: Ich fahr noch mal hin und beseitige alle Spuren, begrabe Frank, niemand wird ihn jemals finden. Er hätte sagen sollen: ich komm zu dir, Elle, und halte dich im Arm, bis dieser Albtraum vorbei ist. Ich bedecke den Himmel für dich mit Wolken bis in alle Ewigkeit. Sie wollte die Sonne nie mehr sehen.

Schon wieder kam eine Message von ihm: *Bist du schon vor die Tür gegangen?* Und zehn Sekunden später ein Foto mit einem gelben Schaumstoffteil, das kreisrunde Ende von etwas, das sie an Schwimmbäder erinnerte. Elle konnte keinen Zusammenhang herstellen. Sie wusste nur, dass sie nie wieder einen Schritt nach draußen tun würde. Sie wollte liegen bleiben, bis sie Erde für ihre Pflanzen war. Darüber schrieb sie. *Nachricht an mich selbst, Nachricht an mich selbst: Morgen will ich gelöscht sein*. Sie würde alle Gruppen verlassen und ihre Profile vernichten. Ab jetzt würde sie eine digitale Tote sein mit einer zunehmend unscharfen Vergangenheit, bis sie in eine uncodierte Menge von Nullen und Einsen zerfallen wäre. Digitale Verwesung, so eine Idee hätte sie gestern noch lustig gefunden.

Elle verkroch sich unter die Bettdecke. Von Junis hörte sie nichts mehr.

Am folgenden Sonntag kehrte Madlen von Mallorca zurück. Elle raffte sich zusammen und stand auf, um sie zu begrüßen. Madlen fand sie bleich und meinte, etwas Sonne könne ihr nicht schaden. Sie selbst wirkte müde, nur bedingt glücklich. Sicher war es mit ihrer neuen Bekanntschaft nicht so blendend gelaufen. Es lief ja nie besonders gut, darüber wurde Elle jedes Mal zuverlässig informiert. Angerufen hatte Madlen aber nicht.

Elle bemerkte, dass ihre Mutter den Fuß nicht richtig aufsetzte.

»Ich war ohne Orthese im Meer«, sagte Madlen, »das war wohl etwas früh. Außerdem war das Wasser scheißka-a-alt.«

Bitte, jetzt keine Geschichte, dachte Elle. Ich will mich wieder verkriechen.

»Nun bist du also sechzehn«, sagte Madlen auch. In ihren Augen lag ein feuchter Schimmer.

Ich bin null, dachte Elle. Sie machte ein möglichst neutrales Gesicht. Als Madlens Phone pfiff, nutzte sie die Gelegenheit und schlich zurück in ihr Zimmer. Sie nahm ein paar Kissen vom Bett und hockte sich damit mitten zwischen die Pflanzen, Hörer in die Ohren, The Chainsmokers. Die Musik erinnerte sie an ihren Geburtstag, warum nur, das Stück war gar nicht gelaufen. Ihr Blick streifte einen der Haufen auf dem Fußboden. Da lag das Game, das Vale ihr geschenkt hatte. Sicher war das superlieb gemeint, aber leider sinnlos. Sie lächelte milde. Morgen oder nachher würde sie einen großen blauen Sack nehmen und was sie nicht mehr brauchte hineinstopfen. Elle ließ den Blick weiter durch ihr Zimmer schweifen. Im Grunde brauchte sie den ganzen Plunder nicht mehr. In den Sack damit, in den Sack mit der Young Adult SF und den TV-Staffeln. In den Sack mit den Klamotten, die sie extra für ihren Sechzehnten gekauft hatte, sie stanken. Sie war null, sie musste alles löschen, ganz und gar von vorn anfangen. Aber das konnte sie niemals schaffen, niemand schaffte das. Höchstens wenn ihr jemand mit dem Baseballschläger eins überzog und sie das Gedächtnis verlor. Das Mädchen, das seinen Namen nicht mehr wusste. Pfui, Baseballschläger, Taschenlampe! Nicht dran denken.

Irgendwo im Haus ging der Staubsauger an. Madlen musste am nächsten Tag wieder arbeiten gehen, also putzte sie heute noch. Ein blöder Abschluss für ein Urlaubswochenende, fand Elle. Ihr fiel ein, dass sie am nächsten Tag in die Schule musste. Auf keinen Fall, nie mehr würde sie da hingehen. Eine neue Welle von Übelkeit stieg in ihr auf. Sie kotzte immer weiter, weniger häufig, aber es hörte nicht auf. Seit Freitagnachmittag hatte sie nur ein paar Salzstangen gegessen und seit Samstag nur Tee getrunken. All die Bonbon- und Schokoladenpapierchen auf dem Boden waren viel älter.

Seltsamerweise gewöhnte man sich ans Kotzen. Der Körper nahm es irgendwie hin, sie hatte keine Not mehr, wenn es kam. Nur ihre Speiseröhre verkrampfte sich immer stärker. Sie spuckte in eine Tüte, die im Zimmer rumlag. Es war beinah substanzlos. Der Geruch blieb penetrant sauer.

Ihr war alles recht, Hauptsache, sie musste niemandem begegnen.

Als die Welle vorüber war, kroch sie zurück in ihre schöne Pflanzenwelt. Ihr Dschungel war irgendwie zeitlos, er war schon immer da gewesen (so kam es ihr vor), er durfte bleiben. Er durfte sich von ihr ernähren. Bald würde sie bloß noch ein Düngestäbchen sein. Aber sie wollte nicht einfach vergehen, sie wollte etwas hinterlassen. Etwas über ihn, der da draußen allmählich auch zu Baumdünger wurde. Zum ersten Mal chattete sie nicht mit sich selbst. Sie öffnete eine Notiz-App. Der Cursor blinkte in einem weiten weißen Feld. Sie schrieb:

»*Das Mädchen und der Tod. – Ich frage mich, wer er ist. Woran ich mich erinnere: das Shirt vom* Miami, *ziemlich dreckig. Dazu eine schwarze Cordhose. Hat er eigentlich Schuhe angehabt? Hatte er Haare auf dem Kopf oder eine Glatze? Ich erinner mich nur, dass er nachher schlimm aussah. Dann die Kette mit seinem Namen. Fette Buchstaben. Das hat mich geschockt:* FRANK *heißt der. Das war, als würde ich ihn jetzt kennen. Dämlich.*

Ich stell mir vor, wie der Frank da rumgelaufen ist. Im Wald. Und was ihm passiert ist. Vielleicht hat es geregnet, so wie jetzt, und er war ganz nass … verwirrt, weil seine Freundin ihn verlassen hat. Er hat sich verlaufen, er ist verhungert. Es gibt ja nix im Wald um diese Zeit. Er ist da rumgelaufen und irgendwann zusammengebrochen und gestorben. Er hat ganz friedlich dagelegen und wollte ein Düngestäbchen werden. Bis Hell kam und ihn zu seinem Prügelknaben machte. Oder hat er sich umgebracht? Oder ist er er-

mordet worden? Ist das schlimm, was wir mit ihm gemacht haben? Einmal denke ich: ja, weil wir ihn so kaputt gemacht haben. Dann denk ich: nein, denn er hat ja nichts gespürt. Es ist doch viel schlimmer, einen zu schlagen, der noch lebt. Aus dem noch Blut rausläuft. Auf jeden Fall habe ich Angst. Es war scheiße, was wir da angestellt haben. Hell gibt damit an. Junis tut, als wär das nur ein Film oder so. Als hätten wir bloß eine Sache beschädigt, das hat er, glaube ich, getextet. Nachher mal schauen. Dem kleinen Vale geht's bestimmt nicht gut, der ist ja erst dreizehn. Vielleicht muss er auch –«

Bis sie mitkriegte, dass es geklopft hatte, stand ihre Mutter bereits im Zimmer. Elle warf ihr Phone hinter den nächsten Blumentopf. Voll bescheuert, denn so machte sie erst recht darauf aufmerksam. Madlen hatte es nicht gesehen. Vermutlich hatte sie ihre Kontaktlinsen nicht drin, jedenfalls kniff sie die Augen zusammen. Sekunden später hellte sich ihr Blick auf.

»Wie du da liegst, so blass zwischen den Blumen.«

»Du darfst nicht rein!«

»Tut mir leid, aber du hast nicht auf mein Klopfen reagiert. Geht es dir nicht gut?«

»Ich hab Bauchweh.«

Elle war zu schwach, um Zoff anzufangen.

»Hast du ein Ziehen im Unterleib? Du kriegst bestimmt endlich deine Tage.«

Elle schüttelte leise den Kopf.

»Na, musst ja nicht drüber reden. Im Bad ist Buscopan, das hilft. Und ich bring dir noch einen Tee.«

»Schon gut, Mam. Ich will keinen Tee.«

»Du solltest mal wieder aufräumen«, fand Madlen. »Und diese Pflanzen, ehrlich, die sind mittlerweile so groß, dass sie dir das ganze Licht wegnehmen. Willst du nicht wenigstens zwei oder drei davon rausschmeißen?«

»Lass meine Pflanzen in Ruhe!« Elle wurde doch noch heftig. Jedes Mal fing ihre Mutter damit an.

»Keine Sorge, Schatz. Sag mir, wenn du was brauchst. Ich telefonier nur noch mal kurz, danach, äh, bin ich im Wohnzimmer. Oder nein, ich muss uns ja noch was kochen, schätze ich. Also findest du mich in der Kü-üche.«

»Ich habe keinen Hunger«, erwiderte Elle. »Und mach die Tür zu! Fest zu!!«

Sie tippte erst weiter, als der Staubsauger wieder lief, nun oben im Haus.

Am liebsten stell ich mir vor, der Frank wär gar nicht tot. Er läuft durch den Wald, ich kann ihn ansehen, er läuft da rum und ist noch heil. Ich seh ihn laufen, ich ruf: Hey, wer bist denn du? Ich hab dich noch nie gesehen auf dem Gelände. Er dreht sich um, aber ich kann sein Gesicht nicht erkennen. Ich weiß nie, wie er aussieht. Er ruft: Ich bin der Frank, und wer bist du? Ich sag: die Elle, und als er komisch kuckt, sag ich: eigentlich heiße ich Ellen, aber das ist so ein doofer Name. Also nennen mich alle Elle. Auf Französisch bedeutet es: sie. Wie bei er, sie, es. *Das finde ich schön.*

»Eeeeelle!«

Sie zuckte zusammen.

»Hihi. Hast du dich erschreckt?«

Diese Stimme hatte sie noch nie gehört! War etwa noch jemand im Zimmer? Das konnte gar nicht sein. Die Haustür war die ganze Zeit zu gewesen und ihr Fenster ... war gekippt. Das Phone? Aber wie sollte das gehen? Nun fuhr ihr der Schreck noch mehr in die Glieder. Nicht bewegen, dachte sie. Nichts sagen. Gab es etwas, womit sie sich verteidigen konnte? Nein.

»Du wolltest doch gerufen werden, Elle. Lieber Elle als Ellen. Der Himmel weiß, warum.«

Sie hielt die Augen geschlossen. Die Stimme klang nicht

mehr ganz so dumpf, aber immer noch unheimlich. Männlich, etwas alt schon.

»Ein schönes Zimmer hast du. Viele Pflanzen.«

Ihr dämmerte, wer da sprach. Etwas war geschehen vorgestern Nacht. Sie hatte es gespürt. Sie erinnerte sich. Hatte sie ihn mitgenommen, irgendwie?

»Wow, und die Aussicht – wie auf Regenwald.«

»Das denk ich auch manchmal.«

Die Wasserleitung rauschte. Elle entspannte sich – ein bisschen. Sie wusste, sie war nicht in Gefahr. Auch wenn es ihr seltsam vorkam – diese Stimme, kam die aus ihr? Sie hörte sie wie von außen.

»Hat es geregnet? Die Blätter glänzen so. Das war immer schön, der Wald, solange er grün war.«

»Wenn du von hier in den Himmel schaust, kannst du den Regen sehen. Jeden einzelnen Tropfen eigentlich. Aber sie fallen so schnell und dicht, dass es wie Fäden wirkt.« Was erzählte sie da eigentlich? Und wem? War er ein Gespenst? »Ich stell mir immer vor, dass draußen in der Buche ein Papagei sitzt. Ein riesen Papagei mit roten Federn und ganz kalten Augen.«

»Sehn ihn.«

»Kannst du *sehen*?«

»Wir sehen manches.«

»Und hörst du –«

»Ellen!«

Madlen rief schon wieder durch die Tür.

»Komm nicht rein«, rief Elle. Und leise, aber eindringlich sagte sie: »Still!«

»Denkst du, *sie* könnte uns sehen?«

»Aber ich habe dir was mitgebracht, Schatz. Gerade habe ich meinen Koffer ausgepackt.«

»Bist du weg?«, fragte Elle leise. »Bist du noch hier?«

Er war weg.

»Moment noch«, rief sie in Richtung der Tür.

»Ich kann auch später wiederkommen, wenn du da drin … zu tun hast.«

»Nein, nein. Sekunde.«

Sie kroch aus dem Dickicht und setzte sich aufs Bett. Im Moment war ihr kein bisschen übel.

»Ok!«

Madlen drückte im selben Moment die Klinke. Sie huschte durch den Türspalt ins Zimmer, die linke Hand hinter dem Rücken versteckt. Sie grinste breit.

»Ich frag jetzt nicht, ob ich dich drücken darf. Obwohl ich voll Lust dazu hätte.«

Elle spähte in den Dschungel.

»Tataa!«

Die Hand kam hinter Madlens Rücken hervor, sie hielt eine Schallplatte mit blauem Cover. Da war ein Baby, das unter Wasser tauchte. Und ein Geldschein an einem Angelhaken oder so.

»Schau mal, die hab ich auf Malle entdeckt. War meine absolute Lieblingsplatte, als ich so alt war wie du. Bisschen jünger.« Madlen zog eine Schnute. Und sie begann zu singen: »*Come … as you are … as you were* … Das ist der supergeilste Nirvana-Song aller Zeiten. Freust du dich?«

Elle nickte brav. Von einer Band mit diesem Namen hatte sie schon mal gehört.

»Und weil du ja auf Vinyl stehst. Ist wieder voll in, oder?«

»Danke, Mam. Das ist ganz, ganz, ganz, ganz lieb von dir.«

Umarmen wollte sie Madlen trotzdem nicht. Erneut überrollte sie die Übelkeit, diesmal so schnell, dass sie nirgends mehr hinkam. Sie konnte nur noch den Kopf vorstrecken, damit nichts aufs Bett kam.

Madlens Lächeln verschwand. Sie schmiss die Platte auf den Boden und packte ihre Tochter mit einer Hand an den Schultern, die andere presste sie gegen ihre Stirn. Sie ließ nicht mehr los, bis es vorbei war.

»Ich muss dir was sagen«, flüsterte Elle.

Das lange Wochenende

Junis fuhr die Ringstraße mit dem Finger entlang, Kreis auf Kreis auf Kreis. Er konnte stundenlang auf diese Luftaufnahmen starren, von denen er riesige Ausdrucke besaß. Der Grundriss der Stadt erinnerte ihn an eine aufgeschnittene Okraschote, selbst wenn eine Kammer fehlte. Er besaß auch einen Lageplan der Muna. Oft stellte er sich den Krieg vor. Eine Menge Baracken in strengen Reihen füllte die Viertel. Zug auf Zug rollten die Güterwagen hindurch. Männer wie Frauen in Arbeitskleidung hievten Kisten in die Waggons oder luden sie um auf graue Lastwagen mit runden Schnauzen und offenen Pritschen. Ein Haufen uniformierter Nazis patrouillierte, die Gewehre über den Schultern, Pistolen und Dolche an den Gürteln. Manche führten scharfe Hunde. Er stellte sich Wachtürme mit grellen Suchscheinwerfern vor, das Brüllen von Befehlen und das Jaulen von Sturzkampffliegern. Die Fabrik wurde ausradiert. Manchmal dachte er sich eine andere Stadt aus, die auf dem Gelände gebaut worden wäre, oder dass Gras und Bäume alles überwachsen hätten. Dann sah ganz Vierweg aus wie jetzt das Bahngelände.

Andere Male verlegte er den Krieg in die Gegenwart und ließ das heutige Vierweg niederbomben. Anschließend wurde es nach seinen Plänen wieder aufgebaut. Das Altenheim und das weit draußen errichtete Krankenhaus verschwanden, ebenso die Schule und der Friedhof. Die neuen Wohnhäuser waren größer und schöner. Es gab keine Blocks mehr. Das Einkaufszentrum rückte näher, das Kino stand nun im Ortskern, das Bahngelände belebte sich. Die alten Sportanlagen, auf denen die Stadt wiederverwertbare Abfälle sammelte, gingen Elle zuliebe wieder in Betrieb. Auf den südlichen Feldern entstand ein Flugplatz für Privatmaschinen. Zu fliegen und die Welt von oben mit eigenen Augen sehen zu können war sein großer Traum, seit sein Vater ihn vor Jahren einmal im Klinik-Heli hatte mitfliegen lassen. Das war schon das Beste, was der Alte je für ihn getan hatte.

Er konnte sich auch vorstellen, dass anstelle der großen Straßen Mauern ständen, dann würden Elle und er und Dennis in streng voneinander getrennten Zellen der Stadt sitzen und nur noch per Phone in Kontakt treten können. Vale auf seinem Hof da draußen tauchte gar nicht mehr auf. Junis klebte drei schwarze Punkte auf das Bild, er hätte nicht angeben können, wozu. So ein altes Tor, wie es das in anderen Städten gab, und gepflasterte Straßen hätten ihm für Vierweg auch gefallen.

Irgendwann hörte der Finger zu kreisen auf. Junis schnappte sich sein Backpack und verließ das Haus.

Wie schnell konnte das Herz eines Stallhasen schlagen? Vale versuchte nicht länger mitzuzählen. Er beobachtete bloß noch das rasante Pulsen, das den gesamten Körper zu erfassen schien, eine Art Panik, die im krassen Gegensatz zur Bewegungslosigkeit des Tiers in seinem Käfig stand. Er strich ihm sanft über den Rücken, seine Hand glitt auf dem Fell dahin. Über die bebende Flanke ließ er sie wieder nach vorn fahren, bis er die feuchte Stelle spürte. Hier vermischte sich das Weiche, Widerstandsfreie auf merkwürdige Art mit etwas anderem, Unheilkündendem. Die Nässe rührte von einer Wunde in der Halsgegend, dort zeigte das Fell einen Riss, man sah auf das Fleisch und Blut des Tiers. Als er die Stelle mit den Fingern berührte, versuchte es zu fliehen. Schnell drückte Vale es gegen den Boden. Gleich darauf hob er es jedoch an seine Brust. Er würde es in den alten Schuppen tragen und dort gesund pflegen.

In seiner Hosentasche möpte das Phone. Das überraschte ihn. Normalerweise gab es so tief im Gebäude keinen Empfang. Vale setzte den zitternden Hasen zurück in den Käfig. Die Lehrerin wollte, dass sie Kaninchen sagten. Eine Nachricht von Hell, er wollte sie nicht ansehen. An Hell zu denken reichte allerdings schon aus, damit die Scham sich in ihm ausbreitete wie ins Wasser spritzende Tinte. Was gestern Nacht geschehen war, hätte er gern abgeschüttelt. Aber etwas, das *in* einem war, ließ sich nicht abschütteln.

Hell hatte einen Film geschickt und dazu lediglich *Vale die krale* getextet.

Er tippte schließlich auf Play, er konnte nicht anders. Es war eine kurze Sequenz, 0:41 lang und schlecht belichtet. Sie hätte jedem Splatterfilm Ehre gemacht. Vale schaute sie bis zu Ende. Es machte keinen Unterschied, die Bilder waren eh in seinem Kopf und nicht nur da. *Nach Hollywood kommste damit nich*, textete er zurück. Prompt kam ein weiteres Filmchen: *frank's letzter zucker*.

Vale sah sich auch das an. 2:32. Zuerst war gar nichts zu sehen. Er hörte Hell, er hörte seine eigene Stimme, konnte aber nicht verstehen, was gesagt wurde. Es klang aufgekratzt, nicht fröhlich, eher drängend, als könnten sie es nicht erwarten. Der Tote kam ins Bild, im Grunde war es nicht mehr als ein dunkler Fleck. Das Licht des Phones reichte bei Weitem nicht aus. Unten im Bild schien etwas hell auf, das mussten die Schuhe sein. Dann war Haut zu sehen. Haar. Vale erinnerte sich, wie er Franks Kopf hatte anheben wollen und wie er plötzlich nur dieses Büschel in der Hand hielt. *Wäh!* Hatte Hell das etwa gefilmt? Auf diesem Video jedenfalls waren weiterhin nur Stimmen zu hören. Auf einmal sah er, wie ein Zucken durch den dunklen Fleck ging, fast als hätte er sich aufsetzen wollen, aber nicht die Kraft dazu gefunden. Es war der größte Horror.

Vale musste sich beeilen. Er hatte seinem Vater versprochen den Futtergang sauber zu machen. Das war das Mindeste, nachdem er es am Morgen einfach nicht in den Stall geschafft und der Alte ihn stinksauer aus dem Bett geschmissen hatte. Also textete er schnell: *Ist der da aufgetaut oder*, steckte sein Phone vorn links zum Taschenmesser und wollte sich erneut den Hasen greifen, als das Teil schon wieder möpte.

aufgetaut? Der hat noch gelebt vale
Du spinnst mann
ist erst gestorben wie du seine birne rumgerissen hast
Du bis echt fies hell!
hihihi
So ein Arschloch!

»Schön die Sachen wegräumen, wir sehen uns morgen!«

Helmar Andreas stand neben dem schmalen Durchlass, der das Haus und die alte Fabrikhalle voneinander trennte. Er hörte nicht auf zu lächeln, solange die Teilnehmer an ihm vorbeigingen. Auch nachher grinste er noch. Acht Leute hatten sich zu der Bildhauer-Werkstatt angemeldet, sieben waren gekommen. Von der Studentin, die auf keinerlei Ansprache reagierte, bis zum Rentner-Ehepaar, das ständig um seinen Rabatt bangte, war alles dabei. Keiner von ihnen schaute verärgert. Ein Paar in den Dreißigern kam mit leuchtenden Augen zu ihm.

»Es war ganz toll«, sagte der Mann mit der grün-schwarz-gelben Beanie und drückte seiner Frau die Hand.

»Danke, Andi!« Sie hatte eine Tasche von der Schulter hängen, die ganz ähnlich gemustert war und ebenfalls aus Wolle. »Wie das Werkstück seine eigene Form wählt, wenn man ihm nur richtig zuhört, das hast du großartig erklärt. Ich bin so viel weitergekommen! Ich glaube, ich habe meinen Stein schon ein bisschen verstanden.«

Andi hob zu dieser wirren Bemerkung den Daumen.

Sein Chef hatte ihn darauf gebracht Seminare anzubieten. Sie liefen gut und der Aufwand war nicht besonders groß. Die Halle, die ihm beim Mieten des Hauses mit aufgedrängt worden war, hatte er anfangs verflucht. Jetzt liebte er sie, denn sie kostete ihn fast nichts. Das Material für seinen Kurs konnte er meistens aus dem Steinmetzbetrieb mitnehmen, für den er arbeitete – Reststücke und Bruch. Das reichte für Anfänger vollkommen aus. Der gute Name des Betriebs, in dem er arbeitete, war außerdem eine erstklassige Werbung. Der Chef hatte schon mehrere Preise für seine Grabmale erhalten, einmal sogar den ersten bei einer bundesweiten Ausschreibung. Dass Andi selbst dort bloß das Material bewegte oder die Vorarbeiten machte, war nicht wesentlich.

Den ganzen Tag entweder erklären und wiederholen oder aufpassen, dass sich niemand auf die Finger haute, dass alle die Schutzbrillen aufsetzten und keinem ein Stein auf die Füße fiel, fand er dennoch anstrengend. Nachher würde er noch mal eine Runde durch die Halle drehen müssen und sich anschauen, was die Leute den Tag über fabriziert hatten, damit er morgen darauf eingehen konnte. Aber jetzt wollte er sich erst mal entspannen. In einer Ecke der Halle standen ein Schreibtisch mit einem nagelneuen Lederpolsterstuhl davor, ein Dreiersofa, seine alte Anlage und, ganz wichtig: ein Kühlschrank. Weil die Heizkanone den ganzen Tag gelaufen und die Halle halbwegs warm war, beschloss er, hier in aller Ruhe einen durchzuziehen. Da sah er Dennis über den Hof huschen und reinkommen.

»Wie komm ich zu der Ehre?«, fragte Andi ironisch. »Has du Langeweile?«

»Nö, wieso?«

Dennis klang trotzig.

»Hey, chill! Ich mach's mir gerade in'er Halle gemütlich. Vielleicht has du ja Lust ein bisschen zu bleiben.«

»Nö!«

Andi streckte zwei Finger in die Luft, als würden sie eine Zigarette halten, und zog die Brauen hoch.

Jetzt lachte Dennis. »Das is was anneres.«

»Hey, aber zuerst schaus du, ob irgendwo noch was rumliegt. Meißel oder Brillen, du weißt schon.«

»Das is gemein, ey!«

»Du schaffs das schon.«

Während Dennis durch die Ecken schlappte, nahm Andi zwei Flaschen Bier aus dem Kühlschrank und öffnete sie mit dem Feuerzeug. Er nahm einen tiefen Schluck und begann eine Tüte zu bauen. Er hatte da noch Gras, das nicht so stark war, davon nahm er lieber als von dem Skunk, das ihm selbst regelmäßig die Birne wegblies. Innerhalb kürzester Zeit war der Junge zurück und schmiss sich stöhnend aufs Sofa. Er sah bleich aus und hatte kleine Augen. Er war die letzten beiden Nächte nicht zu Hause gewesen. Zeigte sich da eine

Spur von Bart? Gleich unterhalb der Wangenknochen … mal bei besserem Licht beobachten. Andi hielt seinem Sohn die Bierflasche hin.

»Is das Beste gegen Kater. Für dich natürlich noch nicht. Aber du hast ja auch keinen Kater.«

Dennis antwortete nicht. Er hatte sich den Bürostuhl rangezogen und hing halb liegend darauf, den Arsch auf der Vorderkante der Sitzfläche. So kam er mit der Flasche und dem Phone nicht klar. Um ein Haar hätte er sein Bier verschüttet.

Schließlich klemmte er es irgendwie zwischen den Beinen ein. Er schien keine besondere Lust zu haben, mit seinem Vater hier rumzusitzen.

»Was von Martin gehört?«

»Wieso, Mann, nö.«

»Er is dein Bruder. Deshalb.«

Dennis zog es vor, an der Flasche zu nuckeln.

»Bau hier bloß keinen Scheiß! Ich hab keine Lust, wegen dir schon wieder woandershin zu ziehen.«

»Du tus' manchmal, als hätte ich jemand gekillt oder so.«

»Chill«, sagte Andi. Er fand es wichtig, seinem Jungen klarzumachen, dass er auch Verantwortung trug. Aber es sollte keine Predigt daraus werden.

Andi nahm einen Zug. Dennis rutschte auf seinem Hintern hin und her. Er streckte schon die Hand aus. Andi inhalierte noch mal, bevor er die Tüte weiterreichte.

»Nur ein Zug, klar?«

»Klar«, sagte Dennis. Er nahm natürlich zwei.

Ein abartiges Geräusch, wie ein Seufzer oder Stöhnen, drang aus seiner Hosentasche.

Es gab keinen echten Grund, aus dem Junis im nächsten Ort gelandet war. Hier gab es noch einige Bauernhöfe. Hie und da konnte er von der Straße aus die großen neuen Ställe und riesigen Gülletanks sehen, in deren Nähe der Boden immer nass und schmutzig aussah. Junis mochte das nicht. Er zog Sauberkeit vor, neue Häuser und gepflegte Parks.

Ohne viel nachzudenken und vor allem ohne dort etwas zu tun zu haben, stellte er den Scooter beim Schwimmbad ab, das eigentlich ein aufgestauter kleiner See war. In manchen Jahren öffnete es bereits Anfang Mai. Nur in diesem lag es womöglich noch unter Eis, auch wenn heute die Sonne wärmte. Junis war noch nie dort schwimmen gewesen. Er dachte an die Nudel und dass Elle sich nicht zurückgemeldet hatte. Vermutlich ging es ihr nach wie vor schlecht. Kurz stellte er sich vor, wie er mit ihr im Freibad schwimmen übte. Aber das war ausgeschlossen, selbst er musste lachen, wenn er daran dachte, wie eine Sechzehnjährige mit diesem gelb leuchtenden Schaumstoffteil hantierte. Er fragte sich, warum er sie einmal angelogen hatte. Er war Dennis nichts schuldig, nie hatte er seiner Hilfe bedurft.

Ein Vorteil seiner Körperlänge, unter der er sonst so litt, war, dass er über die Hecke und die Spitzen des Holzzauns lugen konnte, wenn er sich auf die Zehen stellte. Die aufgeschossenen Äste versperrten ihm die Sicht nicht vollständig. Zu seinem Erstaunen konnte er kein Wasser sehen.

Er ging ein Stück weiter und probierte es noch einmal. An dieser Stelle war der Blick frei. Der See war abgelassen, nur ganz hinten stand eine trübe Pfütze, ansonsten nichts als Schlick. Auf der anderen Seite leuchteten die roten Hausdächer eines Neubaugebiets. Die Bäume am Ufer sahen aus, als hätten sie Pantoffeln an. Das waren die Wurzelballen, die über dem Kies aufragten. Sonst standen die im See. Vielleicht waren es auch dicke Stiefel, und die Bäume machten sich auf, durch den schlammigen Untergrund zu waten, eine kleine Armee auf dem Vormarsch. Das wäre lustig.

Noch komischer fand er etwas anderes. In der Mitte des Sees ragte eine hölzerne Plattform auf. Sie schaute sonst kaum aus dem Wasser. Auf dieser Plattform stand ein kleiner Sprungturm, der jetzt so blöde fehl am Platz wirkte, dass es schon nicht mehr auszuhalten war. Wie eine Giraffe im Sumpf. Er holte sein Phone raus und schoss ein Foto. Das wollte er Elle zunächst schicken, tippte dann aber nicht auf Senden. Eine Plattform weiter sah er schon wieder etwas Kurioses. Es war die mit dem Steg, die man vom Ufer aus erreichte. Auch sie sah auf ihren hohen Beinen seltsam aus. Oben saßen ein paar Leute. Sie hatten auf den Planken ihre Handtücher ausgebreitet wie im Sommer, nur dass sie dicke Jacken trugen. Ihre Gesichter waren der Sonne zugewandt. Junis glaubte zu sehen, dass sie vom einen zum anderen etwas herumreichten.

Es handelte sich in etwa um dieselbe Gruppe, die bei Elles vermasselter Party erschienen war. Holger befand sich unter ihnen. Junis schlich wieder ein paar Meter voran bis zur nächsten Stelle, an der er etwas sehen konnte. Auch von der Gruppe machte er ein Foto und zoomte dafür so weit ran wie möglich.

Eine Zeit lang sah er den Leuten auf der Plattform zu. Es tat sich nicht viel. Holger zu sehen ließ ihn vollkommen gleichgültig. Er war nichts als ein kleiner Hampelmann mit seinem Mädchen auf einem weißen Badetuch. Wer zog wohl die Schnur? Auf keinen Fall, dachte Junis, konnte er zu denen hingehen. Sie würden ihn ignorieren oder wegschicken. So etwas hasste er.

Er stellte sich eine Fliegerbombe in dem Schlick vor. Sie

war fast nicht zu sehen, weil sie die gleiche Farbe hatte wie ihre Umgebung. Aber er erkannte das Windrad. Die Bombe, vielleicht eine amerikanische M29, sah beinah neu aus. Oder nein, sie rostete, das machte sie unberechenbar. Ein kleiner Faktor, vielleicht schon der Umstand, dass sie nun an der Luft lag, konnte ausreichen und – *Booom!* Keine hölzernen Plattformen, keine Sprungtürme, keine Handtücher, keine unerlaubten Badegäste mehr. Es war gut zu wissen, dass die Gymnasiasten hier was rauchten oder schluckten. Das könnte ein Argument sein, falls er mal mit denen reden musste. Junis spürte eine große Klarheit. Alles, was zu tun war, Schritt für Schritt, lag deutlich vor ihm. Er würde dafür sorgen, dass nichts von der ganzen Sache rauskam. Er würde dafür sorgen, dass Elle nichts passierte. Sie sollte sich beruhigen.

Vales Vater legte den Rückwärtsgang ein und gab noch einmal kurz Gas. Vale sah zu, wie die Zinken der Ladegabel aus dem Siloballen glitten. Sie waren über einen Meter lang, aus dunklem, ehemals orange lackiertem Stahl. Jetzt ging der Motor aus, die Gabel blieb in der Luft stehen, die drei Zinken zeigten hungrig nach vorn. Sein Vater kletterte ächzend vom Sitz. Zum ersten Mal, seit der Junge in den Stall gekommen war, sagte er etwas.

»Kehr noch den Futtergang aus!«

Sein Gesicht zeigte keine Regung. Bei anderen Gelegenheiten hatte Vale sich ziemlich mies gefühlt unter diesem stummen Tadel. An diesem Tag aber merkte er, wie es ihm nichts ausmachte. Dass er es am Morgen nicht in den Stall geschafft hatte, war eine lächerlich kleine Verfehlung, ein Nichts. Dennoch spürte er Druck im Magen und wünschte sich, etwas zu ändern, das nicht mehr zu ändern war. Er hatte gewusst, dass es falsch war, warum hatte er mitgemacht? Und wenn Frank tatsächlich noch gelebt hätte? Das war sein größter Horror. Er wusste, dass es nicht stimmte. Trotzdem dachte er, waren sie eine Art Mörder.

Als er den Futtergang durchgefegt hatte, stellte er den Besen in die Ecke und verließ den Stall. Er wollte nicht zurück in sein Zimmer gehen. Dort lagen seine Kleider von letzter Nacht. Er wollte erst recht nicht in die Küche gehen oder ins Wohnzimmer, wo vielleicht der Fernseher oder das Radio lief, wo er vielleicht seiner Mutter begegnen würde. Das Haus war dicht an den Fuß einer steilen Böschung gebaut. Da war seinem Vater mal der große Traktor abgeschmiert, weil er beim Mähen das Gefälle unterschätzte. Sie mussten die riesige Maschine mit einer Seilwinde zurück auf die Wiese ziehen. Bis heute klaffte da ein Riss in der Wärmedämmung.

Vale ging zurück zu dem kranken Hasen. Er fuhr ihn, unter einem alten Filz versteckt, mit der Schubkarre. Im Unterschied zum Stall, der von den Kühen warmgehalten wurde, speicherte der alte Schuppen die Kälte dieses überlangen Winters. Vale schichtete Heu in einen Korb und setzte das Tier hinein. Er stieg in den Drahtverhau und begann auszumisten. Anschließend schüttete er Stroh auf, davon gab es hier genug und es war nur zum Teil feucht. Bevor er den Hasen in den Verhau brachte, drückte er ihn an seine Brust und streichelte ihm über den Rücken. Er konnte die Wärme des Tiers an den Händen spüren, sonst nirgendwo.

Im Schein der Taschenlampe glänzte die Halswunde des Hasen. Vale hatte versucht die Haare in dem Bereich abzurasieren. Vielleicht waren es zu viele oder sie waren zu dicht, jedenfalls hatte er sie nicht wegbekommen. Es blieb ein unregelmäßig geschorener Fleck zurück. Ein Pflaster würde dort nicht halten.

Mit einer Schnur fixierte er die Taschenlampe an einer Holzstütze. Der Hase hatte sich wieder ganz in die Ecke gedrückt. Vale nahm sein Phone und machte ein paar Bilder; einmal zoomte er ganz nah ran. Das ihm zugewandte Auge des Tiers leuchtete rot, das konnte er mit der App beheben. Oder es lassen, mal sehen. Schließlich stieg er über die Seitenwand und setzte sich selbst aufs Stroh. Wieder griff er sich den Hasen, er hob ihn, wie es sich gehörte, am Nackenfell hoch.

Er wollte sich zusammen mit dem Tier fotografieren. Aber so war es langweilig. Vale überlegte. Dann begann er seine Jacke aufzuknöpfen. Er zog sich obenrum nackt aus, auch wenn er sich viel zu schmächtig fand. Nun presste er den flauschig warmen Körper mit der Linken gegen seine Schulter, die Krallen waren ihm egal, die waren eh stumpf. Er legte seinen Kopf halb nach hinten, halb seitlich. Die Rechte streckte er aus und fotografierte.

Zuerst stimmte es mit dem Licht noch nicht. Außerdem war sein Gesicht teilweise zu sehen. Bald jedoch hatte er den Dreh raus. Die Wunde leuchtete, sein Haar leuchtete, alles andere ringsum verschwand in der Dunkelheit. Ja, diese Bilder hatten was. Er spürte, dass man irgendwie hinschauen musste. Es gab auf Flickr ein Tag *Hurt Animals*. Da würden die Aufnahmen sicher gut ankommen. Um sie hochzuladen, musste er zum Haus zurück. Er hatte kein Guthaben mehr.

Dennis inhalierte tief, behielt den Rauch lange drin und ließ ihn durch die Nase wieder raus. Das machte ihm nichts. Als er sah, dass der Alte an der Anlage rumfummelte, nahm er schnell einen weiteren Zug. Sein Phone war totenstill. In keiner Gruppe tat sich was. Wahrscheinlich waren heute *alle* verkatert. Oder sie heulten, weil das passiert war. Ob Junis heulte? Letztendlich war er ein schwacher Typ, dachte Dennis. Er tat nur cool und er hatte ein paar Leute im Griff, das baute ihn auf. Für sich allein war er ein Streichholz.

Bei den ersten Takten der Musik zuckte Dennis zusammen. Bitte nicht wieder das! Wenn sein Vater was rauchte, legte er oft eine Platte aus den Achtzigern auf von einer Band, deren Namen Dennis sich ebenso wenig merken konnte. *Spice Men*, ja, das waren sie. Wie die *Spice Girls*, die seine Mutter manchmal hörte. Nur nicht so lustig. Sein Alter konnte total abdrehen, wenn das lief. Er legte dann den Kopf in den Nacken und wippte ein bisschen mit dem Kinn, manchmal auch mit den Händen. Hie und da sang er eine Zeile mit, als wollte er bestimmte Stellen betonen. Dennis fand das nur bescheuert.

Aber heute drückte Andi einen anderen Knopf, die ultralangsame Musik war wieder weg und das Radio ging an. Samstags wollte er die Schlussphase der Bundesliga-Spiele im Radio hören. Gerade kamen Nachrichten. Im Mittelmeer war ein Boot gekentert, sechshundert Leute galten als tot oder vermisst.

»So'n Scheiß«, sagte Andi. »Has du das gehört?«

Er ließ sich die Tüte wiedergeben, zog aber nicht.

»In dem … a-abgekifften Meer, hehe, hätt ich fast gesagt … in dem abgefuckten Meer müssen doch Zehntausende Leichen liegen. Ich wette, die erzählen uns 's meiste gar nicht. Das ist echt nich fair. Ich mein, kuck dir an, was die meisten hier für'n Leben führen. Und die da unten haben nichts. Sie riskieren ihren Arsch in so einem morschen Boot, um's 'n bisschen besser zu haben. Und was tun wir? Wir lassen sie ertrinken. Sechshundert Leute, Mann! Aus A-afrika. Da geht's um eure Zukunft.«

Manchmal wirkte das Gras so bei ihm. Er wurde dann sentimental und die Erde ein Jammertal. Was kratzte Dennis das alles, trank er etwa das Wasser aus diesem Meer? Er fand es auch nicht gut, dass diese Leute umkamen. Nur, wenn man einmal so anfing, konnte man doch nirgends mehr aufhören.

»Ich werd mit denen schon klarkommen«, meinte er.

Sonst ballte er zu diesem Satz, den er häufig sagte, gern die Faust. Heute vergaß er es. Andi kam ächzend vom Sofa hoch. Nur um das nächste Bier aus dem Kühlschrank zu holen.

Ping. Irgendjemand textete.

Im Radio begann die erste Liveschalte in eines der Stadien.

Ping. Es war Junis.

Nimm die Bilder aus dem Netz, Mann!

???

Tu nicht so. Die Bilder von Frank.

??

»Los, macht sie fertig!« Andi hob die Hand mit der Flasche in Richtung Radio. Sein Team hatte ein Tor geschossen.

Wir kriegen ein Riesenproblem. Kapierst du das nicht?

Ich hab nix gepostet

Auf deinem Instagram-Account stehen diese Bilder. Schau nach, wenn du es vergessen hast!

Dennis dachte angestrengt nach. Aber nein, so breit war er letzte Nacht zu keinem Zeitpunkt gewesen. Er schaute nach. Es stimmte.

keine ahnung wo die herkommen schwörs mann

Ich glaub dir kein Wort.

Ich schwööör!!!!

Aus dem Radio tönte Jubel.

»Jetz sind sie fertig!« Es klang noch matter als beim ersten Mal.

Der alte Herr war breit bis zum Anschlag. Wenn er jetzt den Beutel mit dem Gras abgriff, würde der es nicht mal mitkriegen, überlegte Dennis. Sechshundert Tote in Afrika. So was gab dem den Rest. Vorgestern Nacht hatte es aber einen echten Toten gegeben, zum Anfassen und alles! Das war eine andere Nummer. Am liebsten hätte er es erzählt. Scheiß auf die Bilder, sollten sie doch online stehen! Sie waren bestimmt der Hammer auf Instagram. Nur dass er sich auch mit der größten Anstrengung nicht daran erinnern konnte, wann er sie hochgeladen hatte, war seltsam. Die Leute sollten sie ruhig sehen. So eine Chance, bekannt zu werden, würde er vielleicht in seinem ganzen Leben nie mehr kriegen.

Spuren

Am Sonntag nahm Junis den Bus, um zurück zum Bahngelände zu fahren. Die Stadt kam ihm unsagbar hässlich vor. Die meisten Häuser waren alt, wenn auch nicht richtig alt. Es gab an ihnen keinerlei Verzierungen, nur glatte Mauern, langweilige Fenster, alte Farben. Zwischen den Blocks gab es offene Rasenflächen, aber nichts und niemand war zu sehen außer manchmal etwas Wäsche oder einem verschossenen Bobbycar. Hohe Hecken schirmten die frei stehenden Häuser ab.

Von Elle hatte er weiterhin nichts gehört. Er schrieb ihr keine Nachrichten mehr. Auch Vale war wie vom Erdboden verschluckt. Dennis weigerte sich nach wie vor, die Bilder aus dem Netz zu nehmen. Da musste er noch Überzeugungsarbeit leisten. Seit dem vergangenen Nachmittag durchströmte Junis eine Energie, wie er sie selten spürte. Auch Klarheit war in ihm. Er wusste, was zu tun war, und es drängte ihn das anzugehen. Mit etwas Glück würden sie keinerlei Ärger bekommen. Die Schwimmnudel war nicht das Richtige für Elle, wie er selbst mittlerweile fand. Es war, als hätte er einem Kind, das Rad fahren wollte, ein Kickboard geschenkt oder einem Killer Einbruchswerkzeug. Beide Vergleiche drückten letztlich nicht aus, was er empfand.

Im Bus fuhren nur wenige Leute mit. Das hatte er vorausgesehen. Dennoch hielt er diese Art der Fortbewegung für die anonymste und damit sicherste. Sollte zufällig jemand mitkriegen, dass er an diesem Vormittag den Bus benutzte, könnte er mehrere Gründe angeben. Das Kino etwa war mit derselben Linie erreichbar, nur dass man eine Haltestelle früher aussteigen musste. Das Aussteigen konnte er doch leicht verpasst haben! Auch der Einwand, dass es am Sonntagvormittag kein Programm gab, wog nicht schwer. Viele Jugendliche trafen sich beim Multiplex, es gab dort auch eine Burger-Filiale.

Der Bus passierte den Stadtplatz. *Uwe's* wirkte, als wäre der Markt seit zehn Jahren geschlossen. Sobald keine Waren vor der Tür standen, stach das Heruntergekommene des Gebäudes ins Auge. Es grenzte an ein Wunder, dass es den Markt noch gab – alle Menschen, die Junis kannte, fuhren zum Einkaufen in den riesigen Edeka am Stadtrand. Vlados Kiosk auf der anderen Straßenseite machte dagegen ein ausgezeichnetes Geschäft. Die Bude stand auf einer kleinen freien Fläche, die ironischerweise als Stadtpark bezeichnet wurde, obwohl dort nicht einmal mehr Gras wuchs. Das hatten die Obdachlosen gründlich niedergetreten. Sie verbrachten ihre Tage dort an ausgemusterten Plastikstehtischen. Überall lag Müll rum – Schnapsfläschchen, Zigarettenstummel, Papier. Ob es sich wirklich um Obdachlose handelte, wusste Junis nicht. Aber er konnte sich nichts anderes vorstellen.

Er sah, wie ein Penner eine der wenigen Frauen gepackt hielt, ohne weiter etwas zu tun. Die wand sich unter seinem Griff und schrie so laut nach der Polizei, dass man es noch im Bus verstand. Junis' Vater hatte im Winter für das Vierweger Wohnheim gespendet. Er meinte, dass Menschen bei Temperaturen unter null nicht draußen schlafen dürften. Es waren in diesem Winter im ganzen Landkreis bereits mehrere Leute erfroren. Trotzdem schien es Junis, als wären sie da draußen nicht weniger geworden, sondern mehr. Ein Stück weiter hinten konnte man kleine Mengen Gras oder Pillen kaufen.

An der nächsten Haltestelle stiegen zwei Fahrgäste zu. Junis erschrak. Es handelte sich um die Hofmanns, deren Henne Elle beinah überfahren hätte. Beide trugen gemusterte Strickmützen. Sie setzten sich vor ihn auf die erhöhte Zweierbank über dem linken Hinterrad. Junis hatte nicht den Eindruck, dass sie ihn erkannten. Um ihn zu betrachten, hätten sie sich vollständig umdrehen müssen. Dennoch senkte er eine Zeit lang den Kopf und tat, als wäre er mit seinem Phone beschäftigt. Er beobachtete sie unter halb geschlossenen Lidern.

Der Bus fuhr nun vorbei an dem riesigen Parkplatz der Me-Ste-Te. Hier parkten schon lange keine Autos mehr. Kein Wunder, dachte Junis. Wer sich für Mess- und Steuerungstechnik keine bessere Abkürzung ausdenken konnte, musste früher oder später pleitegehen. An manchen Stellen streckten die ersten Grashalme ihre Spitzen durch die langen Risse im Asphalt. Junis fragte sich, woher die Pflanzen wissen konnten, dass es Frühling wurde. Von hier zum Bahngelände führte ein Gleis. Es musste eigens für die Fabrik verlegt worden sein, falls es nicht noch aus der Muna-Zeit stammte.

Die Hofmanns husteten synchron, er hörte ihre Bronchien rasseln. Junis fragte sich, was die beiden eigentlich machten, wenn eines ihrer Hühner verletzt wurde. Er glaubte, dass sie es schlachteten und heimlich in die Suppe gaben. Mit einem heftigen Schlenker durchfuhr der Bus den neu gebauten Kreisverkehr. Der Radius war klein. Hofmanns Körper wurde gegen den seiner Frau geworfen, die einen Laut des Unwillens hören ließ. Gleich darauf schob es beide in Richtung Gang, sie flogen fast aus der Bank.

»Schrecklich«, meckerte der Alte. »Diese Kreisverkehre, die jetzt überall gebaut werden, lassen noch mehr von unserer schönen Landschaft unter Asphalt verschwinden. Für diesen hier sind sieben Bäume gefällt worden.«

»Das Häuschen der alten Frau Juckel haben sie außerdem abgerissen«, entgegnete Ida. »Dabei ist sie nicht mal unter der Erde.«

»Das war nicht das Haus von der Juckel. Das war das von der alten Frau Hecht. Die Mutter der Pensionsbesitzerin.«

Sie widersprach.

»Musst du wieder alles besser wissen, Idalein?«

Sie ließ sich jedoch nicht beirren. Bald starrten sie wieder wortlos aus dem Fenster. Die Sonne schien. Als Junis die beiden fast schon vergessen hatte, rief der Mann plötzlich: »Da! Noch ein frei laufender Hund. Bestimmt fehlt wieder eins unserer Hühner, wenn wir zurückkommen.«

Sie klopfte gegen die Scheibe und rief: »Lei-nen-pflicht!«

»Die Leute sind furchtbar rücksichtslos«, sagte er.

»Es wird von Jahr zu Jahr schlimmer«, kam es von ihr.

Wieder sanken sie gegeneinander wie weggestellte Handpuppen.

Junis fand die beiden lächerlich. Er hatte ihren Brief verschwinden lassen. Es war nichts nachgekommen. Wie sollte man solche Menschen ernst nehmen?

Als er ausstieg, freute er sich über die Sonne, auch wenn sie kaum wärmte. Er machte einen Umweg und näherte sich dem Bahngelände von der Rückseite. Er spürte seine Aufregung, jetzt wäre es fatal, wenn jemand ihn sähe. Außerdem fürchtete er sich davor den Toten bei Tageslicht zu sehen.

Noch mehr plagte ihn der Gedanke, der Leichnam könnte verschwunden sein. Kurz dachte er daran, zurück nach Hause zu fahren und einfach abzuwarten, wie die Dinge sich entwickelten. Nein, es war besser etwas zu tun.

Am Rand des Stichwegs, der in den Waldweg mündete, bemerkte er Reifenspuren. Wahrscheinlich rührten die vom Auto der Gymnasiasten her. Was für eine absurde Idee, dieses Gleisstück im Garten! Falls sie es überhaupt ernst gemeint hatten.

Der halb zugewachsene Stichweg war ebenfalls begangen worden, das ließ sich ohne besondere Kenntnisse feststellen. Junis fand abgeknickte Zweige und runtergetretene dürre Halme, jedoch nirgends einen Schuhabdruck. Ein paar Meter weiter lag eine zerknüllte Zigarettenpackung, die wahrscheinlich von Dennis stammte – wer sonst auf der Welt rauchte Marlboro? Junis hob sie auf. Zigaretten konnten ein Problem sein. An ihnen haftete genetisches Material. Nur würde die Polizei es in keiner Datenbank finden. Wozu sich also fürchten?

Etwa an dieser Stelle begann auch die Schleifspur. Der Bodenbewuchs wurde dünner, hier musste man mit Sohlenabdrücken aufpassen. Junis zog ein Paar Überschuhe aus der Jackentasche und streifte sie über seine Stiefel. Das Zeug lag bei ihnen zu Hause kartonweise rum, sein Vater brachte es aus der Klinik mit und die Eltern benutzten es bei der Gartenarbeit.

Auch auf dem offeneren Gelände vor den Schuppen waren keine Spuren zu sehen. Er überlegte. Klar, die Temperatur war in jener Nacht unter null abgesunken und der Boden nach diesem überlangen Winter schnell wieder angefroren.

Das war ja alles prächtig, es gab gar nicht viel zu tun! Ursprünglich hatte er erwogen, den Leichnam in den Bahnschuppen zu schleppen und mithilfe des Diesels, der da sicher noch rumstand, und einer Flasche Benzin als Starter alles abzufackeln. Aber dafür gab es keine Veranlassung. Es war nicht auszuschließen, dass irgendwo DNA gefunden würde. Das machte nichts. Im Zweifelsfall würde er behaupten, dass er hin und wieder auf das Gelände ging. Da konnten sich leicht Spuren von ihm finden. Für die Freinacht würde er ein Alibi bekommen und Dennis würden sie sicher weniger glauben als ihm, wenn es hart auf hart kam. Elle hatte sich ordentlich vermummt gehabt, Handschuhe, Kapuze – von der würden sie schwerlich Spuren finden. Vielleicht sollte er in den nächsten Wochen das Kiffen sein lassen.

Junis war erstaunt, wie ruhig er sich fühlte. Um den Toten machte er allerdings einen Bogen. Der Leichnam saß unverändert an den Stamm gelehnt, die Hand ragte in die Luft, als wollte er winken. Hallo, äh, Frank. So hieß er doch. Dennis hatte ihm die Halskette abgenommen. Das war vermutlich die größte Idiotie bei der Sache. Bleib ruhig sitzen, Mann! Junis fand selbst, dass das kein guter Witz war. Vorgestern Nacht war es einfach gewesen, diesen toten Körper in ihrer Mitte zu haben. Ihr Freund, ihr Prügelknabe. Bei Tageslicht war das anders. Junis konnte sich hundertmal sagen, dass dort bloß eine organische Masse am Stamm lehnte, im Grunde nichts anderes als ein Stück totes Holz. Auch wenn dieser Körper nicht mehr viel Menschenähnlichkeit besaß, war er das doch: menschlich. Junis hätte gern mit ihm gesprochen, etwas über ihn herausgefunden. Das eiserne Schweigen des anderen, das ewig dauern würde, belegte ihn mit einer Art Zwang. Dagegen kam er nicht an. Punktsieg für Frank. Außerdem dachte Junis, dass der Geist des Toten womöglich noch in der Nähe war und dass dieser Geist ihm zusah, dass er in jener Nacht nicht nur zugesehen, sondern auch gelitten hatte. Selbstredend war das völliger Quatsch. Junis versuchte, sich seinen irrationalen Anwandlungen nicht länger zu überlassen.

Hatten Vale und Hell eigentlich Handschuhe getragen? Vermutlich nicht.

Bevor er einen Fuß auf die Rampe setzte, wechselte Junis die Überzieher. Er wollte hier oben keinen Dreck verteilen. Die Tür stand einen Spalt weit offen. Er aktivierte die Taschenlampe seines Phones und leuchtete in den Raum. Wieder stieg seine Anspannung, ganz als müsste er damit rechnen, drinnen jemandem zu begegnen.

Als er die Tür aufschob, drang das Tageslicht in den Schuppen und zerstörte in ihm den letzten Abglanz der Party. Die leeren Flaschen und Getränkedosen schienen wie von einer dünnen Staubschicht überzogen, Etiketten und Lackierung hatten ihre Leuchtkraft verloren. Das alte Sofa sah nach nichts als Sperrmüll aus. Daran haftete garantiert eine Menge DNA. Die würde Junis nun selbst sammeln. Seine Eltern besaßen einen kleinen, aber hoch leistungsfähigen Tischstaubsauger. Den hatte er eingesteckt, nachdem er von dem Plan, den Schuppen niederzubrennen, abgekommen war. Der Akku war voll geladen. Junis saugte das Sofa ab. Dazu zog er sogar Handschuhe und eine Haube über wie jemand von der Spurensicherung. Er saugte lange und gründlich. Eine Spinne tauchte aus den Polstern auf und wollte über die Lehne entkommen. Er saugte sie auf. Wahrscheinlich würde sie später wieder aus der Düse krabbeln. Dabei fiel ihm Holger ein. Die schwarz gefärbten Haare wirkten bei ihm nicht billig, sondern edel. Seine Kleidung war in keiner Weise besonders und sah trotzdem toll aus. Das lag an dem Körper, der darin steckte. Nichts an dem jungen Typen war zu lang oder zu eckig oder sonst schlecht geraten. So ein perfekter junger Mann war das. Er ließ Junis kalt. Höchstens um die hellen Augen beneidete er ihn. Dass helle Augen einen intelligent wirken ließen, hatte er einmal gelesen. Es leuchtete ihm ein.

Durch den Lärm des Staubsaugers hörte er nicht, wie Vale sich dem Schuppen näherte. Junis erschrak bis ins Mark, als der Kleine plötzlich neben ihm stand.

»Kälbchen! Du hast mir vielleicht einen Schreck eingejagt! Hast du hier etwa die ganze Zeit weitergetrunken? Du siehst ja völlig bleich aus.«

Vale verzog das Gesicht, es wurde kein Lachen.

»Wo 'ser Kanis'r?«, nuschelte er. Junis verstand ihn kaum.

»Warte … schau, gleich da beim Ofen steht er noch.«

Vale trottete durch den Raum. Anscheinend wollte er gleich wieder verschwinden. Junis hielt ihn am Arm zurück.

»'s mich!« Er sprach auch sehr leise. Ein bisschen sah er aus, als ob er geheult hätte.

»Hör zu, Vale.« Junis hielt ihn weiter fest. »Nimm dir das nicht so zu Herzen. Das wäre völliger Unsinn! Denn erstens haben wir niemandem wehgetan. Verstehst du? Wenn du dich auf dem Schulhof mit jemandem prügelst, ist das eigentlich viel schlimmer. So denke *ich*. Zweitens –«

»Was 'in'n … das … Klamodd'n?«, unterbrach Vale ihn leise und deutete dabei auf die Zellstoffhaube.

»Ich räume hier ein wenig auf. Die Putzfrau kann heute nicht. Hör zu, Kälbchen. Zweitens kann dir so oder so nichts passieren. Du bist doch erst dreizehn, Glückwunsch!«

Der Kleine starrte auf den Kanister in seiner Hand. Junis glaubte zu sehen, dass er leicht zitterte. Vale machte nicht den Eindruck, als hätte er auch nur ein Wort verstanden.

»Sieh mal. Ich mach hier sauber, nur für alle Fälle. Falls

doch die Polizei kommt, meine ich. Dann sagen wir einfach: Wir waren nicht hier. Oder wir sagen: wir waren hier, haben aber keine Leiche gesehen. Und sie finden von uns keine Spuren. Verstehst du, dann spielen irgendwelche Aussagen nicht mehr die Rolle. Die Ermittler suchen immer nach etwas Objektivem.«

»'s Kabel«, murmelte Vale. »Ich hab's ausm Boden … müssen Spuren von mir 'n sein. Was meins'n?«

»Hattest du Handschuhe an? Kälbchen! Hat-test du am Frei-tag Hand-schu-he an?«

»Nich so welche.«

Er zeigte auf Junis' Einweghandschuhe.

»Das ist wurst, Vale. Wenn du Handschuhe getragen hast, sind deine Fingerabdrücke nicht auf dem Kabel. Und höchstwahrscheinlich auch keine DNA.«

»Ich muss … muss es verschwin'n lassen.«

»Spinnst du? Jetzt bleib hier! Vergiss es, ich lass dich nicht raus.«

Junis lachte zunächst über Vales Befreiungsversuche. Aber der Kleine war stark, er arbeitete schließlich körperlich.

»Da draußen kannst du nichts mehr machen. Wir können diesen toten Mann unmöglich verschwinden lassen! Denk mal nach. Selbst wenn sie dein Material finden, können sie keinen Abgleich machen. Du bist nicht in ihrer Datenbank!«

»Sie machen Teste!«

Er war wie zurückgekehrt, nicht der alte Vale, aber gut zu verstehen.

»Es heißt Tests. Wir müssen bestimmt nicht zur Speichelprobe. Nicht wenn sich rausstellt, dass der Mann sich das Leben genommen hat.«

»Woher wills'n des wissen?«

»Es ist das Wahrscheinlichste. Hör zu, Kälbchen. Du gehst

jetzt nach Hause … die … Hühner melken oder so. Ich erledige das hier. Komplett. Vertrau mir! Ihr müsst euch um nichts weiter kümmern.«

Die von Dennis hochgeladenen Bilder verschwieg er lieber.

»Nimmst du den Ofen mit?«

»Klar nehme ich ihn mit. Auch das Leergut. Geh jetzt einfach heim und schlaf dich aus. Hey, und trink nichts, ok?«

Junis führte Vale auf die Rampe und schaute zu, wie der Junge sich davonmachte.

»Vale!«

Der Kleine drehte sich um. Er hatte eindeutig Tränen in den Augen. Junis wollte ihn aufmuntern.

»Hey, du hast die Erfahrung deines Lebens gemacht! Näher wirst du so bald nicht mehr an einen Toten rankommen. Es sei denn, du studierst Medizin. Sieh es einmal von dieser Seite.«

Vales Gesicht hellte sich nicht die Spur auf.

Bald nachdem er gegangen war, machte sich auch Junis auf den Weg. Er steckte den Staubsauger in einen Müllbeutel, den er zuknotete, bevor er ihn im Rucksack verstaute. Handschuhe und Haube kamen in eine extra Tüte, die Überschuhe behielt er noch an. Als Letztes steckte er sich eine Zigarette zwischen die Lippen. Den Ofen würde er stehen lassen. Er hatte genug geschuftet und er wollte dieses tolle Gefühl, voller Energie zu stecken, nicht wieder verlieren. Das hatte er nicht so oft.

Auf dem Rückweg traute er sich viel näher an den toten Frank heran, vermied es jedoch sein Gesicht anzusehen. Auf dem Boden vor ihm lag die zerrissene Jacke. Sollte er sie beseitigen? Das war wohl nicht nötig. Da er die Überschuhe noch trug, schob er sie aber mit dem Fuß ein bisschen näher zu der Leiche hin. In der Innentasche der Jacke erblickte er etwas Weißes … Papier … einen Zettel. Es stand was drauf.

Die Sprunggrube

Unter gesenkten Lidern beobachtete Elle die anderen Mädchen in der Umkleide. Keines konnte wissen, was am Wochenende geschehen war. Alle hätten es ihr ansehen können, dachte sie, aber niemand fragte nach, warum sie so blass und still war – noch blasser und noch stiller. Die Mädchen redeten über nichts anders als die Kälte in der Umkleide. Wahrscheinlich machte der Hausmeister sich einen Spaß daraus, die Fenster schon vor der ersten Stunde aufzureißen. Und nun sollten sie auch noch auf den Sportplatz gehen statt in die Halle. Elle fühlte sich deshalb erleichtert. Sie hatte nach wie vor nichts gegessen und wunderte sich, wie viel Spannkraft sie spürte. Sie war noch leichter als sonst, fast glaubte sie zu schweben.

»Oh, mein Gott, ich habe immer noch einen Kater«, rief das Klischee, als es verspätet in die Umkleide kam. Elle fand sie zu laut. »Ich habe das ganze Wochenende ge-fei-ert. Ihr wart ja dabei, jedenfalls die meisten von euch. Die Jungs vom Gymnasium haben länger durchgehalten, muss ich euch sagen. Aber die sind auch in der O-ber-stu-fe.«

Für ein verkatertes Mädchen wirkte Corinna recht frisch. Ihre weißen Haare waren nun schwarz. Die Sportsachen hatte sie bereits an. Das war ungewöhnlich. An ihren Füßen leuchteten goldfarbene Nikes, eine limitierte Sonder-Edition, dazu kamen eine Hose und ein Shirt von Bogner, wie sie die Klasse wissen ließ. Zur Abwechslung betonten die Kleider ihre Figur mal nicht. Elles Party schien sie vergessen zu haben, jedenfalls gönnte Corinna ihr weder ein Wort noch einen Blick.

Draußen war es gar nicht so kalt. Die Sonnenstrahlen wärmten trotz der frühen Tageszeit. Wie die meisten anderen hörte das Klischee nach eineinhalb Runden mit dem Laufen auf und schlenderte bloß noch. Schlendern war ein tolles Wort, Elle hatte es von Junis. Denner trabte über den Rasen im Innern der Bahn und forderte alle, an denen er vorbeikam, zum Laufen auf. Junis war da, Dennis war da. Sie hatte das Gefühl, sich mit den beiden anderen in einem unsichtbaren Dreieck zu bewegen. Während es sich auf der Aschenbahn langsam um sich selbst drehte, blieben die drei Schritt für Schritt jeder in seinem Winkel. Junis hatte die Kapuze seines Hoodies übergezogen, er machte extra große Schritte. Dennis trabte wie in Zeitlupe. Die ersten Runden war er wie ein Bekloppter gerannt und hatte sowohl Elle als auch Junis im Vorbeilaufen angesprochen. Elle ignorierte ihn. Sie achtete überhaupt darauf, dass sich ihr Abstand zu beiden, wie auch zu allen anderen, möglichst nicht verringerte. Nachrichten von Junis öffnete sie nicht mehr, auch seine Audios hörte sie nicht an. Sie konnte genauso wenig schlafen wie essen. Sie hatte alle Gruppen verlassen. Gestern Nacht hatte sie zum letzten Mal gekotzt. Als sie daran dachte, fühlte sie sich plötzlich schwach.

Am Sonntagabend war ihre Mutter noch mal mit einer Kanne Tee gekommen. Elle hatte ihr doch nichts erzählt. Und Madlen schien nur zu gern zu glauben, dass ihre Übelkeit von zu viel Alkohol herrührte.

»Komm, lass uns ein bisschen reden, Ellen.«

»Nenn mich nicht so!«

»Wie war denn dein Geburtstag, Schatz? Waren all die coolen Typen da, die auf dich stehen? Waren die vom Gymnasium da, dieser … Holger, der dich mal so galant nach Hause gebracht hat? Ich habe mir ja solche Sorgen gemacht, dass ihr friert in dem dämlichen Jugendzentrum. Da ging schon zu meiner Zeit die Heizung nicht ordentlich. Mensch, das bringt mich darauf, dass *ich* da auch meinen Sechzehnten gefeiert habe. Ich habe den halben Abend rumgemacht mit … dein Vater war es jedenfalls nicht. Eine Hammerparty, es lief den ganzen Abend Grunge. Ehrlich gesagt habe ich in der Nacht ein bisschen meine Unschuld verloren.«

»Ma-maa!«

»Keine Angst, ich werd nicht fragen, ob es bei dir genauso war. Was für Musik hattet ihr laufen?«

»Wie war es denn auf Malle? Hast du da auch die Unschuld verloren?« Der Satz kostete Elle fast den Rest ihrer Kraft.

»Haha, du bist ganz schön frech. Ich würde sagen: Wir haben's ein bisschen knallen lassen.«

»Und warum hast du ihn nicht mitgebracht?«

»Er musste wieder arbeiten. Also welche Musik lief bei euch?«

»Wie heißt er noch mal?«

»Ralf. Ehrlich, es war nicht so toll, wie ich gehofft hatte. Ich hab mich mies gefühlt, weil ich an deinem Sechzehnten nicht da war!«

»Kein Problem, Mam.«

»So ein wichtiger Tag! Aber weißt du, ich möchte nicht mit vierzig auf einmal keinen mehr abkriegen. Augen auf bei der Partnerwahl! Das kann ich dir nur raten. Du kannst schon viel daran sehen, wie jemand tanzt. Darf ich mal?«

Das war doch gar nicht ihre Tasse! Zum Protestieren war Elle zu matt.

»Du warst tanzen?«, fragte sie leise. »Mit deinem *Fuß*?«

»Manchmal bin ich ganz schön blöd, wie?«

Sie strich ihr übers Haar und Elle ließ es zu.

»Du bist immer noch so bleich. Geht es dir denn gar nicht besser?«

»Alles gut, Mam.«

»Jedenfalls geht das vorbei, das kann ich dir versprechen. Leg doch mal die Platte auf, die ich dir geschenkt habe. Das ist so eine geile Musik, wir sind früher immer voll ausgerastet, wenn wir das gehört haben. *But I don't know what it means, don't know what it means.*«

Willst du mir nicht ein Schlaflied singen, weil ich null bin, dein Baby? Das fragte Elle nicht. Nie im Leben hatte es sie derart angestrengt zu sprechen. All diese Wörter über die Lippen zu kegeln, von denen sie nicht eines glaubte!

Das Klischee schloss zu Elle auf.

»Du solltest laufen, Elle«, sagte es, »gehen tun jetzt alle, das ist Mainstream.«

Corinna trabte auf der Stelle und machte ein paar animierende Handbewegungen. Elles Schwäche bemerkte sie so wenig wie alle anderen. Sie hatte Pflaster an den Unterarmen, Elle sah etwas davon unter den Ärmeln ihres Bogner-Shirts rausschauen.

»Was ist passiert?«

Sie zeigte darauf. Über Corinnas Gesicht wanderte ein freudloses Leuchten.

»Oh, das«, sagte sie und hörte zu traben auf. »Ich hab mich geritzt.«

»Wer ritzt sich denn?«

Sofort tat es Elle leid, dass sie Corinna wieder auf die Klischee-Schiene gesetzt hatte. Aber so war es doch! Sie tat immer irgendwas, weil sie es sich abgeschaut hatte. Corinna schien Elles Sarkasmus nicht zu bemerken.

»Ich.« Sie sagte es tonlos. »Warum erzähl ich das nur? Bitte verrat es keinem.«

Schon beschleunigte sie wieder und zog auf ihren langen Beinen davon. Mit den Händen hielt sie jetzt die Säume ihres Shirts fest.

Denner ließ seinen ironischen Pfiff hören. Das Aufwärmen war vorbei. Sie würden heute Weitsprung üben. Die Technik hatte er schon erklärt. Ohne Vorwarnung pickte er Elle aus der Schülertraube. Sie sollte es vormachen. Mit gesenktem Kopf stellte sie sich an den Anfang der Bahn. Ihr Schwächegefühl konnte sie für den Moment vertreiben. Eins. Zwei. Drei. Sie rannte, so schnell sie konnte, machte zum Schluss die richtigen Schritte und traf den Balken perfekt. Sie warf Beine und Arme nach vorn, flog beinah körperlos und landete im frisch geharkten Sand. Da lag sie eine oder zwei Sekunden lang, zur Seite weggesunken, das Ohr auf den feuchten Körnern. Sie hörte kaum, dass Denner anerkennend pfiff. Schon kamen die Helfer mit Maßband und Rechen. Elle hätte sich am liebsten unterharken lassen.

»Technisch schon recht ausgereift. Nur bei der Weite hapert es noch. – Sophie, bitte!«

Denner streckte Elle die Hand entgegen. Glaubte er, sie würde von allein nicht wieder auf die Beine kommen? Er sah ihr forschend in die Augen. Sie wandte den Blick ab.

»Fehlt dir was? Du hast keine gute Farbe. Wenn du lieber Protokoll schreiben willst – zwei, drei Sätze würden mir schon reichen.«

»Geht schon«, erwiderte sie.

»Wenn du mal reden willst, du weißt ja, ich bin jetzt auch

Vertrauenslehrer. Weißt du nicht? Weil doch Frau Koeplin in den Mutterschutz gegangen ist. Zweimal die Woche, Mittwoch, Freitag, vor der Ersten und nach der Sechsten jeweils eine halbe Stunde.«

Seinem Gesichtsausdruck nach hielt Denner sich für den besten Vertrauenslehrer der Welt.

In der ersten großen Pause wanderte Elle ziellos über den Schulhof, gab sich jedoch die größte Mühe, dabei zielstrebig zu wirken. Sie schaffte es einfach nicht, bei jemandem stehen zu bleiben und über irgendetwas Banales zu reden oder auch nur zuzuhören. Es kam ihr vor, als liefe sie durch eine Filmkulisse und sähe sich alle Charaktere an. Sie hätte sie sogar berühren können. Dennoch blieb sie von alldem getrennt, eine andere Spezies, mindestens ein Tier, wenn nicht ein Alien.

Sie beobachtete, wie Dennis sich vor Junis drückte, der offenbar mit ihm reden, ihn aber auch nicht direkt verfolgen wollte. Sie sah, wie die Kleinen aus der Fünften ein großes Seil schwangen und hüpften, wie ein paar Große in Richtung Weiher verschwanden, wie der Hausmeister telefonierend an einer Ausgangstür stand, sie immer wieder hin und her schwenkte und dabei genau in Augenschein nahm. Sie sah, dass die blinden Scheiben bronzen blitzten und grüne Knospen aus den Bäumen sprangen. Sie sah einen mal links, mal rechts, mal geradeaus weisenden Spalt, der sich gebildet hatte, wo das Pflaster abgesunken war.

Sie schloss die Augen und sah Frank. Es war der schlimme Frank. Sie sah Papierchen auf dem Hof sich beharken wie Kampfsalamander, als sie die Lider wieder hob. Sie sah zwei blaue Mützen in der Tür, zwei Uniformen tauchten auf, die Polizei. Kein Zweifel möglich, es stand auf ihren Jacken. Sie sah die Grube mit dem frisch geharkten Sand, sie warf die

Arme vor, die Beine auch, sie konnte nicht mehr weg. Sie sah, wie Dennis zum Rand des Schulhofs schlich, nah zu dem Ausgang, der in Richtung Weiher führte. Sie sah Junis den Kopf mit der Kapuze senken, gerade so weit, dass er noch nach vorne spinxen konnte. Sie sah, wie einer aus der Sechsten zu den Polizisten rannte. Sie hörte, wie er »ich war's« rief und lachte. Keiner der beiden reagierte.

Sie spürte ihr Herz schneller schlagen.

Dennis war gerade auf einer Höhe mit drei Jungs aus der Zehnten. Sie steckten die Köpfe zusammen. Einer von ihnen bemerkte die Polizisten. Elle sah, wie Dennis blitzschnell sein Phone in die Jackentasche gleiten ließ und sich trollte. Die drei blieben dicht beisammen und blickten einander an, als wüssten sie nicht, ob sie feixen oder kotzen sollten. Dennis war schon bei der nächsten Gruppe, Schüler aus der Parallelklasse, nein, sie waren aus der Achten. Der Pausengong ertönte und alle fluteten zurück ins Schulgebäude, zwischen den Uniformierten hindurch, die links und rechts des Eingangs standen und mit schnellen Augen jeden Schüler musterten, ansonsten aber keine Regung zeigten.

»Suchen Sie jemand?«, wurden die beiden gefragt, aber auch darauf gaben sie keine Antwort.

Die nächste Unterrichtsstunde rauschte komplett an Elle vorbei. Dass sie nicht viel mitkriegte, war normal. Nur, heute kriegte sie derart gar nichts mit, dass sie ihrem Lehrer keine Antwort geben konnte, als er sie plötzlich nach dem Wochentag fragte. Die ganze Klasse lachte. Danach tat sie für eine Weile, als notierte sie etwas. Auf ihren Block schrieb sie ein Mantra: *Eure Welt ist schlecht. Eure Welt ist schlecht.* Zwanzig, dreißig Mal. Sie strich alle *Eure* und schrieb darüber: *Unsere.*

Nach der Deutschstunde wollte sie ins Sekretariat gehen, um sich abzumelden. Da kam ein Zettel. Anke reichte ihn von hinten durch. Sie erkannte Junis' Handschrift. *Lass uns in der Pause auf dem Sportplatz treffen. Es ist wichtig!* Ok, sie würde bis nach Bio bleiben, auch wenn sie sich nicht vorstellen konnte, was akut so wichtig war. Wollte er mit ihr über das Geschehene reden? Da gab es nichts zu reden!

Sie überlebte auch Bio. Kurz vor elf hatte sie einen Anflug von Hunger.

Junis wartete bei der Sprunggrube. Es waren keine Spuren mehr zu sehen. Früher hatte sie immer Lust gehabt im Sand ihre Fußabdrücke zu hinterlassen. Als ihre Blicke sich begegneten, war es gewaltig wie eine Sternenkollision. Sie sah in seinen Augen Kampfesmut, aber auch Unruhe. Sie fragte sich, was er in ihren Augen lesen konnte.

Junis sprach davon, wie er am Vortag Spuren beseitigt hatte. Er klang gelassen, als habe er bloß sein Zimmer aufgeräumt. Elle interessierten weder die Lebensdauer der Überschuhe noch Vales Auftauchen im Schuppen. Sie bemerkte Junis' Zufriedenheit, konnte sie aber nicht einordnen.

»Es gibt nur ein Problem«, sagte er schließlich. »Hell hat in der Nacht Fotos gemacht oder sogar Videos. Die zeigt er jetzt in der Schule rum.«

»Macht das einen Unterschied?«, fragte Elle.

»Spinnst du, klar macht es das. Ich glaube, du verstehst es noch nicht: Wenn rauskommt, das wir das waren, können wir jede Menge Ärger kriegen.«

»Ich weiß«, sagte sie, »ich hab's verstanden.«

»Und, ist es dir egal? Ich jedenfalls habe keine Lust darauf. Wir müssen mit Dennis reden, Elle. Ich habe ihm geschrieben, dass er auch herkommen soll.«

Es war ihr nicht egal. Wenn Hell fotografiert oder gefilmt

hatte in der Nacht, war das an sich schlimm genug. Aber wenn er damit auch noch angab, war es das Letzte. So nahm er Frank noch einmal die Würde. Oder die Ruhe auch. Es war irgendwie anders jetzt. In der Nacht, als Hell und Vale ihn angeschleppt hatten, war er einfach ein Toter gewesen, nicht mal ein Toter, er war etwas …oder irgendwie nichts. Sie konnte den Gedanken nicht fassen. Ein Prügelknabe eben. Auch wenn man über dieses Wort nicht weiter nachdenken durfte. Inzwischen aber war er Frank, sie hörte seine Stimme. Sie konnte mit ihm sprechen. Sollte sie das Junis erzählen? Unmöglich. Sollte sie ihm sagen, dass sie das ganze Wochenende lang gekotzt hatte und sich so leer wie nie zuvor in ihrem Leben fühlte, so nichts, so unlebendig beinah, als hätte sie weder Atmung noch Verdauung?

»Hell soll die Sachen löschen«, sagte sie.

»Mit ein bisschen Glück kann ich das hinbiegen. Leider habe ich *einen* Fehler begangen.«

Was war eigentlich mit Junis los? Hatte er den Manager in sich entdeckt – Junis, der Held? Sonst kiffte er so ziemlich alles weg.

»Er hat, ehm, einen Abschiedsbrief geschrieben.«

Frank? Er hatte sich also das Leben genommen! Daran hatte sie schon gedacht, aber mit diesem Wort wurde es zur Tatsache. Elle fühlte sich innerlich anschwellen, es war viel mehr als nur ein Kloß im Hals. Ein Abschiedsbrief klang traurig, altmodisch, aber dazu passte es. Man konnte keine Abschieds-Message posten. Da käme ja in zwei Minuten die Rettung angefahren.

»Was steht drin?«

»Genau genommen ist es bloß ein Zettel. Sehr ordentlich mit Namen und Adresse drauf. Er wohnte gar nicht weit von hier im Blaumeisenwinkel.«

»Bitte, Junis«, sagte sie matt.

»Er versichert, dass er selbst und freiwillig aus dem Leben scheiden will. Dass er sich Wodka besorgt hat und sich in der kalten Nacht da draußen erfrieren lassen will. Er hat sehr lange da draußen gelegen, Elle. Es steht ein Datum auf dem Brief, aber kein Adressat. Er hat auch keinen Grund genannt.«

»Wie lange?«, fragte sie.

»Etwa sechs Wochen. Seit Mitte Februar.«

»Sechs Wochen! Und keiner hat ihn vermisst?«

»Wahrscheinlich nicht.«

Auch Junis schien davon betroffen zu sein. Er spuckte in die Sprunggrube.

»Aber, Elle«, sagt er. »Ich habe diesen Zettel gefunden, er lugte aus seiner Jackentasche, in einem Gefrierbeutel verwahrt, wahrscheinlich damit das Papier nicht aufweicht.«

Aus ihrem linken Auge quoll jetzt eine Träne, kurz darauf auch aus dem rechten. Elle wandte sich ab, sie presste Daumen und Zeigefinger fest in die Augenwinkel.

»Ich war neugierig«, sagte Junis, »und habe den Zettel genommen. Nicht weiter schlimm, ich hatte ja die Handschuhe an. Aber dann habe ich ihn eingesteckt.«

Er schaute sie an, als warte er auf eine Ohrfeige oder mindestens eine herabsetzende Bemerkung. Elle verstand nicht, was er überhaupt wollte. Sie sah Dennis auf den Sportplatz kommen. Er trug mal andere Klamotten. Im Unterschied zu Junis grinste er übers ganze Gesicht.

»Verstehst du?«, fuhr dieser fort. »Der Zettel wäre doch *der* Beweis für unsere Unschuld. Jetzt muss ich noch mal hingehen und ihn zurück in die Jacke stecken. – Aber damit bringe ich mich in Gefahr«, setzte er hinzu. Erst da registrierte sie, was er gesagt hatte.

»Das ist jetzt doch egal«, sagte sie. »Stell dir mal diesen

armen Menschen vor. Daran hab ich überhaupt nicht gedacht.«

»Fang nicht an zu weinen, bitte. Nicht solange Hell es sehen kann.«

Sie unterdrückte es.

Während Dennis sich näherte, ging mit Junis eine Veränderung vor. Sein Gesicht verschloss sich, er stellte sich breitbeinig hin und zog die Hände aus den Taschen. Elle rührte sich nicht.

»Hör zu«, sagte er leise zu ihr. »Sag gleich zu ihm, dass er dir die Bilder zeigen soll. Wenn Hell sein Phone entsperrt hat, greif ich es mir und lösche alles. Sei nett zu ihm.«

Dennis schien richtig gut drauf zu sein. Sie musste gar nichts sagen, er kam von selbst auf das *Material* zu sprechen. Er habe es eben ein paar Jungs aus der Siebten gezeigt, die sich richtig die Hosen vollgemacht hätten. So gehe es schon den ganzen Tag. Der halben Schule sei schlecht. Nur einer aus der Zehn habe sich gefreut, dass endlich was los war in Vierweg.

»Der hat mir Geld geboten, zwanzig Euro für die drei besten Bilder, dreißig für nen Film. Das'n Fuffi!«, rief Dennis.

»Wow«, sagte Junis, »ohne Taschenrechner!«

»Bist du blöd?«, fragte Dennis zurück. »Kannst du nicht zwanzig und dreißig im Kopf zusammenrechnen?« Er wandte sich ihr zu. »Hey, wir könn' von der Kohle gleich noch ma' feiern.«

Bis jetzt hatte sie ihn nicht sonderlich gemocht. Nun verabscheute sie ihn. Für einen *Fuffi* hätte er wahrscheinlich seine eigene Mutter verkauft. Junis' Plan zu folgen fiel ihr nun leicht.

»Zeig *mir* mal die drei besten Bilder. Vielleicht zahl ich ja mehr.«

»Für dich is' doch nix Neues.«

Er zog sein Phone hervor und entsperrte es. Sie hörte schon den Schulgong. Junis war mit einem schnellen Schritt bei ihm und wollte sich das Gerät schnappen. Aber Dennis reagierte blitzartig, er zog die Hand weg, stieß einen fiesen, halb überraschten, halb wütenden Laut aus. Wie aus dem Nichts verpasste er Junis einen Schlag. Der taumelte einen Schritt zurück und geriet mit dem Fuß in die Sprunggrube. Keine Chance ihn noch zu halten, bevor er sich auf den Arsch setzte. Eine Sekunde später war er jedoch wieder auf den Beinen. Er hielt sich die Hand vors Gesicht. Elle stand dabei, vor Überraschung wie gelähmt. Sie schämte sich für ihre Tatenlosigkeit.

Dennis unternahm danach nichts weiter, nur seine Augen blitzten und die Fäuste hielt er bereit.

»Mann, warum schlägst du ihn?«

Die Starre wich, sie wollte sich nun zwischen die beiden stellen. Aber das ließ Dennis nicht zu; er hob die Fäuste auch gegen sie. Das Phone musste er wieder in der Jacke verstaut haben.

»Ich hab gleich gewusst, dass ihr was plant. Lasst bloß die Finger von mir, hört ihr? Fotos anschaun, he? Ich zeig euch die Fotos.«

Er führte einen Luftschlag in Elles Richtung und zischte ein Schimpfwort. Dann kehrte er den beiden den Rücken und ging betont langsam zurück zur Schule. Offenbar hatte er keine Angst, dass sie ihn verpetzen könnten. Oder er hatte noch nicht darüber nachgedacht.

Auf Junis' Unterlippe stand etwas Blut. Vorsichtig bewegte er die Zunge im Mund.

»Bist du ok?«, fragte sie ihn.

Er nickte. Er sagte: »Ich weiß nicht.«

Sie kramte vergeblich nach einem frischen Tempo.

»Wir müssen zurück«, meinte Junis. »Ich kann nicht schon wieder blaumachen.«

Mit Daumen und Zeigefinger rüttelte er an seinen Zähnen.

»Du brauchst eine Kaltkompresse. Ich geh sowieso zum Sekretariat, um mich abzumelden, da kannst du gleich mitkommen.«

»Du wolltest vorhin dazwischengehen«, sagte Junis unterwegs zu ihr. »Aber dann bist du stehen geblieben, kleine Verräterin!«

Er tat ihr weh.

»Ich konnte irgendwie nicht. Tut mir leid!«

Sie wollte ihm den Sand von der Jacke klopfen, doch er wich zurück.

»Das war ein Scherz. Ich bin froh, dass er wenigstens dich nicht geschlagen hat.«

Sie sprachen nicht weiter darüber.

Schleifen und Kränze

Seit Montag war Elle nicht wieder zur Schule gegangen. Niemand bezweifelte, dass sie krank war. Ihre Mutter kümmerte sich um sie, kochte ihr Suppen (die sie größtenteils wegschüttete), machte Tee (den sie trank) und Wärmflaschen. Aber Madlen musste arbeiten gehen und so blieb sie einen großen Teil des Tages allein. Sie wollte weitertexten. Sie schrieb noch einmal über den roten Papagei. Es wurde nicht mal ein ganzer Satz. Es ging nicht, die Worte klebten in ihr fest, das schon Gesagte wollte zurück und sich in ihrem Kopf und hinter dem Kehlkopf verkriechen. So, dachte sie, würde es in Zukunft immer sein. Sie würde an einem Haarball aus Wörtern und Erinnerungen würgen und ihn niemals ausspucken können.

Es wurde rapide wärmer. Elle saß in ihrem Zimmer auf dem Boden, den Rücken halb gegen den Heizkörper aufgerichtet und starrte in das dunkle, alte Grün ihrer Pflanzen. Einmal raffte sie sich auf und holte einen Karton vom Dachboden. Sie wollte viel, sehr viel wegwerfen. Sie schaffte es nicht. Je weniger sie es schaffte, desto mehr fixierte sie sich auf den Gedanken zu ihrem Vater zu ziehen. Dass sie sich nicht gut kannten, dass seine Freundin Nina sie nicht besonders gern mochte, spielte keine Rolle mehr. Sie wollte weg, und wenn der Erdboden sie schon nicht verschluckte, dann wenigstens weg aus Vierweg. Dass es Junis gelingen würde, alles zu vertuschen, glaubte sie nicht einen Moment. Wozu auch, es gab nichts ungeschehen zu machen. Und das war das Einzige, was sie sich wünschte. Dass es irgendwo ein Rad gäbe, an dem man drehen und so einen schönen oder auch langweiligen sechzehnten Geburtstag wie Sophies haben konnte mit einem Sitzkreis auf dem Fußboden des Mädchenzimmers, zu dem ein paar Freunde kamen oder auch nicht, aber auf keinen Fall ein Toter. Was war so schlecht am Jugendzentrum, dass sie dort nicht hatte feiern wollen? Das wusste sie nicht mehr. Sie wusste nur: zurückdrehen ließ sich nichts.

Die Vögel sangen so laut, dass Elle sie noch bei geschlossenem Fenster hören konnte. Ihr Phone möpte, sie sah eine Nachricht von Junis und las sie nicht. Ihr Phone möpte wieder und sie wies das Gespräch ab, ohne hinzusehen. Doch im letzten Moment fiel ihr Blick auf die vom Display verschwindende Schrift. Das war Sophie gewesen. Was wollte die denn, ihr nach hundert Jahren endlich gratulieren? Tut mir leid, ich habe immer so viel um die Ohren? – Glückwunsch, Sophie, du hattest das richtige Fest, niemand ist ausgeflippt (bei *einer* Flasche Wodka), garantiert ist auch nichts zu Bruch gegangen und sicher hat es am Ende nicht mal einen Fleck auf dem Teppich gegeben.

So hätte es auch bei ihr sein können, warum war es nicht so gewesen? Elle hielt sich für das schlechteste Mädchen der Welt, missgeboren, unfähig. In ihrer Fantasie war Sophie einen Kopf größer, sie hatte den perfekten schlanken Körper und trug ein Kleid, das sie wie eine Herrscherin wirken ließ. Elle ging auf sie zu, wollte Sophie berühren. Da bemerkte sie die dunkel matschigen Flecken im Gesicht der anderen, das grün Bleiche, die übergroßen, dunkel verfärbten Zähne, als Sophie den Mund aufriss und ihr die verwesenden Hände entgegenstreckte, um sie zu packen und ihren Kopf zu knacken. Ein Zombie, der sich auf diese stockende Art bewegte und dessen Gier nur ein Ziel kannte.

Es gab nichts Schönes mehr. Es gab nichts mehr, was ihr schmeckte. Es gab keine Musik mehr, die ihr gefiel. Es gab keine Vorstellung mehr, die angenehm blieb. Es gab keinen erholsamen Schlaf.

Madlen blieb länger weg an diesem Nachmittag, sie wollte noch einen großen Einkauf machen. Elle fühlte sich allein. Sicher machte ihre Mam sich große Sorgen, aber sie wusste kein bisschen, worum es ging. Sie hatte von nichts eine Ahnung.

»Wovon soll sie eine Ahnung haben?«

Elle erkannte die Stimme sofort. Vor ihm hatte sie keine Angst, anders als vor der Sophie-Fantasie. War Frank nicht der echte Tote? Aber *er* redete.

»Warum sehe ich dich nicht?«

»Willst uns nicht sehen.«

»Könnte ich, wenn ich es wollte?«

»Siehst uns nicht.«

Sie wusste nicht, wen außer sich er meinte – womöglich alle Toten?

»Nimmst du mich mit zu dir?«

»Hehe, was glaubst du, wo wir sind?«

»Ich will hier weg«, sagte sie.

»Und dein Dschungel? Was ist mit dem Papagei?«

»Magst du Papageien?«

»Erinnern uns nicht.«

»Wer warst du? Ich mein, bevor du … als du noch gelebt hast.«

»Find es raus!«

»Ich glaube, du warst ein armer Mann. Du hast allein gelebt. Du wolltest nicht mehr leben. Junis hat deinen Brief gefunden. Er hat ihn eingesteckt. Jetzt wird man sicher glauben, wir hätten dich ermordet.«

»Was ist mit deiner Mutter?«, fragte er. »Wovon soll sie keine Ahnung haben?«

»Von mir hat sie keine Ahnung. Sie weiß gar nichts.«

»Ist das schlimm?«

»Nein. Ja.«

Elle traute sich nicht, ihn zu fragen, ob sie ihm wehgetan hatten.

»Sie weiß, was du sagst.«

»Bist du … warst du ein Therapeut oder so was?«

»Nope. So sagt ihr doch?«

»Mir ist immer noch schlecht«, sagte sie. »Ich kotze nicht mehr, aber mir ist übel. Es war falsch.«

Sie sagte nicht: Es tut mir leid.

»Ihr träumt nur. Träumt das alles.«

»Und du?«

»Wir sehen.«

»Was siehst du? Oder … ihr …«

»Träumst, Elle. Ihr alle träumt. Wir sehen.«

»Was seht ihr?«

»Willst du nicht wissen.«

»Doch«, sagte sie, »bitte, ich will es wissen.«

Es kam keine Antwort mehr. Das Schweigen, wie die Stimme vorher, steckte halb in ihr, halb herrschte es außerhalb. Elle sah sich im Zimmer um. Natürlich war da nichts, kein Blättchen rührte sich, keine Gardine wehte, kein Fenster, keine Tür stand einen Spalt weit offen.

Als Madlen heimkam, half sie ihr den Einkauf wegzuräumen. Elle schleppte freiwillig die Wasserflaschen in den Keller, das war ihrer Mutter eine ironische Bemerkung wert.

»Achja«, sagte Madlen später. »Ich habe Betse getroffen. Ihr Bauch ist total gewachsen.« Sie deutete mit der Hand eine große Wölbung ihres eigenen Bauchs an, sehr weit unten, fand Elle. »Sie hat gesagt, du musst ihr unbedingt beim Tischschmuck helfen.«

Sollte sie Servietten falten? Das kam nicht infrage.

»Morgen Vormittag, wenn du Zeit hast. Ruf sie bitte an.«

Madlen wischte mit der Hand über die Anrichte, als ob da Krümel wären.

»Du siehst immer noch schlecht aus, Schatz. Ich koch dir eine Suppe.«

»Danke, Mam, aber –«

»Oder lieber einen Tee. Hey, wie gefällt dir eigentlich Nirva-ana?«

Am nächsten Tag stand Elle um kurz nach elf vor Betses Tür. Sie hatte nachts lang wach gelegen und erst gegen Morgen tief geschlafen. Nun dachte sie, sie hätte verpennt. Betse sparte sich jeden Kommentar, das tat ihr wohl. Elle schlüpfte in die warme Wohnung. Sie wollte sich aufs Sofa werfen, doch da saß bereits Alex. Er schaute seltsam aus mit seinem frisch rasierten Kopf, die Haut war so bleich und seine hellen Augen brachten so wenig Kontrast ins Gesicht wie die dünnen rötlichen Brauen und der blasse Mund. Die Sache mit der anderen Frau und ihren heimlichen Nachrichten hatte sie blöd gefunden, sehr blöd. Er sollte nichts verbergen. Aber wer verbarg mehr als sie selbst? Vielleicht wurde das Leben eines jeden Menschen irgendwann zur Lüge. Zu einem Sack voll Lügen. Alex schenkte ihr den freundlichsten Blick. Anzumerken war ihm nichts. Er streckte Elle das Band hin, aus dem er eine ziemlich schiefe Schleife gebunden hatte. Sie nahm es entgegen. Ironisch triumphierend sprang er auf.

»Bist du froh, dass du's los bist?«, fragte Betse ihn. Auch sie schaute so warm.

»Ich denke einfach – nein, ich bin sicher, die Sache kommt jetzt in bessere Hände, mein Herz.«

Er strahlte nicht weniger als sie. Die beiden fassten einander um die Taille. Alex hob die Hand und strich Betse zärtlich eine Strähne hinters Ohr.

»Was haltet ihr davon, wenn ich uns Pizza backe? Ich glaub, es ist alles da.«

Er machte leider die besten Pizzen der Welt. Elle verspürte einen Anflug von Appetit.

Betse sah zu, wie er in der Küche verschwand. Sie hatte eine Hand auf die Stuhllehne gestützt und zeigte sich Elle von der Seite. Ihr Bauch war wirklich riesengroß. Konnte er ernsthaft noch dicker werden? Heimlich spähte sie nach einer Bewegung in der Kugel. Nichts zu sehen. Alex kam wieder aus der Küche zurück.

»Es ist kein Käse da. Ich geh schnell noch mal einkaufen.«

Er küsste Betse, bevor er durch die Tür verschwand. Wieder fand Elle es falsch. Wieder fragte sie sich, ob im Leben alles falsch war. Sie hatte auch später mal heiraten und ein Haus und eine Familie haben wollen. Das waren Ideen von gestern. Inzwischen *wollte* sie nie wieder glücklich werden.

»Was ist mit dir?«

Elle erschrak. Konnte man ihr etwas anmerken? Für den Bruchteil einer Sekunde öffnete sich eine Möglichkeit, die verschlungenen Wörter in ihr reihten sich zu einem Faden, der mühelos aus ihrem Mund geglitten wäre in ein mildes Licht. Sie hielt ihn zurück.

»Schau mal!« Sie zeigte Betse ihre erste Schleife. Wie eine

Blüte sah sie aus, dick und regelmäßig, schön und leblos zugleich.

»Wir brauchen achtzig Stück davon.« Betse seufzte. »Mein Hochzeitskleid ist auch nicht fertig.«

»Das wird schon«, sagte Elle. War das nicht ein Satz, den sie sonst hasste?

»Du hast echt Talent für so was. Würdest du noch ein paar machen? Du bist eine große Hilfe.«

Elle nahm ein weiteres Band und begann die nächste Schleife. Betse wandte sich dem Grünzeug zu, das auf dem Tisch lag. Sie wollte Kränze binden, so viel wie möglich selbst machen. Sie hatte dafür extra Urlaub genommen. Das gemeinsame Arbeiten, der gleich bleibende Ablauf und das begrenzte Repertoire an Handgriffen taten Elle wohl. Es befriedigte sie, weil das Ergebnis herzeigbar war, es machte sie stolz. Die Arbeit schützte sie außerdem wie ein Vorhang, hinter den sie sich immer zurückziehen konnte.

Als Alex zurückkam, waren sie schon ein ganzes Stück weiter. Er lobte die beiden. Wieder tauschte er mit Betse Küsschen und Zärtlichkeiten.

»Du hast echt Talent, Elle«, sagte er, »um deine Zukunft musst du dir jedenfalls keine Sorgen machen. Damit will ich nicht sagen, dass du nicht auch was anderes kannst.«

Hatte er bemerkt, wie blöd sie den Spruch fand?

»Fast hätte ich gesagt, das hast du von Betse«, fuhr er fort. »Sie behauptet zwar immer, sie kann so was nicht, aber das ist Tiefstapelei. Den wunderschönen Blumenkranz, den du auf dem Foto da trägst, hat sie auch gemacht.«

»Ich weiß.«

»Daran kannst du dich echt erinnern?«, fragte Betse.

Auf dem Regal stand in einem silbernen Rahmen ein Foto. Es zeigte Betse in Elles Alter, die halb missmutig oder irritiert dreinschaute. Elle dagegen war ein kleines Mädchen, etwa vier, und sie befühlte staunend mit der Hand den Kranz auf ihrem Kopf. Sie erinnerte sich daran, vielleicht nicht genau an diesen, denn Betse hatte ihr oft solche Kränze geflochten. Jedenfalls fielen ihr zu dem Bild keine Umstände ein. Später fotografierte sie es mit ihrem Phone ab.

Alex zog eine Zeitung aus der Einkaufstasche und legte sie auf den Tisch. Er war ungefähr der einzige Mensch, den Elle kannte, der noch Zeitungen kaufte. Ihr Blick fiel auf eine Schlagzeile vom Krieg und ein Foto, das nach Wüste aussah. Betse beschwerte sich, weil der Tisch ohnehin voll war, und Alex klappte die Zeitung wieder ein. Er nahm sie mit in die Küche. Er wollte ja noch Pizza backen.

Elle brauchte eine Pause. Sie räumte sich einen Platz auf dem Sofa frei und fläzte sich in die Kissen. Gern hätte sie Betse nach dem Baby gefragt.

»Wir haben übrigens auch deinen Vater eingeladen. Ich glaube, dass es so richtig ist, auch wenn es Madlen nicht gefallen kann. Für mich gehört er mit in diese Zeit, als ich anfing auf dich aufzupassen.«

»Ich werde zu ihm ziehen.«

Uups, das hatte sie gar nicht sagen wollen. Sie war schließlich nicht sicher, ob sie es wollte. Betse ließ ihre Finger ruhen und schaute sie verblüfft an.

»Zu Tom?«

»Naja, ich denk drüber nach. Er hat mich gefragt, weißt du. Er hat das Haus von Opa Peter geerbt und will da mit Nina und Alice wohnen. Ist ein schönes Haus.«

»Aber warum? Ich meine, warum willst du hier weg?«

Elle wusste nicht, was sie antworten sollte. Dass sie irgendwohin wollte, wo sie fast keiner kannte, konnte sie nicht sagen.

»Alice vermisst mich. Außerdem … kann ich da vielleicht eine Lehre machen. In Ingenhausen gibt es mehr Jobs und so, weißt du ja.«

»Aber vor der Zehnten zu wechseln kann echt ungünstig sein. Vielleicht solltest du wenigstens –«

»Krass!«

Das war Alex' Stimme aus der Küche. Im nächsten Moment erschien er im Türrahmen, die Zeitung in der Hand.

»Bei uns in Vierweg ist eine Leiche gefunden worden. Ein Radfahrer hat sie auf dem Bahngelände entdeckt. War übel zugerichtet, Schädel zertrümmert und noch Schlimmeres.«

»Igitt!«, rief Betse.

»Das liest sich, als hätte die Mafia einen in die Mangel genommen. Die haben ihm sogar ein Bein abgetrennt.«

»Alex! Lass das, mir wird gleich schlecht.«

»Entschuldige. Aber so was – ich hätte nie gedacht, dass so was mal bei uns passiert.«

Er ging zu ihr und umarmte sie. Betse lehnte den Kopf an seine Schulter. Elle versuchte in den Kissen zu versinken, noch weiter rein ging nicht. Sie machte die Augen klein und starrte ins Regal. *Christliche Patientenvorsorge* stand da auf einem Buchrücken, *Das wilde Herz der Ehe* auf einem anderen. Eine dunkelrot-rot-orange Kerze schillerte auf einem gefilzten Deckchen. Noch ein Buch lehnte mit dem Cover nach vorn gegen die Wand. Man glaubte wirklich an Mord? Und sie saß da und bastelte Schmuck für eine Hochzeit? Konnte ihr nicht lieber wieder schlecht werden? Ein bisschen fühlte sie sich so. Sie wollte nur dasitzen und sich nie wieder bewegen. Sie wollte eins werden mit dem Sofa, den Kissen in ihrem Rücken.

»Du bist ja ganz bleich«, sagte Betse auf einmal.

»Es tut mir leid«, sagt Alex. »Das war unsensibel von mir.

Ich war nur so überrascht. Die Pizza ist bald fertig. Die wirst du lieben, Elle. Ich hab extra für dich Peperoni besorgt.«

Ein winziger Teigkrümel saß auf seinen Wimpern und fuhr bei jedem Blinzeln runter und rauf. Weder Alex noch Betse schienen es wahrzunehmen.

Mord, dachte Elle, das hieß auch, jemand würde ins Gefängnis kommen.

»Was meinst du«, fragte Betse, »sollen wir Kärtchen schreiben oder die Tischordnung lieber den Leuten überlassen?«

»Solange du Madlen, Tom und mich nicht an denselben Tisch setzt ...«

Elle sagte das so, obwohl sie sich kaum vorstellen konnte, überhaupt bei der Feier dabei zu sein. Sie wollte keinen von all diesen Menschen sehen und erst recht nicht von ihnen gesehen werden! Andererseits wollte sie Betses Hochzeit auch nicht versäumen. Wegzubleiben kam ihr wie Verrat vor. Vielleicht könnte sie nur kurz hingehen und sich irgendwo an den Rand setzen, versteckt hinter einem Glas Prosecco und einem großen Blumengesteck.

»Ich glaube, ich werde heute keine Freude mehr an den Vorbereitungen haben«, sagte Betse und warf die letzte Schleife auf einen Stuhl. »Diese Sache geht mir nah. Der Mann hat sicher sehr gelitten. Wie grausam müssen die Menschen sein, die ihn so zugerichtet haben. Wenn ich vor etwas Horror habe, dann ist es Folter.«

Vielleicht hatten sie ihm wehgetan. Vielleicht hatten sie seinen Geist beleidigt, der ihnen von irgendwo zuschaute, vor dessen Blicken die Nacht sie nicht geschützt hatte. Es war einfach zu behaupten, die Toten würden nichts mehr spüren, nur weil man es ihnen nicht anmerkte. Niemand wusste, wie es wirklich war.

»Ich hoffe, sie finden raus, was passiert ist«, rief Alex aus der Küche. »Das Gefühl, der Mörder könnte unter uns leben, macht mich nicht gerade ruhig.«

»Du meinst, er ist von hier?«, fragte Betse.

»Ausgeschlossen ist es nicht. Jedenfalls bleibt für mich ein deutliches Unbehagen. Ich schaue die Leute jetzt einfach anders an. Wir Menschen können auch böse sein.«

»Ich kann das nicht verstehen«, sagte Betse. »Ich glaube, ich würde lieber sterben, bevor ich jemand umbringe.«

Alles in Elle lief Sturm. Sie wollte das richtigstellen, es quälte sie, dass Alex und Betse etwas so Falsches annahmen. Nur konnte sie nicht darüber sprechen. Sie konnte einfach nicht in diesem blöden Sofa verschwinden, sosehr sie sich auch konzentrierte.

»Ich räume mal den Tisch frei. Würdest du ein paar Teller holen?«

Elle nickte. Aber sie stand nicht auf. Sie konnte nicht.

»Das scheint dir echt an die Nieren zu gehen. Bleib nur sitzen. Ich decke den Tisch selbst. Du kannst auch auf dem Sofa essen, wenn dir das lieber ist.«

Während Betse in der Küche mit dem Geschirr klapperte, zog Elle ihr Phone aus der Tasche. Sie schrieb Junis eine Message, sie musste mit ihm sprechen. Er war nicht an seinem Phone oder hatte zumindest die App nicht geöffnet. Sie schrieb ihm eine SMS. Auch darauf reagierte er nicht. Später dachte sie, dass SMS nicht gut waren. Die wurden schließlich irgendwo gespeichert. War es nicht so? Jedenfalls verunsicherte es sie, dass er nicht antwortete. Sie dachte daran, dass die Polizei ihn vielleicht schon verhörte. Waren sie deshalb in der Schule erschienen?

Alex kam mit der ersten Pizza aus der Küche. Der Krümel auf seiner Wimper war verschwunden. Er teilte sie mit einem

Kreismesser in Stücke. Der Duft breitete sich im Raum aus. Betse sog ihn ein.

»Wie lecker«, seufzte sie.

Ich esse nichts, dachte Elle. Es hat gar keinen Sinn.

»Stell dir vor, Elle will uns verlassen«, sagte Betse unvermittelt. »Sie will zu Tom ziehen.«

»Das kannst du uns nicht antun«, rief Alex, »wer isst dann mit uns Pizza?«

»Und wer passt auf unseren Kleinen auf?«

Alex brachte eine zweite Pizza. Es roch immer intensiver nach Essen.

»Ich weiß ja nicht, was deine Gründe sind, aber von außen betrachtet scheint es mir erst mal keine gute Idee zu sein. Denk an die Schule, deinen Sportverein, deine Mutter!«

»Schneid sie bitte nicht«, sagte Elle. »Ich hab eine Nachricht bekommen, ich muss leider los.«

»Hast du keine Viertelstunde mehr? Aber dann musst du sie mitnehmen. Ich bring gleich Alufolie.«

Elle war zu schwach, um zu widersprechen. Während Alex die frisch gebackene Pizza einpackte und sich dabei entschuldigte, weil der Boden sicher matschig würde, stand sie auf und schlüpfte in Jacke und Schuhe. Die drei umarmten einander zum Abschied. Dann war sie draußen.

Sie lief ein Stück bis zur nächsten Mülltonne. Es tat ihr leid das Essen einfach wegzuwerfen. Der Himmel gab ein Bild, so extra blau über weißen Wölkchen, wie mit einem Filter.

Ich muss was tun, dachte sie. Hatte Betse nicht gesagt, sie solle sich mehr trauen?

Der Verrat

Die Bäume in dem wilden Garten trieben mit schon unheimlicher Geschwindigkeit aus. In Elles Zimmer wurde es mit jedem Tag dunkler. Sie mochte diese Urwaldstimmung. In der Nacht war ihr wieder übel geworden, zwei Mal hatte sie sich übergeben. Dennoch ging sie am nächsten Morgen zur Schule. Sie war früher dran als sonst. Ein paar Vögel zwitscherten hie und da. Die einzige Nachricht von Junis war via Messenger gekommen: *Keine SMS! Ich melde mich*. Doch es war nichts mehr nachgekommen. Nie zuvor im Leben hatte sie sich so allein gefühlt.

Sie ging heute zu Fuß. An der zentralen Straßenkreuzung musste sie warten, bis es grün wurde. Eine lange Reihe Autos fädelte sich durch die Stadt, sie kamen kaum schneller voran als Elle.

In dem kleinen Stadtpark standen Obdachlose rum, ein paar saßen auch auf den beiden Bänken. Als Elle an ihnen vorbeiging, vermied sie es jemanden anzuschauen. Nach wenigen Schritten jedoch machte sie kehrt und lief zurück zu *Uwe's Supermarkt*. Uwe und die andere Tante, seine Frau, trugen weiße Kittel und schoben Gitterwagen durch die Gänge. An der Kasse saß niemand, das halbhohe Türchen stand offen und ein Haufen von zerknüllten Küchenpapieren, abgefallenen Blütenblättern und anderem Abfall wurde sichtbar, der sich um einen verknickten Karton mit Kassenrollen gebildet hatte. Elle nahm eine große Tüte und stopfte mit der Zange ein paar Backwaren hinein. Uwe musste gesehen haben, wie sie zur Kasse ging. Er eilte nach vorn. Beim Kassieren scannte er heimlich ihre Jacke nach den Umrissen von Flaschen oder anderen Verpackungen ab. Sie hatte hier schon öfter geklaut. Heute aber bezahlte sie brav. Im Rausgehen sah sie noch, dass er beim Aufstehen einen Stapel Zigarettenpackungen umstieß und mit einer eckigen, irgendwie verzweifelten Geste versuchte ein paar davon aufzufangen.

Sie ging zurück über die Straße, hinein in den kleinen Park. Ohne lang nachzudenken, steuerte sie die nächste Frau dort an.

»Für Sie«, sagte Elle und hielt ihr rasch die Tüte hin, »ich meine: für Sie alle.«

Teilnahmslos nahm die Frau das Geschenk entgegen. Neben der Bank stand ein Koffer, ein Modell, wie es auch Madlen besaß. Nur war der hier in einem desolaten Zustand, verdreckt und mit geplatztem Reißverschluss.

Elle spürte die Lust an der Bewegung in ihren Beinen. Doch je näher sie der Schule kam, desto langsamer wurde sie. Der Hausmeister könnte ihr begegnen, das wäre kein Problem. Ein paar Lehrer würden vielleicht da sein. Sollte sie Niemüller begegnen, wäre das schon schlimmer. Der brächte es fertig, der ganzen Klasse zu erzählen, dass sie fast eine Stunde zu früh in die Schule kam. Möglichkeit Nummer drei war die denkbar schlimmste: Marc Aurel oder andere Streber aus der Klasse anzutreffen. Die kamen sicher auch vor der Zeit. Noch schlimmer als am schlimmsten stellte sie sich den Rückweg vor. Aber daran dachte sie jetzt so wenig es ging, sie hätte sonst womöglich kehrtgemacht.

Denner hielt seine Sprechstunde in einem kleinen Raum im Erdgeschoss. Die Wände waren wie überall aus weiß getünchtem Sichtbeton, die orange Tür stach grell davon ab. Von draußen kam wenig Licht herein. Umso kälter fand Elle das von der Decke scheinende Neonlicht. Eine Couch stand da. Sie sollte den Raum wohl wohnlich wirken lassen, stresste mit ihrem türkisen Bezug aber nur die Augen. Elle ließ sich trotzdem darauffallen. So musste sie das Teil wenigstens nicht länger ansehen. Dafür schaute sie jetzt in die spiegelnden Kästen mit den Leuchtstoffröhren. Sie ärgerte sich, dass sie keine Cap aufhatte.

Denner nahm schnell die schmale Brille ab. Die sah sie bei ihm zum ersten Mal. Er trug auch keine Sportklamotten wie sonst (selbst im Mathe-Unterricht), sondern ein Oberhemd und eine graue Strickjacke mit breiten, glatten Rippen. Obwohl die Jacke nicht geschlossen war, schmiegte sie sich eng an und betonte letztlich wieder seine Sportlichkeit. Er wirkte wie ein Fußballer im Fernsehstudio, einer, der nicht auf dem Platz stand.

Elle hatte Angst vor dem, was nun kam. Am meisten fürchtete sie einen losen Spruch von Denner. Doch sein Gesichtsausdruck war nicht wie sonst oft ironisch distanziert, er zeigte eher eine leichte Müdigkeit und echtes Interesse an dem frühen Besuch. Lass mich nicht die Erste sein, die überhaupt jemals in seine Sprechstunde kommt, betete Elle.

Endlich übernahm er die Eröffnung.

»Was führt dich zu mir?«

Was für ein Satz – der musste noch älter sein als Denners Lesebrille in dem aufklaffenden Etui. Dennoch gab sie Antwort. Sie berichtete, dass sie seit Tagen kotzen musste, und sagte ihm warum. Sie erzählte, dass sie in dem Bahnschuppen ihren Geburtstag gefeiert hatte, obwohl das Gelände gesperrt war. Sie erzählte, dass fast niemand gekommen war und wie viel sie und ihre Freunde getrunken hatten. Den Besuch der Gymnasiasten verschwieg sie allerdings. Stockend berichtete sie, dass einer von ihnen unweit des Schuppens einen Toten gefunden und aus den Büschen geschleift hatte, und sie fügte hinzu, was sie mit der Leiche gemacht hatten, jedenfalls im Wesentlichen. Auf Denners Nachfrage nannte sie die Namen. Nur Vale ließ sie aus dem Spiel.

»Ok«, sagte Denner; er wirkte ein bisschen nervös, als bliebe ihm die Luft weg. Sein Daumen und Zeigefinger krabbelten die Reißverschlusskrampe rauf und runter. »Ich, puh, ich habe schon so was gehört, also, es gab Gerüchte, dass jemand Fotos von einer Leiche rumzeigt.«

»Das darf er nicht«, rief Elle.

»O-k, jedenfalls … habt ihr Scheiße gebaut. Ich schätze, es geht dir ziemlich dreckig?«

Elle nickte, auch wenn sie ein anderes Wort benutzt hätte.

»Ich bin sehr froh, dass du mir das gesagt hast, Ellen. Das muss ja eine … irrsinnige Belastung für dich sein, hab ich recht?«

Sie nickte. Sie fing an zu weinen. Denner reichte ihr ein Taschentuch. Er tröstete sie, ohne dabei wirklich onkelhaft zu werden. Er machte ihr keinen Vorwurf, tat aber auch nicht so, als würde ihn das alles nicht berühren. Elle wollte nun alles loswerden und zeigte ihm das Kettchen mit Franks Namen.

»Das ist sein Name: Frank. Er ist nett.«

Das Letzte hatte sie mehr gehaucht.

»Oo-k. O-k. Wo hast du die her?«

»Er hat sie getragen.«

»Ihr habt sie dem Toten vom Hals genommen? O-k, das ist … irgendwie eklig, diese Vorstellung.«

Sie wollte sofort weg hier! Als sie nach ihrer Tasche griff, hob Denner beschwichtigend die Hand.

»Tut mir leid, Ellen. Ich, ehm, halte das aus. Sag mir alles, was du sagen willst. Er heißt … hieß also Frank. Kanntest du ihn?«

»Wie kommen Sie darauf! Ich dachte nur, das Kettchen ist vielleicht wichtig.«

»Bestimmt ist es das.«

»Weil gestern in der Zeitung stand, dass die Polizei von einem Mord ausgeht. Ich möchte nicht, dass jemand unschuldig ins Gefängnis kommt. Es war kein Mord! Das Kettchen haben wir ihm abgenommen, weil … ich habe keine Ahnung, warum.«

»Was macht dich so sicher, dass er nicht ermordet wurde? Ich glaube, es kommt ziemlich selten vor, dass jemand einfach stirbt da draußen.«

»Es gibt einen Abschiedsbrief. Den hat Junis gefunden, als er am nächsten Tag – oder übernächsten – auf dem Gelände unsere Spuren verwischt hat.«

»Er hat was?«

»Spuren weggemacht. Damit nicht rauskommt, dass wir das waren.«

»Ziemlich schräge Idee. Die Spurensicherung findet heutzutage doch jedes kleine Hautpartikel. Wo befand sich der Brief?«

Sie sagte es ihm.

»Oo-k«, antwortete er matt. Er sah auf die Uhr.

»Ich muss kurz im Sekretariat Bescheid geben, dass ich zur Ersten nicht in die Klasse gehen kann. Der Referendar kommt schon allein klar. Warte bitte hier, Ellen.«

»Versprochen.«

Sie wartete. Allein die Vorstellung, auf dem Gang oder

vor der Schule Junis oder Dennis zu begegnen, hätte ausgereicht, um sie hier festzuhalten. Eine namenlose Schwäche überkam sie. Sie war unglücklich. Zu reden und zu weinen hatte sie erleichtert. Nun lastete etwas Neues auf ihr – sie war eine Verräterin. Wie hatte sie nur die Namen nennen können! Klar war es kein Geheimnis, mit wem sie abhing. Eher früher als später würde man Junis und Dennis zu der Sache befragen. Dennis prahlte mit den Bildern von Frank, auch das hatte sich rumgesprochen. Alles wäre also auch ohne ihr Geständnis rausgekommen. Das änderte nur leider nichts daran, dass sie es nun freiwillig preisgegeben hatte. Sie versuchte abzuschätzen, wie Junis reagieren würde. Sie konnte nicht mehr klar denken. Mit jeder Sekunde wurde sie schwächer, eine trübe Brühe ergoss sich in ihren Kopf.

Als Denner zurückkam, glaubte Elle, die Schritte von mehreren Menschen zu hören, doch er war allein. Er brachte ihr eine Tasse Tee mit. Warum glaubten alle, sie müssten ihr Tee kochen? Es war das schwächste aller Getränke, warmes Wasser im Grunde, das entweder nach nichts oder aber penetrant schmeckte. Während sie trank, hockte sich Denner auf das Pult, an dem er vorher gesessen hatte. Die Hände stützte er an der hinteren Kante auf, vermutlich fand er das lässig. Sein Blick passte aber nicht dazu, der wirkte besorgt oder ein bisschen traurig, warm, beinah hundehaft. Warum mochte er sie? Sie fand sich nicht hübsch, ein schmales, blasses Mädchen. Sie schrieb auch keine guten Noten – ok, in Sport war sie nicht schlecht. In einer ihrer ersten Turnstunden überhaupt an der Wedekind-Schule hatte er gefragt, wer ein Rad vorturnen könne, und sie hatte sich gemeldet und es dann nicht hingekriegt. Die Klasse brach in Gelächter aus, aber er stellte sich vor sie und sorgte für Ruhe. Alle mussten dann ein Rad schlagen und niemand, auch nicht die gelacht hatten, konnte es besser als Elle.

Ihr fiel ein, dass sie von Denner geträumt hatte. Es war ein grässlicher Traum, die Turnhalle war darin abgebrannt oder ausgebombt, jedenfalls fehlte das Dach, die Wände waren kaputt, schwarz verkohlt. Auf einem völlig unversehrten Stufenbarren saß eine unbekannte Frau. Sie hieß Passenger, sie trug eine Sonnenbrille; es war klar, dass sie Elle genau beobachtete. Die Frau blieb reglos, sie war womöglich die Brandstifterin. Denner ging mit schnellen Schritten durch die Trümmer, ohne abzubremsen konnte er jedem Hindernis ausweichen. Sie rannte hinter ihm her und konnte ihn doch nicht einholen. Ihre Haare waren nass, als hätte sie sich damit gegen den Brand schützen wollen. Um die Schultern lag ihr eine Decke, wie man sie in solchen Fällen von der Feuerwehr bekam. Nur war keine Feuerwehr da. Sie war wütend, gleichzeitig irgendwie ängstlich, und sie schrie Denner etwas hinterher. Sie wollte Hilfe von ihm oder gab ihm die Schuld an der Verwüstung. Vielleicht beides. Elle tauchte wieder ein in das verzweifelte Gefühl aus dem Traum, es war noch schlimmer als jenes, das ihre Tage beherrschte.

»Hör zu«, sagte er jetzt. »Du musst zur Polizei gehen und alles erzählen.«

Elle reagierte nicht.

»Weißt du, ich habe dir zuerst nicht geglaubt. Ich dachte, du wolltest mich einfach mal aus der Fassung bringen. Bis du mir diese Kette mit dem Namen gezeigt hast. Die hätte natürlich Teil der Verarsche sein können. Sorry, wenn ich das so sage. Aber in dem Moment wusste ich, dass es wahr ist. Ja. Was da passiert ist, tut mir sehr leid.«

Er sprang vom Pult. Einen Moment lang sah es so aus, als

wollte er zu Elle hingehen und sie in den Arm nehmen oder sich zu ihr setzen. Doch er schlüpfte in seine Jacke und zog einen umfänglichen Schlüsselbund mit extralangem Band aus der schräg geschnittenen Seitentasche. Erst jetzt schaute Elle ihn an. Sie hoffte, dass sie keinen feuchten Schimmer in den Augen hatte.

»Ich will da nicht hin.«

»Hast du Angst, die halten dich fest? Das wird nicht passieren. Du machst eine Zeugenaussage.«

Sie glaubte ihm nicht. Sie glaubte, dass man sie verdächtigen würde. Sie glaubte, sie kämen alle ins Gefängnis. Er versuchte ihr das auszureden.

»Ich verstehe, wie schwer dir das fällt«, sagte Denner schließlich. »Aber das ist eine ganz große Leistung von dir!«

Elle schaute zur Seite. Sie wollte kein Lob, sie verdiente keines.

»Ich kann mit dir hinfahren. Ich möchte mit dir hinfahren, Ellen. Wenn du es willst, geh ich auch mit rein. Ich spreche sogar für dich.«

Sie sah sich auf der Polizeiwache auf einem Stuhl mit speckigem Polster sitzen, vor sich den bis auf ein Glas Wasser und ein Mikrofon blanken Tisch. All ihre Sinne sträubten sich. Zu spät, sie konnte nicht zurück.

»Ich mach das allein«, antwortete sie.

»O-k. Wenn du das allein hinkriegst, ist es großartig. Du solltest aber …«, er unterbrach sich. »Ich will dir vertrauen, Elle. Ich glaube, du wirst das tun, du wirst nicht kneifen. Aber du sollst wissen, dass du nicht allein dahin musst. Ich, ehm, ich schreibe dir jetzt meine Handynummer auf. Es versteht sich, dass du sie niemandem weitergeben darfst. Aber du, Elle, darfst mich jederzeit anrufen. Es ist mir sehr wichtig, dass dir das klar ist. Jederzeit heißt: auch am Wochenende, auch nachts. Wenn ich nicht rangehe, sprichst du mir auf die Box, und ich rufe dich zurück, so schnell es geht.«

Er hatte *Handynummer* gesagt, wieder so ein seltsames Wort. Das brachte sie beinah zum Lächeln. Er hatte auch *Elle* gesagt, wahrscheinlich ohne es zu merken. Nicht Ellen, nicht Mädchen oder was er sonst immer sagte. Normalerweise hätte sie sich geärgert, aber an diesem Morgen freute sie sich. Es war, als würden sie sich nun besser kennen. Denner kriegte mit, dass ihr Gesicht sich aufgehellt hatte.

»Jetzt gefällst du mir schon besser«, meinte er – wie zu einem kleinen Kind.

»Danke«, sagte sie, als er ihr die Karte mit der Nummer gab.

»Ruf an, wenn du jemanden brauchst. Versprich mir das.«

»Ich versprech's.« Elle stand auf. Sie hatte ihre Jacke noch an. »Achja, Herr Denner!? Vergessen Sie bitte die Namen, die ich Ihnen gesagt habe. Das war echt mies von mir.«

»Das war nicht mies, das war richtig. Und ich vergesse sie nicht. Dafür ist diese Sache zu ernst, verstehst du, Mädchen!«

Mädchen! Ohne blöde Anrede ging es offenbar nicht. Sie zog eine Schnute und ging. Am Ende war er das alte Arschloch.

Elle schaffte es gerade noch durch eine der Glastüren, als der Gong zur ersten Stunde ertönte. Von draußen drängte jetzt eine große Menge Kinder ins Gebäude. Diesen Lärm hörte sie sehr deutlich und er quälte ihr Ohr. Die Jüngeren rannten und schubsten einander, man konnte fast glauben, sie hätten Freude an der Schule. Die Älteren dagegen schlenderten oder trotteten oder schlichen sich mit ausdruckslosen Gesichtern in das Gebäude. Eine Armee von Lernsoldaten rückte da an, ein Haufen Zombies, willenlos, wie auf dem

Rückweg von ihrem nächtlichen Streifen in ein Haus, in dem kein Hunger zu stillen war.

Auch Elle starrte geradeaus. Sie stellte die Ohren auf Durchzug, um nicht unwillkürlich den Blick zu wenden, sollte jemand nach ihr rufen. Junis oder Dennis, auch Sophie und vielleicht das Klischee hätte sie aus der Menge dennoch sofort herausgehört. Aber die Großen kamen meistens später. Acht Betonstufen, fast so lang wie das Gebäude, hatte sie noch vor sich. Die vorletzte lag seit Ewigkeiten nicht in der Waage; die Schüler nannten sie die *stiefe Schufe*. Alle wussten Bescheid, trotzdem stolperte immer wieder jemand und es wurde gelacht. Auch Elle war das schon passiert. Sie spürte in ihrem Fuß, wie es zog, wie die Schuhspitze hängen blieb und der Spann sich dehnte, sie spürte es im Oberkörper, wie er nach vorn kippte, und sie tippelte, um sich zu fangen – es war bloß eine Erinnerung.

Sie hatte es fast geschafft. Am Fuß der Treppe bog sie ab und passierte die nach Müll stinkende Zufahrt zum Keller. Noch ein paar Schritte und sie befand sich nicht mehr auf dem Schulgelände. Jetzt konnte sie so tun, als wäre nichts, wenn ihr jemand entgegenkam. Bei Junis oder Dennis konnte es sein, dass sie Elle ansprachen. Für den Fall hatte sie keinen Plan.

Doch niemand, den sie kannte, begegnete ihr. Es konnte sein, dass die beiden Freunde sich ebenfalls krankmeldeten. Es konnte sein, dass auch sie auf dem Weg zur Polizei waren. Dennis eher nicht, der stand womöglich schon auf deren Liste. Junis dagegen – sie konnte ihn nicht einschätzen. Wäre er in der Lage so etwas zu tun? Sie neigte weder zu Nein noch zu Ja. Das erschreckte sie. Sie hätte nie gedacht, dass sie sich mal derart fremd werden könnten. Vielleicht würden sie sich bald gar nicht mehr kennen?

Die Hochzeit

»Ich geh schon mal rein«, sagte Tom und sah Mela einen Moment lang abwartend an. Sie legte ihm einen Arm um die Schulter und zog ihn für eine Sekunde an sich. Ihr Bruder würde das hoffentlich als Stärkung auffassen. In Wirklichkeit wollte sie sich anlehnen. Sie fühlte sich genauso verloren wie auf dem Weg ans Grab ihres Vaters, dessen Beisetzung sie versäumt hatte, weil kein bezahlbarer Flug zu kriegen war.

Den *Fünfziger* gab es also immer noch, inzwischen die einzige bürgerliche Gaststätte in Vierweg. Tom hatte hier seine Hochzeit mit Madlen gefeiert, das war siebzehn Jahre her. Und Michi war nach wie vor der Wirt. Warum erinnerte sie sich ausgerechnet an seinen Namen? Die ganzen Jahre war sie nie wieder an diesem Ort gewesen. Eine Handvoll Gäste saß am Tresen, als handelte es sich um einen gewöhnlichen Kneipentag. Sie tranken Bier vom Fass und starrten in die Aschenbecher aus klobigem, gelblich braunem Glas. Mela stellte sich dazu und orderte bei Michi ein Pils.

»Pils nur aus der Flasche«, sagte er.

Mela nickte.

»Hauptsache kalt.«

Auf dem grünen Glas bildete sich ein Schleier. Sie schloss die Hand darum und genoss für einen Moment das kalte und feuchte Gefühl. Sie trat zurück an die Wand, lehnte sich an, trank, sie wollte noch ein paar Minuten im Schutz der Fremdheit bleiben. Auf die Hochzeitsgesellschaft hatte sie keine Lust, es fiel ihr schwer, an dem gemeinsamen Gefühl teilzuhaben, das solche Gruppen einte, es fiel ihr schwer, mit Menschen zu reden, auf die sie bei erzwungenen Gelegenheiten traf. Ihre Gedanken begannen zurück zu der Arbeit zu schweifen, die sie für diese Reise unterbrochen hatte. Michis Einreden auf die Männer am Tresen war eine Zeit lang nur ein Rauschen für sie. Erst nach und nach drangen seine Worte in ihr Bewusstsein, registrierte sie, wovon er sprach, und erschrak.

»Das war die allererste Pressemeldung: *Einen gewaltigen Schreck erlitt ein Radfahrer, der heute gegen sieben Uhr auf einem Bahngelände in Vierweg eine leblose Person entdeckte. Der Auffinder verständigte sofort die örtliche Polizeidienststelle. Von dort wurde ein Rettungsteam mit Notarzt zum Ereignisort entsandt. Der Mediziner konnte bei dem Aufgefundenen nur mehr den Tod feststellen. Bei dem Toten handelt es sich um einen Mann, der nach ersten Erkenntnissen der Kriminalpolizei und der vorhandenen Auffindesituation Opfer eines Gewaltdeliktes wurde. Die genaue Todesursache und die Identität des Getöteten müssen erst noch festgestellt werden.*«

»Weißt du, wer der Radfahrer war?«

»Nein, du?«

»Der Uwe vom Supermarkt.«

»Na, der wird sich gefreut haben.«

Sie schüttelten der Reihe nach den Kopf. Michi zapfte mehr Bier. Er legte ein Ringbuch auf den Tresen und blätterte. Mela wollte diese Unterhaltung nicht länger mit anhören, fühlte sich jedoch ebenso unfähig wegzugehen. Wenigstens entfernte sie sich ein paar Schritte vom Tresen und drückte sich hinter den Spielautomaten an die Wand. Abwechselnd nippte sie an ihrem Bier und biss sich auf die Unterlippe. Obwohl die Männer gedämpft sprachen, verstand sie weiterhin jedes Wort.

»Hier, einen Tag später meldet die Polizei: *Der am Montagmorgen auf einem Bahngelände in Vierweg von einem Radfahrer aufgefundene tote Mann konnte zwischenzeitlich identifiziert werden. Es handelt sich um den seit zwölften Februar vermissten Frank Dormann aus Vierweg.*«

Mela konnte nicht gehen.

»*Im Zuge der Ermittlungen wurden am Fundort Gegenstände gefunden, die auf den Vermissten hindeuteten. Bei der gerichtsmedizinischen Untersuchung des neunundvierzigjährigen Toten konnte die Übereinstimmung dann bestätigt werden.*

Nach dem jetzigen Stand der Ermittlungen verschwand Dormann am zwölften Februar. Er wurde nicht vermisst gemeldet. Die heutige Obduktion erbrachte keine eindeutige Todesursache. Der Todeszeitpunkt kann durchaus bereits mehrere Wochen zurückliegen. Die Kripo hat eine Arbeitsgruppe eingerichtet.«

»So lang hat der da gelegen? Wie muss der ausgesehen haben!«

Sie bestellten noch eine Runde. Der Wirt zapfte und spähte dabei durch den offenen Durchgang in den Vorraum. Er stellte die vollen Gläser auf die Theke und las weiter vor. Melas Flasche war längst warm geworden.

»Wieder einen Tag später: *Die Umstände des mysteriösen Leichenfundes auf dem Bahngelände von Vierweg konnten jetzt geklärt werden. Am Dienstag wurde der Tote als der vormalig in Vierweg lebende Frank Dormann identifiziert. Aufgrund eines inzwischen aufgefundenen Abschiedsbriefes musste von einem möglichen Suizid ausgegangen werden.*

Die Ermittlungen haben ergeben, dass der 49-jährige Mann ent-

sprechend seiner Ankündigung nach intensivem Alkoholgenuss in der unmittelbaren Nähe des Fundortes verstorben und bewusst aus dem Leben geschieden war. Dies dürfte in zeitlicher Nähe mit seinem Verschwinden am zwölften Februar gewesen sein. Weitere Untersuchungen sollen die genaue Todesursache klären.

Am Freitag, dem dreißigsten April, trafen sich mehrere Jugendliche nahe dem Liegeort des Toten zum Feiern. Ein sechzehnjähriger Jugendlicher aus der Gruppe fand zufällig den Toten und zeigte ihn seinen Freunden. Zwei alkoholisierte Jungen sowie ein Mädchen im Alter von sechzehn Jahren machten sich an der Leiche zu schaffen, indem sie unter anderem auch die Fesselung mit einem im Wald gefundenen Drahtseil anbrachten. Die Leiche wurde etwa zwanzig Meter weiter gezogen und mit einer Hand an einen Ast gebunden. Mit einem aufgefundenen Eisenrohr und anderen Gegenständen wurde auf den Toten eingeschlagen, wodurch auch die schweren Kopf- und massiven Körperverletzungen zustande kamen. Der Polizei meldeten sie den Fund zunächst nicht. Am Mittwoch wandte sich das sechzehnjährige Mädchen aus der Gruppe schließlich an eine Vertrauensperson. Daraufhin wurde die Polizei verständigt.«

Einer der Männer ließ einen angewiderten Laut hören.

»Nein, das ist ja … das ist …«

»Wer macht denn so was?«

»Das kannst du dir denken, wer das gewesen ist.«

»Da kann man eigentlich nur noch vor Ekel den Kopf schütteln.«

»Wenn die so was machen, wovor schrecken die eigentlich noch zurück?«

»Es sind aber doch Kinder.«

»Solche Kinder, wie du sie nennst, gehören am nächsten Baum aufgeknüpft. Und die Eltern in den Knast.«

Sie hörte Zustimmung wie Widerspruch. Mela selbst fühlte Zorn und Trauer in einem. Tom hatte ihr die ganze

Geschichte vorhin erzählt. Arme Ellen, dachte sie. Selbst wenn die Hochzeitsgäste nicht wussten, dass sie dabei gewesen war, musste das heute für sie ein Spießrutenlauf werden. Ein warmes Gefühl stieg in Mela auf. Gleichzeitig spürte sie, dass sie nicht das Geringste tun konnte.

»Bestimmt kriegen sie wieder nur Sozialstunden. Da lachen die doch drüber.«

»Dann ist wieder die Gesellschaft schuld. Und den Tätern zahlt man einen Segeltörn als pädagogische Maßnahme.«

In diesem Moment tauchten sie im Vorraum auf. Madlen ging voran, am Fuß eine Orthese, die wie von einer Rüstung wirkte. Sie trug ein eng geschnittenes Kostüm aus hellblauem Stoff, unter der offenen Jacke eine tannengrüne Bluse. Sie hatte ihr Haar locken lassen. Das Auffälligste an ihr war die Sonnenbrille, ein Retromodell mit riesengroßen, das halbe Gesicht verdeckenden Gläsern. Elle ging gleich hinter ihr. Sie trug ein kurzes, leicht rüschiges Kleid, dazu blickdichte Strümpfe und an den Füßen Boots – alles schwarz. Mela konnte ihr nicht ansehen, wie sie sich fühlte. Ihr Septum schmückte ein Barbell mit Sterncheneinlage am rechten Ende.

Keine der beiden bemerkte Mela. Sie blieb still an der Wand stehen, kaute weiter auf der Lippe, um nicht loszuheulen. Auf einen Schlag wusste sie alles – was eigentlich geschehen war, wie es geschehen war und warum. Es war ein Teil der Welt, des Menschentreibens, das scheinbar ewig währenden Gesetzen folgte. Mela spürte dieses Treiben bis in jede Einzelheit. Doch sie hätte nicht darüber sprechen können.

Das Gespräch am Tresen war verstummt, die Männer tranken oder spielten mit ihren Gläsern. Madlen streckte die Rechte nach hinten aus, als wollte sie ihre Tochter bei der Hand nehmen und unbeschadet durch dieses Spalier verhohlener Blicke leiten. Ohne zu grüßen oder sonst mit jemandem ein Wort zu wechseln, gingen die beiden durch die halb offen stehende Ziehharmonikatür in den Festsaal. Madlen drückte ein Geschenk an ihren Bauch, Elle hielt einen Blumenstrauß, die Blüten zeigten gen Boden.

Mela trank aus. Später folgte sie den beiden durch die Falttür, während sich am Tresen erneut Gemurmel erhob.

Elle kannte das Lokal von einem einzigen, Jahre zurückliegenden Besuch. Eine Wand des Festsaals war mit einem riesigen Fünfzig-Mark-Schein tapeziert, das hatte sie noch vage in Erinnerung, und daran hatte sich nichts geändert. Nirgends sonst hatte sie jemals dieses alte Geld gesehen. Der Mann auf dem Schein hatte einen kurzen, dicken Hals. Sein Hemd war kragenlos mit einem krausgezogenen Bündchen und vorn einer Schleife. Sie fand das Ganze etwas schwul. Der Alte trug außerdem einen Mantel mit Pelzkragen und eine Mütze, ebenfalls aus Pelz, die auf einer Seite sein Ohr bedeckte. Er hatte eine große Nase und schaute werweißwohin – ernst, beinah streng. Die Zeichnung bestand aus lauter dünnen Linien, die in der Vergrößerung richtig auffielen. Es wirkte, als wäre es bloß die Illusion einer Figur und das Gesicht in Wahrheit ein Fingerabdruck. Naja, im Grunde war natürlich jede Zeichnung eine Illusion.

Sie fühlte sich mies, Madlen schien kaum minder schlecht gelaunt zu sein.

Im Saal standen drei lange Tischreihen, fertig gedeckt mit weißen Tüchern und einem unglaublich hässlichen Geschirr, das wahrscheinlich älter war als sie selbst. Fächerförmig gefaltete Stoffservietten standen vor den Tellern, dazwischen leuchteten Blumenbouquets. Allerhand gefaltete Sachen aus

Papier lagen da wie zufällig gestreut. Auch die von Elle gebundenen Schleifen hatten ihren Platz gefunden. Madlen legte das Geschenk auf den dafür vorgesehenen Tisch und zog sie zu der Tür in den Garten. Man sah schon das Hochzeitspaar mit den anderen Gästen. Elle spürte ihren Hals eng werden. Madlen sagte, sie solle den Strauß auswickeln, das sehe schöner aus.

Der Garten war voll Sonnenschein. Betse strahlte. Sie trug ein weißes Kleid, das von den Knien abwärts ihre Beine sehen ließ. Es wirkte seltsam, vor allem weil sie sonst immer Hosen trug. Sie hatte keinen Zylinder, das enttäuschte Elle. Aber ihre Frisur sah toll aus, das Haar war geflochten und steckte voller Blüten. Alex trug tatsächlich diesen merkwürdigen Stresemann-Anzug. Er sah darin aus wie ein würdevoller Herr von vor hundert Jahren, der schwarz glänzende runde Hut unterstrich das noch. Elle betrachtete ihn ohne Begeisterung, das gesamte Hochzeits-Outfit interessierte sie nicht mehr so. Sie streckte den beiden die Blumen hin. Betses Augen waren vor Glück beinahe glasig. Sie umarmte Elle so gut es ging, ihr Baby-Bauch war stramm. Eine ganze Weile hielt sie Elle fest.

»Ein weißer und ein schwarzer Schwan«, hörte sie in ihrem Rücken jemanden sagen.

Elle fand es richtig, dass die Arme ihrer Freundin nicht ganz um sie herum reichten, denn sie blieb unglücklich. Auch Betse weiß Bescheid, dachte sie, alle hier wissen es. Wäre es da nicht besser gewesen, es auszusprechen, statt so zu tun, als wäre nichts? Nachdem sie auch dem wie irre strahlenden Alexander die Hand geschüttelt und er ihr den Strauß abgenommen hatte, wich sie in die Tiefe des Gartens zurück. Vermutlich waren schon alle da, rund achtzig Gäste sollten es werden. Viele von ihnen kannte sie gar nicht, manche nur vom Sehen – die Familien der Brautleute etwa oder den alten Lateinlehrer, der inzwischen Lokalreporter spielte. Draußen fuhren seit Neuestem eine Menge Journalisten rum. Sie ließen Schulgebäude und andere aufregende Motive filmen oder fotografieren, sprachen Schüler an und boten Geld für Informationen. Sie glaubten beinah jeden Mist.

Obwohl sie wusste, dass er da sein würde, bekam Elle einen kleinen Schreck, als sie Tom erblickte. Er hatte *deshalb* mit ihr telefoniert. Das Gespräch ging noch kürzer als sonst, aber er versuchte sie zu trösten. Jeder baue schließlich mal Scheiße. Die Panik in seiner Stimme war ihr so wenig entgangen wie der fade Vorwand, mit dem er das Telefonat beendete. Vergeblich hielt sie Ausschau nach Alice.

Jemand klopfte an ein Glas und die Leute wurden still. Alle wendeten die Köpfe. Elle kannte den Redner nicht. Sie hörte weg, das funktionierte erstaunlich gut. Sie sah die unsichtbaren Schnüre, mit denen die Gäste verbunden waren. Gab es was zu lachen, lachten alle und kleine Wellen ließen die Menge erzittern. Beim Anstoßen blitzten ihre Gläser im Sonnenschein.

Sie ließ den Blick schweifen und bemerkte auf einmal ihre Tante. Pamela stand abseits, halb hinter einer Eibe verborgen und weinte offenbar. Sofort fühlte Elle sich zu ihr hingezogen. Sie spürte, dass Mela ebenso wenig Teil der Hochzeitsgesellschaft wurde wie sie selbst. Was für ein schönes, eigenartiges Kleid sie trug, dunkelbraun mit oranger Litze an den Nähten. Es wirkte festlich, nur nicht so ideenlos wie andere Kleider, die sie hier erblickte. Niemand hatte Elle gesagt, dass sie zur Hochzeit kommen würde. Sie fragte sich, was ihre Tante traurig machte.

Madlen behauptete ja, Elle würde Mela ähnlich sehen – bis auf die Haare selbstverständlich, denn Melas Haar war von einem ins Dunkle tendierenden Blond. Außerdem war ihre Haut recht braun. Aber schmal war sie auch und sicher sportlich. Nein, niemand auf der Welt ähnelte ihr noch. Wann hatten sie sich zuletzt gesehen? Elle erinnerte sich, dass sie damals noch mit Barbiepuppen spielte. Mela schenkte ihr eine Schale aus Ton, blau, mit einem Muster in milchigem Gelb und Schwarz. »Heb sie gut auf«, sagte sie, »in diese Schale passt eine Welt.« Elle verstand bis heute nicht, wie das gemeint war.

Der Baum, bei dem die Tante stand, hing voller Zettel mit den Wünschen der Gäste für das Brautpaar und das kommende Kind. Melas Weinen tat Elle gut, es schien dem Tag, der Welt, dem Leben angemessen. Jedenfalls ihrem Leben. Nicht dass sie sich gewünscht hätte, es sollten alle trauern. Die mochten ruhig weiterleben in ihrem Glück und ihrer Fröhlichkeit, nur nicht sie selbst. All die Leute hier hatten bestimmt ihr Leben im Griff, sie taten die richtigen Dinge, sie heirateten und kriegten Kinder und hielten bei Feiern Reden. Ganz offenbar wussten sie nichts davon, wie mies es laufen konnte, und wenn sie es wussten, ließen sie sich nicht erschüttern – nicht in *ihrem* Leben. Und nun stand Mela da mit ihren Tränen. Elle war nicht länger als Einzige allein. Allmählich, unauffällig rückte sie immer näher an die Sträucher heran, bis sie schließlich in einer kleinen Nische zwischen Zweigen stand. Sie machte es der Tante nach, verschwinden, ohne dass es nach verstecken aussah. Ein Wunschbriefchen fürs Brautpaar hatte sie am Morgen schnell geschrieben, es steckte in der Seitentasche ihrer Jacke. *Ich wünsche euch ein gesundes Kind*. Sie drehte sich so, dass die Sonne ihren Nacken wärmte.

Eben kam das Personal des *Fünfzigers* in den Garten, fünf junge Frauen (zwei kannte Elle von der Schule) mit Tabletts voller Sekt und Orangensaft in Kelchgläsern. Sie trugen knielange schwarze Röcke und weiße Blusen. Elle trank Sekt. Sie wollte zu ihrer Tante gehen. Mela hatte sie bestimmt erkannt, jedenfalls leuchteten ihre Augen auf, als sie Elles begegneten. Aber sie kam nicht und Elle empfand auf einmal Scheu. Da niemand achtgab, stibitzte sie ein weiteres Glas von einem anderen Tablett, kippte es schnell runter und fühlte sich ein bisschen high – beschwipst, wie Junis wohl gesagt hätte.

Kurz darauf musste sie pinkeln. Sie schaffte es nicht durch den Garten, ohne ein paar Leute zu grüßen, die eine oder andere Frage nach ihrem Befinden, die eine oder andere Bemerkung über ihr Großwerden zu erdulden. Viele Gäste fotografierten und filmten mit ihren Phones, ein paar Ältere und Kinder besaßen noch kleine Fotoapparate. Das Filmen hasste sie besonders. Auf dem Weg hierher, während sie mit Madlen an einer Ampel warten musste, hatte jemand sich mit der Kamera aus dem Autofenster gereckt, um Bilder von ihr zu schießen. Ihre Namen wurden geheim gehalten, trotzdem schienen alle Bescheid zu wissen.

Elle hatte für die Polizei freiwillig ihr Phone entsperrt und es eine Viertelstunde später zurückbekommen. Es kam ihr vor, als sollte sie sich ausziehen. Eine Polizistin brachte sie an dem Nachmittag nach Hause und sprach, während Elle im Auto sitzen blieb, mit Madlen, die gerade von der Arbeit zurückkam. Madlen wurde bleich, sie nickte, sie sagte etwas und gestikulierte dabei mit den Armen. Später klagte sie sich selbst an, weil sie in den Kurzurlaub verschwunden war, anstatt den sechzehnten Geburtstag ihrer Tochter mitzufeiern. Sie wirkte erleichtert, als Elle dies zurückwies, auch wenn sie behauptete, dass sie sich das niemals würde verzeihen können, nur um eine Minute später zu heulen, weil sie es einfach nicht schaffte, einen Mann an sich zu binden. Wenigstens hast du jetzt eine Entschuldigung, dachte Elle. Wer will schon eine Frau mit einer Leichenschänder-Tochter.

Dieses Wort, *Leichenschändung*, war jetzt überall zu hören. Nicht eine Sekunde lang glaubte Elle, dass ihre Mutter über die Sache schweigen würde. Als Tom dann anrief, schwitzte ihr Ohr unterm Phone. Warum hatte er Alice nicht dabei, es war doch Wochenende. Lag es *daran*? Würde er überhaupt noch wollen, dass sie zusammen in das Haus zogen?

Schon wieder machte jemand eine Bemerkung, weil sie bei einer Hochzeit ein schwarzes Kleid trug. Das bringe Unglück. Sie selber fand ihr Outfit mittlerweile schlecht gewählt.

Elle schlich hinter dem alten Lateinlehrer vorbei und hatte Glück: Er bemerkte sie nicht. Ins Gespräch mit einem Mann von der Sparkasse vertieft, sagte er gerade: »Nur so viel: Vom Gymnasium war es niemand.« – »Das waren Schüler? Das ist ja –«, und der andere verstummte. Sie war beinah schon durch den Festsaal, in dem die Band gerade aufbaute. Auch die Musiker tuschelten. Elle ging so langsam wie in einem Traum. So fühlte es sich an. Sie war nicht null, null Komma null. Nie wieder konnte sie es sein; es gab kein neues Leben.

Elle betrat den Toilettenraum durch eine Baustellentür, deren Schwelle hochstand. Ein gelb-schwarzer Streifen wies darauf hin. Die Tür wies noch Reste der alten Lackierung auf, sie war verbeult und oben ein Stückchen zu kurz. *Benutzung auf eigene Gefahr. Für Schäden wird nicht gehaftet* – so ein Zettel hing daran. Der Vorraum war frisch gefliest und mit zwei Waschbecken ausgestattet, die auf einem langen Tisch aus Holzimitat standen. Darüber klebte ein Spiegel. Als sie sich näherte, ging die Beleuchtung an. Elle mochte das bleiche Diodenlicht nicht. Sie fand die Stimmung insgesamt etwas unheimlich, so als könnten jeden Moment ein paar Arbeiter reinplatzen. Zwei der vier Kabinen waren mit rot-weißem Band abgesperrt, da fehlten noch die Bodenfliesen. Unter der Decke hingen mit Schaumstoff ummantelte Rohre, sie kamen aus einem Loch in der Wand. Der Raum war kühl, er roch nach Zement. Die Kloschüssel sah neu und sauber aus, als wäre Elle die Erste, die sich draufsetzte. Das gefiel ihr. Die Stille war perfekt, sie glaubte schon, ihre Höhle gefunden zu haben, ihren ureigenen Panikraum. Sie pisste ungehemmt, die Beine mit den Stiefeln weit nach vorn gestreckt; es war das Erste, was sie an diesem Tag genoss. Da drangen Stimmen an ihr Ohr.

»Was ist so wichtig, dass wir jetzt hier runtergehen?«

Es war Madlen.

»Na hör mal. Wir müssen doch mal über unsere Tochter reden.«

Und Tom. Träumte sie das?

»Ganz schön kalt hier.«

»Willst du meinen Pulli? Hübsches Kostüm übrigens.«

»Vielleicht solltest du mal *mit* Ellen reden statt über sie.«

Offenbar hatten sie auf dem Weg hierhin schon miteinander gestritten. Warum gingen sie zusammen aufs Klo?

»Wir haben telefoniert. Ich hab versucht ihr Mut zu machen. Aber sie war total verschlossen. Nichts aus ihr rauszukriegen.«

»Sie braucht jetzt ihren Vater. Jemanden, der stark ist, der zu ihr hält und sagt: Ich helfe dir da raus.«

»Natürlich halte ich zu ihr.« Er lachte auf. »Aber ehrlich, das ist schon krass, was sie da gebracht haben. Ich mein, dieser Typ, heute Morgen haben sie gemeldet, dass der da draußen sechs Wochen lang gelegen hat.«

»Tom!«

»Kannst du dir vorstellen, wie der ausgesehen haben muss?«

Elle hörte das klappernde Geräusch von Madlens einem Schuh auf dem Boden.

»Ich bin nur froh, dass er schon tot war. Stell dir vor, sie hätten den umgebracht.«

»Der hat sich selbst umgebracht. Kam heute im Radio. Sie haben voll den ganzen Namen genannt. Offenbar einer von hier, arbeitslos, ohne soziale Kontakte. In seiner Wohnung wurde ein Abschiedsbrief gefunden.«

»Ich weiß gar nicht, ob ich das hören will.«

»Wird schwer werden es nicht zu hören.«

»Ich mach mir Vorwürfe«, sagte Madlen mit plötzlich veränderter Tonlage. Es klang, als wäre sie nah an ihn herangerückt. »Ich meine, sie hängt so viel im Internet. Da kriegt man doch alles Mögliche zu Gesicht, abgeschlagene Köpfe, Leute, die bei Unfällen sterben …«

»Ich kenne keine Studie, die belegt, dass so was schädlich ist.«

»Ich hab sie in der Aufbahrungshalle allein gelassen. Vielleicht hat sie dort einen Schock gekriegt?«

Elle saß da wie angeklebt, sie wollte kein Geräusch machen, sie wagte nicht mal sich abzuwischen.

»Warum hast du sie auch allein gelassen!«

»Warum musste ich überhaupt mit ihr hingehen? War das nicht zufällig *dein* Vater, der da aufgebahrt lag?«

Der Abschiedsbrief verwirrte Elle. Wie konnte der in Franks Wohnung liegen? Junis hatte ihn zurück in die Jackentasche stecken wollen. Hatte er etwa bei Frank eingebrochen? Wie scheißkompliziert sich alles anfühlte!

»Siehst du«, sagte Madlen, »genau das werfe ich dir vor. *Du* bist total leichtfertig.«

Elle war ein Teil der Unterhaltung entgangen.

»Die Vespa krieg ich schon noch hin.«

»Sie geht gar nicht zur Fahrstunde. Hat sie dir das erzählt? Sie geht auch nicht mehr in den Sportverein.«

»Mann, das tut mir leid für sie.«

»Du hast sie bedrängt, dass sie zu dir ziehen soll.«

»Ich hab nur gefragt.«

»Jedenfalls hättest du damit warten können, bis es sicher ist. Mal davon abgesehen, dass ich sie sowieso nicht hätte gehen lassen. – Weiß sie inzwischen, dass ihr eure Pläne geändert habt?«

»Wir verzichten nur auf das Haus, wenn Pamela zurück nach Deutschland zieht. Und das ist noch nicht raus. Ihr Mann ist zwar gestorben, aber sie hat auch noch ihre Arbeit da unten.«

»Du darfst Ellen nicht solche Versprechungen machen! Außerdem musst du zuerst mit mir sprechen.«

»Ich weiß nicht, was sie dir erzählt hat, aber sie will zu mir.«

»Das glaub ich dir nicht.«

»Das wäre eine Niederlage, hm? Hast du eigentlich mal drüber nachgedacht, ob das alles, ich meine *alles*, auch was mit dir zu tun hat? Mit der Art, wie du sie erziehst oder wie ihr miteinander seid?«

»Wer sorgt denn für sie, wer kauft ihr Schuhe und hilft ihr bei den Hausaufgaben? Wer hört ihr zu, wenn sie jemanden braucht? Bevor du so was sagst, solltest du dich mal an unsere Vereinbarungen halten. Du –«

Der Bann brach, Elle konnte sich wieder bewegen. Sie ließ die riesige Papierrolle rotieren, das Geräusch überdeckte die Wortspuckerei auf der anderen Seite der Wand. Sie spülte, sie wusch sich die Hände am brandneuen Waschbecken, auch das Rauschen des Wassers überdeckte den Streit. Sie wusste ziemlich genau, in welcher Phase ihre Eltern sich befanden. Elle hielt einen Finger unter den Hahn und ließ Wasser auf den Estrich spritzen. Der Boden verfärbte sich unter dem Tropfenregen. Toms Stimme wurde brummig, die von Madlen spitzig. Offenbar war es ihnen egal, ob jemand auf der anderen Seite zuhören konnte, wie sie sich anschrien. Elle beschloss das Wasser laufen zu lassen. Ein einziger Moment ohne Gegengeräusch wäre schon zu viel. In ihr war eine Sprenggranate krepiert, das war schon viel früher geschehen, es geschah jetzt, es geschah. Und es gab nichts dagegen zu tun.

Auf dem Weg nach oben versuchte sie sich vorzustellen, wie Franks Wohnung aussah. Über so was gab er keine Auskunft, außerdem hatte sie das Gefühl, als hätte er sich wieder entfernt. Vielleicht wanderte seine Seele endgültig hinüber in so ein Jenseits, an das keiner mehr glaubte, das gefühlt, aber total da war. Die Wohnung also: mit altmodischen Möbeln, ein abgenutztes Sofa stand da, dunkelbraun oder blaugrau bezogen, durch das an vielen Stellen die weiße Substanz sichtbar wurde. Mustertapeten an den Wänden oder so eine speckige, vom Rauchen gelbe Raufaser. Ein Teppich vielleicht, ein Laminatboden, vielleicht sogar altes PVC. Vielleicht stand der Fernseher in der Küche, weil er beim Essen einen Ersatz für menschliche Gesellschaft brauchte. Einen PC besaß er nicht. Er mochte Vögel. Vielleicht hielt er einen kleinen bunten Vogel in einem Käfig oder eine träge Katze, die neben seinem Teller lag und demonstrativ sein Essen verachtete. Der Gedanke bestürzte sie. Wenn er tatsächlich ein Haustier besaß, war es sicher längst verhungert.

Sie begann zu eilen, sie musste sofort Franks genaue Adresse rausfinden; er könnte ihr verdammt noch mal sagen, wo er wohnte. Gewohnt hatte. Der Blaumeisenweg war vom *Fünfziger* gar nicht weit weg. Wie scheiße musste es einem gehen, damit er sich erfrieren ließ? Schlechter als ihr? Ging das überhaupt? Und wie scheiße musste man drauf sein, um jemanden wie ihn nachträglich zum Opfer zu machen? Hätte die Möglichkeit bestanden, sie hätte ihn wieder heil gemacht, auch wenn das klar absurd war, denn kein Toter wurde wieder heil. Was war mit seinem Nachlass? Elle stellte sich vor, dass Leute von der Stadt kämen und den ganzen Plunder zum Sperrmüll brächten. Abends würden andere darin herumwühlen und sich Sachen rauspicken, in der Hauptsache aber Franks Möbel demolieren, sie in den Dreck werfen und darauf rumtrampeln und sich freuen, wenn es ordentlich krachte, sie würden den Spiegel zerschlagen, das Sofapolster aufschlitzen –

»Hoppala!«

Elle war blindlings in Betse gerannt. Jetzt prallte sie von deren Bauch zurück. Als hätte das Baby seine winzigen Arme benutzt, um sie wegzustoßen. Oh Gott, dachte Elle, bitte lass Betse nicht merken, wie es mir gerade geht.

»Ich freu mich so, dass du bei meiner Hochzeit bist!« Betse strahlte und strahlte. »Hast du ein Glas Sekt getrunken? Ich habe eins getrunken, als keiner hingesehen hat.« Sie grinste maliziös. »Denkst du, ich bin deshalb eine schlechte Mutter? Aber ich bin keine schlechte Mutter, ich werde die beste Mutter von allen sein. Jawohl. – Willst du eigentlich mal fühlen?«

Fühlen?

»Du hast gesagt, du würdest gern mal fühlen, wenn das Baby sich bewegt. Jetzt ist es so weit. Man kann sogar *sehen*, wenn es sich bewegt! Ich werd ganz irrsinnig vor Glück. Komm!«

Sie fasste Elles Hände und führte sie an ihren Bauch. Wie prall der war, zum Platzen prall.

»Es ist gerade wach. Ich werde immer neugieriger. Was glaubst du, ist es ein Junge oder ein Mädchen?«

Plötzlich spürte Elle unter ihren Händen etwas, das sie vollkommen überraschte. Sie hatte erwartet, dass eine sanfte Welle durch Betses Bauch gehen oder eine kleine, regelmäßige Wölbung in der großen Kugel sichtbar würde. Zu sehen war nichts. Dafür spürte sie etwas Spitzes, Hartes unter der Bauchdecke mit erstaunlicher Kraft nach außen drängen, eine rücksichtslose, vielleicht sogar wütende Bewegung, die gegen ihre aufgelegten Hände gerichtet schien, die sagen sollte: nimm die Finger weg!

»Fühlst du es?«

»Ich fühl es«, sagte Elle, »es protestiert.«

»Meinst du?«, fragte Betse und lachte.

Elle zog die Wangen zwischen ihre Zahnleisten. Um die Kontrolle zu behalten, biss sie leicht zu.

»Wenn mein Bauch frei wäre, könntest du es sehen. Das Kleine ist unglaublich stark da drin. Ich warte den ganzen Tag nur darauf, dass es sich wieder bewegt, dass ich *sehen* kann, wie es sich bewegt. Innen fühle ich es schon länger.«

»Trink noch einen Sekt«, sagte Elle. »Es wird ihm nicht schaden, ist ja nur heute.«

»Trinkst du einen Schluck mit?«

»Nachher. Zuerst muss ich aufs Klo.«

Während sie durch den nun leeren Vorraum des *Fünfzigers* eilte, dachte sie: Tom will mich nicht mehr bei sich haben, weil ich das getan habe. Das ist der wahre Grund. Und Madlen will mich deshalb loswerden. Elle rannte von der Hochzeit weg. Sie kam sich feige vor.

Auswege

Von dem Geld, das seine Informationen für die Reporter ihm eingebracht hatten, kaufte Dennis sich ein neues Phone. Das alte hatte er zwar vor Elle, nicht aber vor der Polizei retten können. Sie nannten es ein *Beweisstück*. Nur beweisen würden sie damit nichts. Denn er hatte ihnen eine simple, wie er fand, einleuchtende Geschichte erzählt. Demnach hatte er sein Phone an diesem Wochenende einem jüngeren Kumpel geliehen (den Namen verschwieg er), weil der unbedingt ein neues Game spielen wollte. Von seinen strengen Eltern bekam der kein Smartphone und durfte auch nicht gamen. Erst später entdeckte er darauf Filme und Fotos. Er gab zu, dass die grausamen Bilder ihn faszinierten und er der Versuchung, sie ein paar Leuten zu schicken, nicht widerstehen konnte. Danach löschte er sie aber, weil so was klar nicht in Ordnung war. Der Polizei zu melden, dass irgendwo ein unbestatteter Toter lag, war ihm schlicht nicht eingefallen.

Sie stellten ihm keine weiteren Fragen. Dennis fürchtete sich mehr vor einer Haarprobe als vor den Folgen jener Nacht.

Gleichzeitig wurde er ein paar lästige Leute los. Junis und Elle konnten ihm von jetzt an gestohlen bleiben. Als er an die Wedekind-Schule gekommen war, hatte er geglaubt, sie wären cool, aber das waren sie nicht. Die wollten Absturzkinder sein, aber sie liefen immer nur mit, ein bisschen blaumachen und kiffen änderte daran nichts. Dennis überlegte, wem er seine neue Nummer schicken könnte. Bis jetzt hatte sie nur sein großer Bruder bekommen. Von Martin Helmar als Einzigem hatte er die Nummer im Kopf. Er bereute sehr, die gefundene Drohne nicht für sich behalten zu haben. Bestimmt hätte er sie wieder zum Fliegen gebracht. Ausreichend Kohle für ein Phone *und* eine brauchbare Drohne besaß er nicht.

Dennis hatte viel Zeit totzuschlagen. Immer wieder dachte er an das Kälbchen, von dem hatte er die Nummer auf einem Blatt gefunden, mit dem könnte er irgendwas auf die Beine stellen. Aber das Kälbchen war tot oder Kälbchens Phone war tot, jedenfalls war auf Dennis' Nachrichten keine Antwort gekommen. Die Messages auf dem alten Phone hatte Dennis ebenfalls gelöscht; er vertraute dabei auf einen Trick, den ihm ein Kumpel an der alten Schule verraten hatte und der gewährleistete, dass die Inhalte nicht wiederhergestellt werden konnten. Sollte Vale jetzt noch antworten, nachdem quasi Jahre vergangen waren, konnte er schlecht Dennis die Schuld geben. Zwar nervte die Bullensache gerade, aber eines musste man zugeben: Selten zuvor in seinem Leben hatte er so viel Spaß gehabt. Alle, denen er ein Pic oder ein Video von dem toten Penner schickte, waren *total* geschockt, es wurde ihnen übel, sie würden diese Bilder nie wieder loswerden und was sie sonst noch alles sagten oder schrieben. So gesehen bedauerte er, die Filme nicht auf YouTube gestellt zu haben. Da hätten sie sicher Millionen Klicks bekommen.

Am anderen Ende des zentralen Platzes von Vierweg sah Dennis wieder dieselben Männer von irgendeinem Magazin rumstehen, die er schon mal mit Stoff versorgt hatte – Ort, Umstände der Party, welche Musik dabei lief und so, den Kommentar von dem einzigen Mitschüler, den er nicht schocken konnte: »Ich find's geil, endlich ist mal was los in dem Kaff.« Für diese Reporter wusste Dennis nichts Neues, er hatte keine Lust mehr auf sie. Man konnte außerdem nie sicher sein, ob die nicht am Ende mit der Polizei zusammenarbeiteten. Jugendlichen gegenüber waren die total unzuverlässig. Schon mit der simplen Ankündigung eines kleinen Blutbads hatte er an seiner alten Schule schlechte Erfahrungen gemacht. Totaler Stress – dabei sollte es bloß Spaß sein!

Dennis verschwand nach links in eine kurze, tote Seitenstraße. Viele Fahrräder waren hier geparkt, von Leuten, die sich nicht trauten, in die kleine Fußgängerzone einzufahren. Linkerhand lag die alte Post, sie war seit Jahren geschlossen. Aber das Schiebetor zum Hof stand ein Stück weit offen. Dennis schlüpfte hinein, er wollte sich da mal umsehen. Eine Reihe silberner Rolltore, alle runtergelassen, waren bereits von draußen zu erkennen.

Er schwang sich auf die Laderampe, checkte, ob eines der Tore sich öffnen ließe. Von dort oben fiel sein Blick auf einen Roller, der neben einem grünen Container mit aufgebogener Klappe stand. Auf der Sitzbank lag ein Helm. Dennis sah sich um. Als sich rings nichts regte, sprang er zu dem Scooter hinab. Er spürte die Wärme des Auspuffs an seinem Bein; der Schlüssel steckte. Schnell rechnete er sich aus, dass der Fahrer einen Schlüssel für den Posthof besitzen musste, vielleicht ein früherer Mitarbeiter. Er hatte seinen Roller hier abgestellt, um in der Fußgängerzone etwas zu erledigen. Dabei sicherte er das Fahrzeug kein bisschen, so bequem war der. Oder er hatte schlicht vergessen, das Tor hinter sich zuzuziehen.

Bis auf die eine Zufahrt war der Hof ringsum geschlossen und konnte somit leicht zur Falle werden. Aber der Roller bettelte geradezu darum, mitgenommen zu werden. So wie er da stand, war er keine Beute, sondern ein Geschenk. Dennis klemmte seinen Schlafsack auf dem Gepäckträger fest und setzte den Helm auf. Das Ganze dauerte nur wenige Sekunden.

Am Morgen suchte Junis eine Zeit lang vergeblich nach seiner Zahnseide. Während er in Boxershorts durchs Haus hüpfte, hörte er Radio. Eine Psychologin von der Universität der Landeshauptstadt sprach gerade. Mit resoluter Stimme erzählte sie etwas von Deindividuierung und dem Abgeben von Verantwortung in der Gruppe. Fehlende Reife eines jungen Menschen führe dazu, dass er sich leicht einem Gruppendruck beuge. Die Rivalität mit dem Anführer könne in *dieser besonderen Situation* dazu führen, dass jemand aus der Gruppe diesen in seiner Gewaltbereitschaft zu übertreffen suche. Die Neigung zum Risiko nehme in dem Maße zu, in dem der Einzelne Verantwortung abgebe. Die Zahnseide lag am Fuß einer Vase mit Weidenzweigen, die noch von Ostern da standen und nach und nach ihre Kätzchen verloren. Junis hatte keine Ahnung, wie sie dahin gekommen war. Er fand es seltsam, dass jemand so über Jugendliche sprach. Es hörte sich an wie ein Beitrag über Primatenforschung.

Hinter dem letzten Backenzahn rechts unten juckte es, das Zahnfleisch war geschwollen. Er nahm an, dass der erste Weisheitszahn bald durchbrechen würde. Auf derselben Seite, zwischen letztem und vorletztem Zahn, kam wie immer etwas Blut. Mehr Pflege, als er seinem Gebiss angedeihen ließ, ging eigentlich nicht. Trotzdem blieb dort eine leichte Entzündung, die, wie sein Zahnarzt meinte, dadurch befördert wurde, dass sich die Speisereste in dem etwas groß geratenen Zwischenraum nur schwer vollständig entfernen ließen. Dabei behielt Junis niemals Speisereste im Mund.

Das Gespräch mit der Moderatorin war zu Ende, im Hintergrund lief leise Musik mit einem treibenden Rhythmus. Darüber kündigte der Moderator an, dass in der Mittagssendung ein weiterer Experte, der renommierte Kriminologe Sänger, für ein Gespräch bereitstehe über die »Leichenschändung von Vierweg, die uns alle immer noch fassungslos macht«. Der Begriff war juristisch haltlos.

Fast wäre er in die Schule gegangen. Pure Gewohnheit. Doch inzwischen war auch er vom Unterricht befreit. Den Vormittag verbrachte er mit einem Autorennen. Er war ziemlich gut hinter dem Steuer, selbst mit dem schnellsten Wagen auf der schwierigsten Strecke schaffte er ein paar beinah unfallfreie Runden. In den Pausen trank er Cola Zero und löschte die Nachrichten, die von Elle kamen. Nur eine hatte er gelesen. Sie befürchtete, dass in Franks Wohnung ein Haustier verhungerte, und wollte, dass er mit ihr da reinging, um es zu retten. Wie blöd konnte man sein! Sie war doch selbst zur Polizei gegangen und hatte all seine Bemühungen, der Sache einen harmlosen Dreh zu geben, zunichtegemacht. Glaubte sie ernsthaft, die würden diese Wohnung nicht öffnen? Da sollte sie mal selbst draufkommen. Er würde ihr garantiert nicht mehr schreiben. Junis suchte im Internet nach *zunichte*. Er kam nicht mehr drauf, aus welchem Buch er dieses Wort hatte.

Er schaute ein Stückchen einer Serie. Die ersten Folgen kannte er fast auswendig, nur hatte er nie alle gesehen. Am Ende der dritten Staffel ließen sie einen der jungen Protagonisten sterben. Es war ein Mann, der so ziemlich alles verkörperte, was Junis toll fand. Sein Gesicht wirkte schmal, er hatte dieses ausgeprägte Kinn mit dem angedeuteten Grübchen. Am Hals standen Sehnen und Muskeln leicht vor. In manchen Einstellungen, in denen er kein Shirt trug, schimmerte seine Haut in einem unvergleichlichen Ton. Diesen Mann sterben zu sehen stellte Junis sich unerträglich vor. Deshalb kuckte er wieder die Folge davor.

Mittags machte er sich ein Bofrost-Gericht. Er mochte schon lange keine Fertigpizza, keine Pommes und schon gar keine Fischstäbchen mehr. Die Radiosendung vom Morgen hatte er vergessen, sie fiel ihm erst wieder ein, als das *Thema* erneut angesprochen wurde. Ein weiterer Psychiater wurde zitiert, der sagte, dass sich in diesem Fall von allem etwas finde, vielleicht auch von einer Verrohung der Jugendlichen. Schließlich hätten Alkohol und Gruppendynamik eine Rolle gespielt. »Wir haben in den vergangenen drei Jahrzehnten die Augen verschlossen vor dem, was sich unter dem Mantel von Gleichgültigkeit, und nicht von Verständnis, in Schulen und Elternhäusern entwickelt hat.«

»Jugend im Ausnahmezustand?«, sagte der Moderator an die Hörer gewandt. »Sie delektieren sich an Gewaltvideos, sie quälen andere Kinder, sie drehen Videos von Prügelszenen und nennen das *Happy Slapping.*«

Junis fragte sich, auf welchem Planeten der Mann lebte. Jetzt sprach er wieder von Schändung, das hatte so etwas Sexuelles, dieses Wort. Er googelte *Schändung*. Er schaute den Trailer des gleichnamigen Films an, ein ziemlich langweiliger Krimi. Einer der Männer hatte eine lustige Nase, sehr groß und dreieckig mit einem scharfen Rücken. Seine Haare waren so gestylt, dass es fast wie ein Hut oder ein Helm aussah.

Die Mikrowelle meldete sich. Im Radio sprach nun der Kriminologe, wie hieß er gleich, Schänder? Auf unserem Sender spricht nun der Schänder. Er sprach über Männlichkeitswahn und Alkohol. Jugendliche würden mit süßen Mixgetränken zum Trinken verführt. Gewaltvideos förderten eine Machokultur bei Jugendlichen, in denen ein solcher Umgang mit Leichen ja vorgeführt werde. Also der kannte sich offenbar aus mit den Filmen, die Jugendliche so schauten. Sogar die Gefahren des Fernsehens wurden beschworen. Hatte man damit nicht schon die vorige Generation genervt? Dann waren die am Ende die Gewaltbereiten? Denn ehrlich, Fernsehen schaute doch keiner mehr, der unter fünfzig war.

Das Pak Choi mit Reis und Pilzen war richtig lecker. Niemand bekam das so hin wie Bofrost, Mikrowellengerichte, die fast frisch schmeckten. Junis aß und stellte den leeren Teller in die Spülmaschine. Die Pak-Choi-Packung säuberte er unter fließendem Wasser und gab sie in den Plastikmüll. Den Karton legte er zum Papiermüll.

Er putzte sich die Zähne. Seine Mutter war extra nach Hause gekommen, als sie von der Sache gehört hatte. Jetzt fuhr sie zum Einkaufen immer in die nächste Stadt, weil sie nicht angegafft werden wollte. Sein Vater hatte gesagt: »Ich rufe Roland an.« Der war ein Staatsanwalt oder Rechtsanwalt.

Die Polizisten hatten beim Rausgehen die Tür nicht zugemacht. Es stimmte, dass bei Junis ein paar harte Games und Filme zu finden waren, die er streng genommen nicht besitzen durfte. Er stand nicht auf illegale Plattformen. Sie kommentierten das Material nicht und nahmen nichts davon mit. Es war auch keine Durchsuchung, sie hatten sich tatsächlich nur kurz *umgesehen*.

An diesem Morgen entdeckte Vale etwas im Spiegel, es war mal kein Pickel. Halb unter Haaren verborgen saß ein dunkles Muttermal auf seiner Stirn. Das hatte er noch nie gesehen und er war verwirrt, weil er glaubte, dass Muttermale vererbt wurden, also von Anfang an da waren. Aber das hier war neu. Vielleicht war es bisher ganz verdeckt gewesen und sein Haaransatz wich bereits zurück? Er wusste von einem Internetforum, dass die Glatzenbildung schon im jugendlichen Alter begann. Hoffentlich war nicht der gesamte Schädel mit solchen hässlichen Flecken übersät, die sich von nun an Jahr um Jahr mehr zeigen würden! Was er leider nicht entdecken konnte, war eine Spur von Bart.

An dieses Muttermal dachte er auch, als er den Tisch zum Mittagessen deckte. Er hörte den Traktor kommen, es würde also gleich losgehen. Vorsorglich schaltete er schon mal das Radio ab. Die Haustür ging, die Klotür ging. Die Tür zur Kochküche wurde geöffnet. Seine Mutter brachte eine Schüssel voll dampfender Nudeln herein, dann verschwand sie wieder, um die Hackfleischsoße zu holen. Es war immer der gleiche Ablauf, jetzt kam sein Vater, er hatte sich die Hände nicht ordentlich abgetrocknet und wischte sie an der Arbeitshose ab. Er setzte sich auf seinen Stuhl, auf dem unter der Woche immer ein altes Kissen lag, bei dem die Naht geplatzt war. Jetzt würde er den Fernseher anschalten. Um auf dem Nachrichtensender das ständig laufende Band mit den Schlagzeilen zu lesen, musste er eine Brille aufsetzen. Wenn die Mutter mit der Soße kam, würde er den Fernseher wieder abschalten. Vale kannte den ganzen Ablauf, es gab so wenige Veränderungen, dass er beinah glaubte, sie wären in einer Zeitschleife gefangen. Oder vielleicht saßen sie auf einem Fließband und fuhren immer im Kreis, eine Produktionsstraße ohne Ausstoß.

Der Nachrichtensender zeigte heute ein Bild vom Vierweger Bahngelände, im Gegenschnitt Polizeifahrzeuge mit Blaulicht. Mehr Bilder von dem Gelände, Gestrüpp, Müll, Fußspuren waren zu sehen. Der Ton war so leise gestellt, dass nicht mal Vale richtig verstehen konnte, was gesagt wurde. Außerdem begann in seinen Ohren so ein komisches Schwirren, eine komplett vermatschte Tonspur. Nach einer Sekunde war es wieder vorbei. Sein Vater starrte auf den Bildschirm. Als die Großaufnahme eines Polizisten kam, der ohne Zwinkern in die Kamera schaute und die Lippen bewegte, drückte er den roten Knopf der Fernbedienung. Seine Mutter hatte sich inzwischen ebenfalls auf ihren Platz begeben, die Eltern saßen einander gegenüber und rahmten Vale ein. Jetzt hätten sie mit dem Essen anfangen müssen (die Mutter sagte *Guten*, und sie verteilte die Nudeln, schöpfte Soße drüber). Vale mochte Nudeln mit Hackfleischsoße. Es hätte losgehen sollen, aber sie fingen nicht an, irgendwie war das zum Stillstand gekommen. Vale glühte und fror zugleich. Er starrte auf seinen Teller, er überlegte, sich einfach Nudeln zu nehmen. Endlich kam die Nudelzange in seinen Blick und entließ ihre Ladung auf seinen Teller, Spiralen Spiralen Spiralen. Die Soße kam nicht, vielleicht schaute seine Mutter ihn an, um herauszufinden, ob er Soße wollte, aber Vale wagte nicht, ihr in die Augen zu sehen. Er schaute auf den Teller, er schaute auf den abgeschalteten Fernseher, um nicht auf den Teller zu schauen, er schaute aus dem Fenster, es war auch nichts zu sehen. Der Teller seines Vaters blieb leer.

»Ich hatte nie etwas mit der Polizei zu tun«, sagte er.

Vales Mutter hob die Zange voll Spiralnudeln noch einmal und ließ sie über der Schüssel schweben. Sein Vater schob schließlich den Teller vor.

»Ich denke schon den ganzen Tag darüber nach«, sagte er, »schon seit zwei Wochen.«

Jetzt begann er zu essen, er konnte unglaublich schnell essen, so schnell und so viel, dass Vale vom Zusehen schlecht wurde. Er aß und die Hackfleischsoße fiel auf den Stiel seiner Gabel, weil er bereits in die Nudeln hackte, während die Mutter ihm auftat, er aß, als hätte er nicht bemerkt, dass sich irgendetwas verändert hatte, er aß Nudeln mit wie ohne Soße. Vale konnte den milden Stallgeruch wahrnehmen, der von der Arbeitskleidung seines Vaters ausging. Abends duschte er und zog sich frische Sachen an, das war ihm wichtig. Aber mittags nahm er sich nicht die Zeit. Vale verabscheute den Geruch. Manchmal glaubte er, dass man auch den erbe und seine Mitschüler ihn zu Recht hänselten. Er wollte seinem Vater anbieten, am Nachmittag bei der Arbeit zu helfen. Er brachte es nicht über die Lippen.

Seine Mutter aß langsamer, dafür stieß sie die Gabel so fest in den Teller, dass das Porzellan quietschte.

»Die Henna hat gesagt, in der Stadt wird von nichts anderem mehr gesprochen.«

»Wer?«

»Meine Freundin Hanne!«

Hatte sie tatsächlich zunächst *Henna* gesagt, oder war das eine Einbildung?

»Die Jungen haben vor nichts mehr Respekt. Als wär das ein Spielzeug!«

»Basti!«

»Vor lauter Internet und was sie alles schauen.«

»Es sind nicht alle so.«

Vale wusste nicht, ob sie ihn anschaute, als sie das sagte. Er glaubte ihren Blick zu spüren.

Sein Vater schob den Teller noch einmal vor. Er trank sein

Glas leer und schenkte sich Wasser nach. Auch Vale hatte fast aufgegessen. Er bemerkte auf einmal, dass er in dieselbe Hackerei verfallen war wie seine Eltern. Doch als seine Gabel auf dem Teller quietschte, wurde es ihm verwiesen.

Aus dem Dunkel der Öffnung, die er eben so deutlich vor sich gesehen hatte, tauchten Bilder auf. Sie stammten von der Nacht auf dem Bahngelände, sie nährten sich von den Filmchen, die der bescheuerte Hell ihm geschickt hatte, sie vermischten sich mit dem Bericht, der im Fernsehen gelaufen war. Vale fragte sich, wie es sein konnte, dass Hell sich nichts aus der ganzen Sache machte. Er selbst fand es von Stunde zu Stunde schlimmer, die Schuld hatte ihn durchdrungen und deckte ihn gleichzeitig zu wie massenhafte dunkle Spinnweben, ein Vorhang, ein Kokon, der ihn sein Leben lang umschließen würde, das ahnte er. Was würden sie tun, wenn sie entdeckten, dass er dabei gewesen war, dass er Hell geholfen hatte, diesen Toten aus dem Wald zu holen und an einem Baum festzubinden? War das seine Idee? Er wusste es nicht mehr. Dabei erinnerte er sich an jedes Detail, wie etwas abgegangen war, als er den Kopf des Toten aufrichten wollte, wie er selbst mit dem Phone gefilmt hatte. Er war überzeugt, dass er daran sterben würde.

Im nächsten Moment dachte er, dass er nicht sterben würde. Vielmehr würde er ewig mit seiner Scham leben müssen. Sie waren nun ein Paar, fix und fest verheiratet. Sein Vater stand auf und verließ wortlos die Küche. Vale hörte, wie der seine Schuhe anzog. Jedes Geräusch, das von draußen kam, war ihm bekannt.

Die Mutter trug die Schüsseln in die Küche. Er folgte ihr mit dem restlichen Geschirr. Er nahm den Lappen mit und wischte den Tisch, das benutzte Besteck in der Linken. Er räumte die Spülmaschine ein. Die Teller stellte er so, dass sie sich nicht berührten, denn sonst wurden sie nicht sauber. Die Gläser leerte er aus, bevor er sie kopfüber im oberen Korb platzierte. Das Besteck brauste er ab, bevor er es sorgfältig in die dafür vorgesehene Schublade der Maschine sortierte. Er nahm ein Tab mit selbstauflösender Verpackung und legte es in das entsprechende Fach. Seine Mutter hatte die Schüsseln geleert und packte die Reste in den Kühlschrank. Vale brauste die Schüsseln ab und stellte sie schräg, damit sie nicht zu viel Platz verbrauchten, in den Geschirrspüler. Er schloss die Tür und wählte ein Programm. Als er das Wasser einschießen und auf das Glas, Metall und Porzellan prasseln hörte, kam es ihm vor wie Prügel.

Scine Mutter stand plötzlich mit einem Fruchtjogurt vor ihm. Das war der Moment, in dem er nicht achtgab. Ihre Blicke trafen sich. Vale glaubte, dass sie alles sehen konnte, jedes Wort und jedes Bild aus seinem armen Kopf kannte. Er dachte, sie würde die Hand ausstrecken, um das Muttermal zu berühren und zu prüfen, ob es sich nicht bloß um irgendeinen Schmutz handelte. Ihr Gesicht schien ihm von dem Wunsch erfüllt ihn zu bestrafen.

»Kennst du die, die das waren?«

Er schaute auf die Kacheln über der Spüle.

»Bestimmt ist es für dich auch schrecklich dir das vorzustellen.«

Er quetschte den Jogurtbecher. Er brauchte noch einen Löffel.

»Nimm dir noch einen Löffel. So was machst du doch nicht.«

Damit war klar, dass sie nichts wussten. Sie hatten nicht mal mitgekriegt, dass er in jener Nacht nicht zu Hause gewesen war. Gleichzeitig aber wünschte er sich, dass sie alles wüssten, dass es heraus wäre, dass es vorbeiginge.

»Quetsch den Jogurt nicht so, sonst reißt der Becher noch.«

Am Nachmittag ging Vale in den Schuppen. Der Drahtverhau stand leer, der Hase war verendet und lag im nahen Wald begraben. Vale hatte einen Igel gefangen, der ihm seltsam verlangsamt erschienen war, irgendwie krank. Er hatte ihm Milch hingestellt. Der Igel trank nicht, immer rollte er sich ein, wenn Vale ihn berührte, und diese Stacheln waren schon unangenehm. Also hatte er ihn wieder an die Luft gesetzt. Er träumte davon, einen Fuchs zu finden in einer Falle, mit halb abgetrennter Pfote. Fuchsfallen kamen nur in Erzählungen von Großvätern vor, doch wurde er die Vorstellung nicht los, er wünschte es sich wie verrückt. Vorläufig konnte er vielleicht eine tote Krähe auftreiben und mit der einige Fotos machen. Oder er würde wieder ein halb aufgefressenes Huhn finden. Er war dreizehn, was konnte ihm schon passieren?

Junis hielt sich im Hobbyraum auf, als seine Mutter nach Hause kam. Er hörte, wie sie oben die Einkäufe verräumte. Ein paar Sachen gehörten auch in den Keller, aber sie kam nicht nach unten. Vielleicht würde sie ihn nachher bitten, das zu erledigen, weil sie wieder Ischias hatte von dem vielen Sitzen im Büro und im Auto. Die Maschine, an der er seit Monaten immer mal wieder bastelte, funktionierte nicht ordentlich. Es war so ein Mechanismus, ein Vorgang sollte den nächsten auslösen. Eine Menge Kugeln rollten über Bahnen, Stäbe fielen um, Wasser kippte aus. Sogar ein altes Spielzeugauto brachte er zum Fahren und dieses setzte einen Hebel in Bewegung, der die Maus seines alten Computers anstieß und ihn so aus dem Ruhezustand holte, er sollte dann

Musik spielen, diesen Ablauf musste er jedoch noch automatisieren. Auch bei den Stationen vorher hakte oft etwas, einfach weil es ihm an Präzision mangelte.

Wenn der Nachmittag lang war, so wie heute, und wenn Elle nicht vorbeikam, was nie wieder geschehen würde (und ganz sicher würde er niemals mit ihr in die Wohnung von diesem Frank gehen), brachte er es manchmal fertig, sich lang genug zu konzentrieren, damit eine ganze Strecke ohne Fehler abschnurren konnte. Es lag nicht immer an ihm, wenn etwas nicht klappte. Manchmal ging sein Vater einfach so in den Hobbykeller. Nachher waren oft ein paar Elemente verrückt. Es konnte auch passieren, dass etwas fehlte.

Plötzlich nervte Junis der ganze Kram gewaltig. Er packte eine Dose Nägel, die auf der Werkbank stand, und pfefferte sie mitten in den Mechanismus.

Tatorte

Auf der Fahrt zu seinem Bruder hatte Dennis viel Zeit zum Nachdenken. Mit diesem Roller, der höchstens fünfzig brachte, dauerte es eben. Allmählich dämmerte ihm, dass die Geschichte, die er der Polizei aufgetischt hatte, vielleicht nicht ganz so toll war. Schlecht war sie nicht, aber sie würden ihm nicht glauben. Selbst wenn es die Wahrheit wäre, würden sie ihm nicht glauben. Spuren zu tilgen, dachte Dennis, war dennoch das Beste. Sie sollten möglichst wenig Futter für ihre Version der Geschichte erhalten.

Eine ganze Weile lang grübelte er, wie er es erreichen könnte, dass Facebook seine Timeline löschte, auch wenn dort nicht viel zu finden war. Einer von den alten Kumpeln hatte ihm eine Nachricht geschickt, in der er auf die *Sache* zu sprechen gekommen war. *Habt ihr den umgebracht?* Eine Antwort zu schreiben kam Hell dämlich vor. Nur – irgendwie nervte ihn das, er wollte nicht, dass Leute ihn so einen Stuss fragen konnten, auch nicht seine alten Kumpel. Beim Nachdenken fiel ihm auf, dass diese Kumpel aus einer Stadt, die fast dreißig Kilometer weit weg war, eigentlich gar nichts wissen konnten. Jedenfalls hatte es geheißen, dass man – die Polizei, die Lehrer und so weiter – ihre Namen geheim halten würde, um ihnen nicht *die Zukunft zu verbauen*. Das war schon mal gelogen. Und die Zukunft verbauen, dachte er, während er mit dem Scooter eine lange, nervige Steigung raufkroch, was konnte das schon bedeuten – sie würden von der Schule fliegen. *Er* würde von der Schule fliegen. Das war Mist, denn er war schon einmal geflogen und so würde er ein echtes Problem bekommen, wenn er noch mal wechseln müsste. Keiner würde ihm irgendwas glauben. Dass er zudem mit einem geklauten Roller rumfuhr, war nicht sehr schlau.

Als er endlich bei seinem Bruder ankam, kurvte Dennis gleich ums Haus und schob den Roller durch eine kleine Seitentür in eine rostige Wellblechgarage. Er wusste bereits, dass deren Tor nicht mehr zu öffnen war. Der Rückspiegel blieb am Pfeiler hängen und verdrehte sich.

Martins Auto stand vor dem Haus, er öffnete auf Dennis' Klingeln. Sein Blick fiel auf den Schlafsack. Er zog die Brauen zusammen. Das Überlegenheitsgefühl, das Dennis seinem Vater gegenüber, aber auch ganz allgemein verspürt hatte, war auf der Fahrt bereits geschrumpft. Nun fiel es ganz in sich zusammen.

»Hab Mist gebaut«, sagte er.

»Is ja nix Neu's«, erwiderte Martin.

Er wusste von nichts. Dennis erzählte in groben Zügen, was geschehen war. Das Gesicht seines Bruders blieb streng, an keiner Stelle feixte er oder deutete ein Lächeln auch nur an. Dennis hatte eigentlich wichtigtun wollen. Nun schob er das Ganze auf Junis. Er selbst hatte den Toten gefunden, das war wahr, und er hatte ihn aus dem Gebüsch gezogen. Aber nie hätte er auf den eingeprügelt, das schwor er. Eher hatte er den wie einen Freund behandeln wollen. Junis war in seinen Augen der Leichenschänder.

»Nich gut«, sagte Martin, »bei so was ekeln sich die Leute, weiß' du? Gibs keine Nachsicht für.«

Dennis bekam Angst. Konnte er etwa in den Knast kommen? Martin meinte, ja. Aber da wollte Dennis auf keinen Fall hin. Er berichtete, welche Geschichte er der Polizei aufgetischt hatte. Das kommentierte Martin nicht. Sein Bruder solle ihn verstecken, bat er daraufhin. Der lachte.

»Bist naiv, Kleiner. In unserm Land versteck' sich's nich mehr so leicht.«

»Was soll ich'n machen?«

»Ich überleg. Kanns erstma hier pennen. Wirs ja nich gesucht, oder?«

»M-m.«

»Vielleich kann ich dich in der Ukraine unterbringen. Hab Kumpel da.«

»Was soll ich'n inner Ukraine?«

»Ganz ruhig, Kleiner. Rauchn wir.«

Martin meinte Zigaretten. Er hätte nie gekifft, er war Soldat, er trank auch fast nie.

Sie rauchten. Dennis entspannte sich ein bisschen. Die Aussicht, bei seinem Bruder zu sein, und sei es nur für ein paar Tage, beruhigte ihn. Er beschloss, dass es besser wäre, an den ganzen Scheiß erst mal nicht mehr zu denken. Dazu war noch Zeit, wenn er mit Junis abrechnete und seiner blöden Elle.

»Ich hab 'ne Drohne gefun'n. Muss abgestürzt sein. Meins du, die kann man wieder hinkriegen?«

»Has sie dabei?«

»M-m. Aber du könns mir das Fliegen beibringen.«

»Du würdes' gern ma ne große steuern, he?«

»Ne bewaffnete, Mann. 's wär so geil ...«

Er sah wieder vor sich, wie halb Vierweg hochging.

Den Abend verbrachten sie mit einem X-Box-Game.

Als Martin ihn am nächsten Morgen fragte, wie er eigentlich hergekommen war, musste er ausspucken, dass er den Roller geklaut hatte. Martin fand es gar nicht lustig, dass dieser Roller nun in seiner Garage stand. Er konnte keine Schwierigkeiten gebrauchen. Von der Ukraine oder irgendwelchen Leuten, bei denen Dennis sich verstecken könnte, sagte er nichts mehr. Dennis wollte sich wehren. Was war schon dabei, einen Roller zu leihen! Er war außerdem noch nie erwischt worden. Aber Martin blieb sauer.

»Ich lass ihn inner Garage stehn. 's hat mich keiner gesehn, wie ich ihn rein hab.«

»Verpiss dich mit der Karre!«

»Gessern has du noch gesagt, du hilfs mir.«

»Gessern wusst ich auch noch nich, was für'n Vollidiot du bis.«

Es war ziemlich gemein, schließlich waren sie Brüder. Dennis blieb nichts übrig, als seinen Schlafsack einzurollen, den Scooter wieder aus der alten Garage zu schieben. Nicht mal ein Frühstück kriegte er.

Ohne groß zu überlegen, fuhr er dieselbe Strecke zurück. Auf der Landstraße hatte er wieder viel Zeit zum Nachdenken. Er verfluchte seine Familie, in der es keinen scherte, ob der andere klarkam. Auf der langen Geraden, die er runtermusste (die Kiste brachte da fast sechzig), kam er auf Vale. Seltsamerweise konnte er auf den nicht sauer sein. Das Kälbchen konnte noch am wenigsten dafür. Wenn er aber an Junis dachte und wie der ihn mit dieser Fluss-Scheiße verarscht hatte, packte ihn helle Wut. An Junis zu denken bedeutete gleichzeitig, an Elle zu denken. Die beiden hielten schließlich immer zusammen. Und da Elle ihn, Dennis, noch nie hatte leiden können, lag auf der Hand, dass auch Junis ihn nicht leiden konnte. Garantiert hatten die beiden einen Plan ausgeheckt, wie sie ungeschoren aus der Nummer rauskamen. Dass sie versucht hatten, sein Phone zu klauen, war sicher Teil des Plans gewesen. Diese Bitch mit ihrem Schmus, *zeig mir mal die Bilder …* Um ein Haar hätten sie es hingekriegt. Wer beklaute denn die eigenen Kumpel? Auf einmal sah er im Rückspiegel ein blaues Blitzen. Die Polizei kam angefahren. Vor Schreck machte er einen Schlenker, der ihn ums Haar in den Graben befördert hätte. Der Streifenwagen raste stumm vorbei.

Zurück in Vierweg fuhr er den Roller in einem Wäldchen ein Stück querfeldein. Als er nicht mehr weiterkam, schob er ihn noch einige Meter tief zwischen die Fichten. Mit etwas Glück würde das Teil dort eine Weile unentdeckt bleiben. Radspuren waren auf dem trockenen Boden jedenfalls nicht zu sehen. Auch den Helm ließ er da, holte aber das Werkzeug unter der Sitzbank hervor und steckte den Schraubenzieher ein. Er lief weiter in Richtung der Schrebergärten. Sie waren vom Wald durch einen Zaun getrennt. Den konnte er problemlos überwinden. Es war mitten in der Woche und wie erwartet sah er niemanden auf dem Gelände. Dennoch wartete er eine Zeit lang, bevor er über den Zaun kletterte und eine Strecke geduckt lief, bevor er auf einem der Grundstücke verschwand. Das Gartentörchen war niedrig, er musste sich bloß aufstützen und die Beine hinüberschwingen.

Das Ziehen in ihrem Unterleib wurde definitiv nicht von Madlens panikartigem Fahrstil verursacht. Vielmehr glaubte Elle, dass sie endlich ihre Tage kriegte. Jedenfalls, wenn sie diese Autofahrt überstehen würde. Ihre Mutter hatte schon zwei Ampeln bei Rot überquert, vorhin waren sie um ein Haar mit einem anderen Auto zusammengestoßen. Jetzt fuhren sie an der ausgedehnten Friedhofsmauer entlang, viel schneller als erlaubt.

Im Radio lief ein Gespräch mit einem Experten, der erklärte, wie *so etwas Entsetzliches* geschehen konnte. Leider regelte Madlen die Lautstärke sofort runter, als sie kapierte, worum sich der Talk drehte. Sie schien immer noch zu hoffen, dass sie es ungeschehen machen könnte. Seit vorgestern hatte sie Urlaub. Meistens wurstelte sie aber in der Küche, hantierte mit Staubsauger und Schrubber. Abends war sie oben im Haus und trank Rotwein.

Elle wollte nichts von ihr, nur ihre Ruhe. Ansonsten wehrte sie sich nicht. Sie war pünktlich zu dem Termin beim Jugendamt erschienen und fuhr nun widerspruchslos zur polizeilichen Befragung am sogenannten Tatort mit. Von ihrer Mutter wusste sie, dass Tom endgültig nicht das Haus von Opa Peter übernehmen würde. Sie empfand nichts, als sie es hörte. Sie dachte: überall ist es gleich schlecht. Ich habe keinen Ort mehr auf der Welt. Sie wollte gern bei Frank sein.

Immer wieder fragte Madlen sie nach der Party und der *Sache*, immer wieder kam es Elle vor, als wäre ihre Mutter erleichtert, wenn sie das Gespräch verweigerte. Sie spürte Madlens Ekel vor dem Mädchen, das eine Leiche angefasst hatte. Das war jedoch nicht alles. Nach jener Nacht und der ganzen Kotzerei, nach ihrem Verrat, für den sie sich hasste, auch wenn sie sich tausendmal sagte, dass es richtig gewesen war, es zu tun, befand Elle sich auf einer anderen Ebene als vorher. So eine leichte Draufsicht hatte sie auf ihre Umgebung und das Leben, sie schwebte, nein, wie Schweben fühlte es sich nicht an. Sie hing in der Luft. Und da reichte ihre Mutter nicht hin.

»Mit etwas Glück wirst du nur Zeugin sein«, sagte Madlen. »Ich habe heute früh mit dem Kommissariat telefoniert.«

»Ok«, sagte Elle.

»Hey, das ist eine gute Nachricht! Ich hab voll Angst, dass du in Jugendhaft musst.« Sie war über die Mitte der Fahrbahn hinausgekommen und lenkte nun wieder auf die rechte Seite. »Es ist schon schlimm genug, wenn du von der Schule fliegst.«

»Flieg ich?«

»Mein Bauchgefühl sagt mir: ja. Der Kommissar meint auch, das wäre wahrscheinlich. Ist es dir egal?«

Mein Bauchgefühl sind Schmerzen, dachte Elle.

Sie wurde plötzlich laut: »Ich bin froh, verdammt, wenn ich von der Schule fliege. Verstehst du, froh! Du glaubst doch nicht, dass ich auch nur einen Tag länger da hingehe.«

»Aber wir können hier nicht weg, Ellen«, sagte Madlen. »Die Haushälfte ist noch nicht abbezahlt, da wäre es eine Katastrophe, wenn ich verkaufen müsste.«

»Ich dachte, die Immobilienpreise steigen überall.«

»Nicht in Vierweg.«

Mit einem Ruck lenkte sie den Wagen auf den Seitenstreifen. Er schaukelte, als sie zum Stehen kamen. Elle kurbelte das Fenster ein Stück runter. Sie kannte kein anderes Auto, bei dem man die Fenster rauf- und runterkurbeln musste, als ihren alten Nissan.

»Scheiße«, sagte Madlen, »ich habe gerade einen Hund über die Straße laufen sehen. War da ein Hund?«

Elle hatte nichts gesehen.

»Um ehrlich zu sein, hab ich einen Mann gesehen. Ich dachte, er überquert direkt vor uns die Straße. Aber da ist gar niemand.«

Sie zog den Schlüssel ab.

»Sorry, den Rest müssen wir laufen.«

»Wenn du meinst«, sagte Elle. Es machte ihr nicht viel aus zu Fuß zu gehen.

Je mehr sie sich dem Bahngelände näherten, desto angespannter wurde Madlen. An einem Riemen über der Schulter trug sie ihre Tasche. Elle, die auf gleicher Höhe mit ihrer Mutter ging, sah Madlens um das schmale Lederband gekrampfte Hand. Sie schauten einander nicht an. Allmählich ließ Elle sich zurückfallen. Die Erdanziehung wurde immer stärker. Sie hatte Mühe ihre Füße noch zu heben.

Hinter dem weit geöffneten Tor zum Bahngelände stand ein Polizeiwagen mit grellen gelben Streifen. Eine Beamtin saß darin. Sie zeigte keine Regung, als Elle – inzwischen zwanzig Meter hinter ihrer Mutter zurück – den Eingang durchquerte. Ein Zombie, dachte Elle, und sie erkennt mich nicht mal, dieses Opfer.

Sich dem Bahnschuppen zu nähern wurde noch einmal anstrengender. Ihr Körper wollte bloß weg von hier, sie konnte nicht alles *in echt* vor Augen haben. Für eine Weile blieb sie stehen. Ihr kamen Bilder von der Nacht, sie dachte sogar an Holger, vor allem aber an Frank. Elle wünschte sich, er wäre da – *der* Frank, mit dem sie manchmal reden konnte. Vor dem anderen fürchtete sie sich. Konnte ein Toter schlimmer sein als ein Untoter?

Die Schuppentür stand offen. Vor und auf der Rampe befanden sich noch mal zwei Polizisten in Uniform. Aus dem Gebäudeinnern drangen Stimmen. Bald darauf erschienen eine Frau und ein Mann in Zivil, das mussten die Kommissare sein. Auch Madlen kam nun durch die Schiebetür, sie sah geschockt aus. Während der Mann behände von der Rampe sprang, drehte die Frau sich zu Madlen um und redete mit ihr. Dabei zeigte sie in Richtung des Baumes, an dem Frank gesessen hatte, holte weiter aus und wies auf das

Gebüsch, zog mit dem Finger eine Linie von dort zu dem Baum zurück und machte eine Geste, als wollte sie im Rückwärtsgang etwas schleifen. Elle spürte eine leichte Übelkeit aufsteigen. Madlen schlug die Hand vor den Mund.

Der Kommissar kam auf Elle zu. Er stellte sich vor. Ein leicht scharfer Geruch ging von ihm aus. Das war wie eine Bestätigung: Man konnte ihn nicht mögen.

»Hier habt ihr also gefeiert«, sagte er. »Muss ganz schön kalt gewesen sein. Stimmt, ihr habt einen Feldofen hergeschleppt und ihn mit Diesel geheizt, sehr gefährlich. Das Gelände gehört der Deutschen Bahn, ihr habt euch hier unerlaubt aufgehalten. Aber das soll uns jetzt mal nicht interessieren, was?«

Er sprach, als erwartete er ein Schulterklopfen.

»Tja, dann. Wir haben dich gebeten, zum Tatort zu kommen, damit wir besser verstehen, was in der Nacht geschehen ist. Ich sehe, dass du käseweiß bist. Wenn dir übel wird oder du dich sonst nicht wohlfühlst, sag es mir bitte. Ok?«

Elle nickte. Er wirkte zufrieden. Er fragte sie ein paar Dinge, sie gab mechanisch Antwort. Er war ein auffallend kleiner Mann mit gelblich weißen Haaren und einem Schnauzbart, der in seinem Gesicht recht lebendig wirkte. Dazu blitzten seine Augen.

Er behauptete eben, dass er mit sechzehn auch auf so eine Idee hätte kommen können. Eine *Fete* (den Ausdruck kannte sie von Madlen) an einem verbotenen Ort, heimlich Alkohol trinken und dabei *Hardrock* hören.

Er stellte gar keine richtigen Fragen. Vielmehr schien er alles bereits zu wissen – dann hat Dennis den Schuppen verlassen, dann hat er euch gerufen und draußen an dem Baum lehnte schon der Tote, da habt ihr gedacht, ihr könntet ein bisschen *The Walking Dead* spielen, was? – Nur eines schien ihn wirklich zu wundern: Wie hatte der schmächtige Dennis es geschafft, den Toten ganz allein so weit zu schleifen? Elle sagte: keine Ahnung. Nach wie vor wusste die Polizei offenbar nichts von Vale, und daran sollte sich auch nichts ändern. Ihn zu decken fühlte sich an, als könnte sie wenigstens einen retten.

Madlen kam nun dazu und begann zu erzählen, dass Elle sich zu Hause immer verantwortungsvoll gezeigt habe. Dass sie regelmäßig Sport treibe und sich gern um ihre jüngere Halbschwester kümmere. Die Augen des Kommissars blitzten wieder. Als Madlen fragte, ob Elle denn ihren Führerschein noch machen dürfe, daran liege ihr sehr viel, schickte er sie mit einer barschen Bemerkung weg. Elle rechnete damit, nach den Motiven für ihr Handeln gefragt zu werden. Doch es schien mehr eine technische Angelegenheit zu sein. Der Kommissar machte sich nicht mal Notizen.

»Noch etwas«, meinte er jetzt, »das wollte ich dir schon zu Beginn sagen. Es war sehr mutig von dir die Polizei zu informieren. Damit hast du uns viel Fahndungsarbeit erspart.«

Ab diesem Moment begann Elle sich zu schämen. Sie war eben doch eine Verräterin. Junis würde nie im Leben mehr mit ihr sprechen, niemand würde noch mit ihr sprechen wollen. Sie rief im Stillen nach Frank. Sie hatte seine Stimme lange nicht vernommen. Ihr ganzer Körper spannte sich. Das schien auch dem Kommissar nicht zu entgehen. Er trat noch einen Schritt näher an sie heran. Da hörte sie ihn. Frank! Es tat wahnsinnig weh, dass er hier auftauchte, an dem Ort, an dem sie ihn so zugerichtet hatten. Dennoch freute sie sich.

»Diese Stadt ist auf Knochen errichtet worden.«

»Auf Menschenknochen.«

»Ein altes Vierweger Sprichwort.«

»Frank, ich schäme mich so.«

»Wir kennen nicht Scham.«

»Ich möchte da sein, wo du bist!«

»Nein, nein!«

»Warum nicht?«

Er gab keine Antwort.

»Chef!«

Der uniformierte Polizist stand einige Meter weit weg zwischen den Büschen und winkte. Der Kommissar schaute hinüber. Das war der Moment. Elle rannte los. Sie fühlte sich ziemlich schnell. Sie schlug nicht den Weg zum Tor ein, wo schließlich noch der Streifenwagen mit der anderen Polizistin stand, sondern zu einer Stelle, an der sich der Zaun leicht überwinden ließ. Elle stellte sich vor, wie der Bulle ihr hinterherrannte und, als er merkte, dass er sie nicht einholen konnte, seine Waffe zog, sie anrief und schließlich schoss. Gleichzeitig war ihr klar, dass er nicht schießen würde. Sie warf einen Blick zurück. Niemand verfolgte sie. Sie konnte nicht aufhören zu rennen.

Auf der Straße war nicht viel los. Elle wechselte auf die andere Seite, dort bog sie schnell in einen Seitenweg ab und rannte weiter um ein paar Ecken bis ins Vierweger Holz, an dem die Schrebergärten lagen. Das Ziehen im Unterleib war weg. Sie spürte ihren Atem.

Es war noch hell, als Junis sich auf den Weg machte. Er konnte seine ThruNite-Archer-Taschenlampe nicht mehr finden. Auch wenn er noch die Manker E12 besaß, die einen ähnlichen Funktionsumfang aufwies, war ihm die ThruNite doch lieber. Soweit er sich erinnerte, hatte er sie bei der Party Elle gegeben und nicht zurückbekommen. Wäre sie auf dem

Gelände geblieben, hätte er sie zu neunundneunzig Prozent gefunden. Deshalb ging er davon aus, dass sie irgendwo bei ihr rumflog. Auf seine Nachricht hatte sie sich nicht gemeldet. Da musste er sie wohl oder übel besuchen.

Frau Fender hielt sich an der Haustür fest, als sie öffnete. Ihr Gesicht war schmerzverzerrt.

»Junis«, sagte sie, »man erkennt dich kaum unter dem Helm.«

»Entschuldigung«, sagte er brav und setzte ihn ab.

Ihr Gesicht entspannte sich zu einem Lächeln. Doch als sie einen Schritt zurücktrat, um den Weg frei zu machen, wurde es wieder zur Grimasse.

»Was ist mit Ihnen?«, fragte er besorgt.

»Ach, ich soll doch diese dämliche Orthese tragen. Aber irgendwie wollte ich das heute nicht. Jetzt tut mein Fuß weh.«

»Wenn Sie möchten, dass noch mal jemand draufschaut, kann ich mit meinem Vater sprechen. Der ist ein guter Freund des Orthopäden an der Klinik, Frau Fender.«

»Das ist nett von dir. Wenn es dir nichts ausmacht, könntest du –. Ach nein, ich muss wieder zum selben Arzt gehen. Du willst sicher zu Ellen?«

Junis lächelte. Ihr Shirt hatte einen V-Ausschnitt, der Brustansatz war zu sehen. Er schaute auf diesen Punkt. Ältere Frauen mochten das, wenn man es nicht zu offensichtlich tat. Sie kamen sich dann attraktiv vor.

»Du willst bestimmt zu Ellen«, sagte sie. »Die ist nur leider nicht da.«

Junis überlegte schnell. Wenn sie nicht zu Hause war, könnte er sich ungestört in ihrem Zimmer umsehen. Die Lampe suchen.

»Wann kommt sie denn wieder?«, fragte er.

»Das, ja, ich weiß nicht.« Frau Fender sah unglücklich aus. »Sie ist, also, zur Fahrstunde. Es kann sein, dass sie nachher noch woandershin geht. Ich kann dir leider nicht sagen, wann sie zurückkommt.«

»Achja, die Fahrstunde. Das hat sie erwähnt«, behauptete er.

Ihr Gesichtsausdruck wechselte, für eine Sekunde sah sie ihm scharf in die Augen. Vielleicht hatte er etwas Falsches gesagt? Na klar, sie hatte gelogen. Wahrscheinlich wusste sie gar nicht, wo ihre Tochter steckte, und wollte es nicht zugeben.

»Aber sie hat mir nicht gesagt, *wann* sie hingeht« fügte er hinzu. »Könnte ich hier auf sie warten?«

»Wie gesagt, ich weiß nicht genau, wann sie heimkommt.«

Es stand auf der Kippe.

»Ich würde eine kurze Zeit auf sie warten, zwanzig Minuten. Wenn sie nicht kommt, habe ich eben Pech gehabt.«

Elles Mutter strich sich eine Strähne hinters Ohr.

»Darf ich rein?« Er trat einen Minischritt vor.

»Klar«, sagte sie. »Wenn es dir nichts ausmacht, kannst du hier gern auf sie warten.«

Er zögerte nicht und schob sich an ihr vorbei durch die Haustür. Sie wich ein kleines bisschen aus. Dabei hatte sie sich wohl auf den falschen Fuß gestellt, jedenfalls verzog sie erneut schmerzlich das Gesicht.

»Soll ich Sie stützen?«

»Oh, nein, ich bin doch keine Oma.« Jetzt grinste sie. »Tut mir leid, dass es so unaufgeräumt ist.«

Er folgte ihr durch den kleinen Hausflur.

»Soll ich vielleicht den Staubsauger für Sie wegräumen?«

Frau Fender wies sein Angebot zurück. Dabei hätte er es wirklich gern getan. Sie drehte sich noch einmal um, einen leicht irrlichternden Ausdruck im Gesicht.

»Du kannst in Elles Zimmer warten oder in der Kü-üche«, sagte sie. »Ganz wie du willst. Ich mach mal einen Tee.«

»Keinen Tee«, erwiderte Junis schnell, »jedenfalls nicht für mich, danke. Das ist sehr freundlich, aber ich würde sagen, ich setze mich einfach in Elles Zimmer und warte da.«

»Wie du willst.« Sie klang ein wenig enttäuscht. »Ich geh dann nach oben.«

Mit zusammengebissenen Zähnen hob sie den Staubsauger auf und wandte sich zur Treppe. Junis bog in die Küche ab, um ein Glas Wasser zu trinken. Kurz dachte er darüber nach Elle eine Lektion zu erteilen. Es war weniger ihr Verrat, der ihn empörte, als das Zunichtewerden seines Planes. Nie zuvor im Leben hatte er sich mit etwas so viel Mühe gegeben. Und es war ein gutes Gefühl alles zu arrangieren wie ein Spielmeister. Er glaubte, dass sie gerade zu einer Vernehmung bei der Polizei war, und stellte sich vor, wie unangenehm sie das finden musste. Tja, das hätte sie anders haben können. Das leere Glas stellte er in die Spülmaschine.

Der Anblick von Elles Zimmer verblüffte ihn derart, dass er zunächst vergaß, die Tür hinter sich zu schließen. Es sah aus wie auf einer Rodung, Stämme und Äste ihrer Pflanzen lagen kreuz und quer, Blätter standen in die Luft und zeigten ihre bleiche Unterseite, schwarze Erde war über den gesamten Boden verstreut, darin Fußabdrücke. Über allem hing ein tückisches Zwielicht. Die Schubladen waren teilweise aus Schrank und Schreibtisch gerissen, ein Regal abgeräumt. Bücher lagen aufgeblättert in dem ganzen Schlamassel. Er bückte sich und hob eins auf, es fühlte sich nass an. Zuerst dachte Junis an Benzin, aber es roch anders. Dennoch wollte er das nasse Papier nicht an den Händen fühlen und ließ den Band wieder fallen. An der linken Wand, über ihrem Bett, stand mit ungeübter Hand gesprayt: BITC. Ein Stück weiter eine aus drei Strichen bestehende Spalte. Die Fenstertür, die ewig geklemmt hatte, stand offen.

Junis musste nicht lang darüber nachdenken, wer hier am Werk gewesen war. Er fragte sich, ob es eher Mut oder Dummheit war, am helllichten Tag und in Anwesenheit einer Bewohnerin in ein Haus einzubrechen. Jedenfalls passte es zu Dennis und seiner impulsiven, wenig überlegten Art. Junis fragte sich, ob er gleich zu Elles Mutter raufgehen sollte, um ihr zu sagen, wie es hier aussah. Es läge auf der Hand, dass er es nicht gewesen sein konnte. Seine Taschenlampensuche hatte er für den Moment vergessen. Aber das Chaos in diesem Zimmer zog ihn an. All die offenen Schubladen, als läge etwas Geheimgehaltenes plötzlich ausgebreitet da. Fast fühlte er sich versöhnt mit Elle.

Als er ihren zerstörten Laptop entdeckte, auf den Hell mit beiden Füßen draufgesprungen sein musste, zuckte er kurz. Elle würde keinen neuen bekommen, dachte er, ihre Mutter hatte kein Geld für so etwas. Er könnte ihr seinen alten überlassen. So alt war der gar nicht, vielleicht zwei Jahre. Aber so etwas ging nun irgendwie nicht mehr.

Erst jetzt schloss er die Zimmertür und schnüffelte ganz langsam durch alle Ecken, hob hier etwas an, zog da eine vergessene Schublade heraus. Dabei entdeckte er ein altes Nintendo-Game, das ihm gehörte. In der Hülle steckte sein Foto. Er fand, dass er darauf ganz gut aussah. Es war schon etwas älter. Warum hatte sie ein Bild von ihm und warum steckte es ausgerechnet in dem alten Game? Darauf konnte er sich keinen Reim machen. Sogar ihren Wäschekorb hatte Hell ausgekippt. Die Klamotten lagen quer im Raum verstreut.

Plötzlich entdeckte er am Boden, großenteils von einem riesigen, dunkelgrünen Blatt verdeckt, eine Plastiktüte. Die Köpfe von zwei, drei Sprühdosen lugten hervor. Der kleine

Idiot hatte sie liegen lassen. Die würden ihn sofort verraten. Junis ging noch einmal zur Zimmertür und lauschte. Oben dröhnte der Staubsauger. Er nahm das Schwarz und sprühte ein *H* an die Wand. BITCH. Es erleichterte ihn, das komplette Wort zu sehen. Das Lösungsmittel weitete schon seine Atemwege. Er fand es angenehm und nahm das Rot. Nur was sollte er weitersprayen, ein Wort, ein Icon, etwa Blut?

Schließlich setzte er an und sprühte ein halbes Herz, den linken Bogen. Am Ansatz hatte er zu lange draufgehalten und es lief etwas Farbe die Wand hinunter. Sofort war es ihm peinlich. Sie waren nicht mehr im Kindergarten, wo man Herzchen malte. Also ließ er die zweite Hälfte weg.

Die Taschenlampe war nicht aufzufinden.

Im Flur wartete er eine Weile. Als der Staubsauger nicht ausging, entschloss er sich in den ersten Stock hinaufzugehen. Wie hatte sie mit ihrem Fuß das schwere Ding über die Treppe bugsieren können? Oben kannte er sich nicht aus. Er hörte, wo sie saugte, wollte aber nicht ungefragt irgendwo eindringen.

»Frau Fender«, rief er durch die Tür. »Es ist etwas passiert.«

Entgleisung

Dass es sich um eine Kellerwohnung handelte, erleichterte sein Vorhaben. Vale ging die Außentreppe runter, er war nun vor Blicken geschützt. Das Siegel der Polizei war schlampig geklebt. Er dachte, er könnte es leicht abheben, aber es riss durch. Egal, schließlich war er nicht strafmündig. Die Tür wies ein simples BKS-Schloss auf. Hell hatte ihm beigebracht, wie man solche Türen aufhebelte; es gelang ihm in kürzester Zeit und beinah geräuschlos. Drinnen herrschte eine beklemmende Dämmerung, kaum mehr Licht als in dem leer stehenden Haus auf dem Hof daheim, bei dem die Scheiben vor Schmutz blind geworden waren. Es roch muffig. Von den Schaltern ließ er die Finger, für alle Fälle hatte er eine Taschenlampe dabei.

Vale hätte nicht sagen können, was ihn hierher trieb. Aber die Idee entwickelte eine beinah magische Kraft, er kam wie auf Befehl. Die Wohnung war eng. Es gab einen Vorraum, in dem an einer Stange neben einer Reihe leerer Bügel eine Jacke hing. Darunter stand ein Paar dreckiger Gummistiefel. Man konnte sich gerade so umdrehen und die nächste Tür öffnen. Sie ging nach außen auf, sodass Vale erst mal einen Schritt zurück machen musste. Nun trat er in eine Wohnküche. Nach rechts ging noch eine Tür ab, sie stand halb offen. Geradeaus gab es direkt unter der Decke zwei schmale Fenster, durch die Vale ein Stück Rasen und den Ansatz von zwei dünnen Baumstämmen sehen konnte. Die Fenster waren mit glatten, weiß lackierten Stäben vergittert.

Die Küchenzeile stand voller Geschirr – absurd viel für einen allein lebenden Mann. Aus einer offenen Lade lugten Socken, das fand Vale lustig. Auch eine Schranktür stand auf, dahinter lagen weitere Anziehsachen. Ein komischer Vogel, der Frank, verwahrte seine Klamotten in der Küche …

Vale machte den Kühlschrank auf. Es war nicht viel drin, zwei Flaschen Bier, etwas schimmliger Käse, eine Dose Sardellen. Im Gemüsefach lag Brot, ebenfalls verschimmelt. Er probierte den Wasserhahn; es gab ein gurgelndes Geräusch und es spritzte ein bisschen, weil Luft in der Leitung war. Danach strömte das Wasser in einem regelmäßigen Strahl aus dem Hahn. Auf dem Küchentisch befand sich ein alter Röhrenfernseher. Gleich neben dem Tisch stand ein Sofa mit stinkendem Bettzeug darauf. Ein Ende ragte in die Türöffnung zum nächsten Zimmer. Überall lagen Zettel herum. Er schaute sich ein paar davon an, es schienen Einkaufslisten zu sein. Sie ähnelten sich. Vielleicht hatte der Mann Alzheimer gehabt und sich immer wieder das Gleiche aufschreiben müssen, weil er nicht nur seine Liste sofort wieder vergaß, sondern auch, dass er überhaupt eine geschrieben hatte. Ein ziemlich ranziger DVD-Spieler auf dem Fernseher zeigte eine nächtliche Uhrzeit an: 5:48. Dabei war es Vormittag.

Obwohl Vale rausgefunden hatte, dass Franks Vermieter tagsüber nicht da war, und obwohl es sehr unwahrscheinlich war, dass die Polizei auftauchen würde, spürte er eine nicht nachlassende Spannung, es kribbelte im Bauch. Das war ein gutes Gefühl, bis im nächsten Zimmer ein Geräusch wie ein Rütteln zu hören war. Vale erstarrte. Um ein Haar wäre er schreiend rausgerannt. Es gab dafür keine Erklärung, die Wohnung war versiegelt gewesen, ausgeschlossen, dass sich jemand darin aufhielt. Es sei denn der Geist des Toten. An Geister glaubte Vale natürlich nicht. Angst verspürte er aber.

Nachdem sein Herzschlag sich beruhigt hatte, stieß er vorsichtig die Tür zum Nebenzimmer auf. Dasselbe fahle Licht, dieselben gräulichen Wände. Da stand ein nacktes Bett, auf der Matratze lagen ein speckiger Rucksack und eine knittrige Plastiktüte. Unter einem Polsterstuhl entdeckte er ein Pornoheft. Gerade interessierte er sich nicht dafür.

Neben den Fenstern, die hier ebenso hoch angebracht waren und noch weniger Sicht boten, stand ein billiger Schrank. Wieder war das Geräusch zu hören, wieder erschrak Vale, aber diesmal war es nicht nur lauter, sondern auch klarer, und mit einem Blick erfasste er bei der nächsten Tür den Käfig. Er war recht groß für einen kleinen Hamster. Das Tierchen stieß mit der Schnauze gegen den Auslass seines Wasserspenders, der Kugelverschluss klackerte. Dieses Geräusch hatte ihn vorher erschreckt! Als er näher hinging, stieg ein stechender Geruch in seine Nase.

Der Hamster wurde über einen Futterautomaten versorgt, der beinah leer war. Der Pegel der Trinkflasche lag bei absolut null. Einen Moment lang sah Vale dem Fellwuschel zu. Es wunderte ihn, dass die Polizisten ihn einfach dagelassen hatten. Über kurz oder lang musste er hier sterben. Vielleicht hatten sie ihn schlicht vergessen. Darum würde er sich später kümmern. Zunächst stöberte er in dem Schrank, der bis auf ein paar DVDs und eine angefangene Packung Tempos leer war. Die Filme trugen Titel wie *Aftermath, Hügel der blutigen Augen* oder *Omen*. Vale las die Rückseiten der Cases. In einem Film ging es um Mutanten. Ein Tankwart am Rande der Wüste führte ihnen arglose Touristen zu. Die von atomarer

Strahlung verseuchten Mutanten fraßen die Touristen auf, für den Tankwart blieb der Besitz der Toten. Er wusste ungefähr, was ein Tankwart war.

Auch in *Hostel* wurden Touristen entführt, hier aber quälten und schlachteten böse reiche Bonzen diese Menschen. In *Hochzeit mit einer Leiche* steckte jemand versehentlich der Hand einer toten Frau den Ehering an. Vale hörte auf zu lesen; er fühlte sich sehr unbehaglich. Von solchen Filmen hatte er schon gehört, gesehen hatte er keinen, jedenfalls keinen wirklich brutalen. Diese Sachen, von denen die Filme handelten, waren doch viel schlimmer als das, was sie in der Freinacht getan hatten, dachte er. Nur war das eben real gewesen, kein Set, keine Spezialeffekte – einfach die Wahrheit. Eine neue Welle der Schuld überspülte ihn.

Das nervige Geräusch des Wasserspenders ertönte wieder. Es machte ihn wütend. Das war der komplett falsche Zeitpunkt für so etwas Banales wie trinken. Blöder Hamster. Blöder, blöder Hamster! Er verlor die Lust weiter rumzustöbern. Weder wollte er wissen, was sich in der Plastiktüte auf dem Bett befand, noch würde er durch die nächste Tür gehen. Wer konnte wissen, was ihn da erwartete. Das Zimmer wurde immer noch enger, die Decke senkte sich, der Boden schwankte. Naja, in einem Film hätte er jetzt geschwankt. Was hatte ihn nur hergetrieben? Wahrscheinlich das Bedürfnis, mehr zu wissen über den Mann, an dessen Leiche sie sich *vergangen* hatten. Es reichte ihm nun, was er wusste. Er hätte sich gewünscht etwas anderes herauszufinden.

Vorsichtig näherte er sich dem Käfig. Der Hamster verschwand beim ersten leichten Schatten in einem hölzernen Tunnel. Vale hob die Deckung auf, der Hamster scharrte mit den Füßen. Er konnte nicht zurück, weil Vale den Tunnel schnell als Barriere hinhielt. So drückte sich das Tier panisch in die Ecke des Käfigs. Er streckte die Hand aus und packte es mit Daumen und Zeigefinger um den Leib. Der Hamster pumpte, er scharrte auch in der Luft weiter mit den Füßen, als hoffte er Land zu gewinnen. Sein Bauch wölbte sich prall. Seine Krallen waren viel zu lang gewachsen. Jetzt hielt er still. Vale hob ihn weiter hoch. Er schaute ihm aus kurzer Entfernung direkt in die nichtssagenden Augen. Wie schwarze Löcher. Er hätte gern Franks Namen für den Hamster gewusst.

Vale beschloss ihn mitzunehmen. Bei ihm daheim würde er es besser haben.

Elle war so viel kreuz und quer gelaufen, dass sie ein Runner's High verspürte. Ihre Beine wollten immer weiter. Und sie hielt nicht an, obwohl sie wusste, dass es keinen Grund zur Flucht gab. Gab es zu irgendetwas einen Grund? Es kam ihr nicht so vor. Seit einer Weile gingen ihr japanische Zahlen durch den Kopf: ichi, ni, san, shi, go, roku, shichi, hachi, kyu, ju. Die hatte sie mal bei Karate gelernt. Es war schon lange her, sie war kyu Jahre alt gewesen – so wie Alice jetzt. Wow, sie wurde alt! Aber sie war immer noch schnell. Schneller sogar! Sie legte noch mal einen Zahn zu. Ichi, ni, san, shi …

Auf einmal sah sie Denners Haus. Sie wusste von den meisten Lehrern, wo sie wohnten. Es hatte einen seltsamen Vorgarten, kein Rasen, sondern Steine lagen da, so ein Schotter in einer blaugrauen Farbe. Die Steine waren in verschiedene Beete gefasst, die Beete bildeten eine Stufenfolge entsprechend der Treppe zum Eingang aus demselben Stein. Aus dem Schotter ragten ausgewählte Pflanzen, so ein Schlangenbaum war dabei, der schuppig aussah und dessen

Äste komisch wuchsen, auf der anderen Seite der Haustür ein Kirschbäumchen, das gerade rosa blühte. Rosa! Dazu das Grau, der Nadelbaum links, der Laubbaum rechts, es wirkte alles sehr absichtsvoll. Bestimmt hatten auch die Gräser, die vereinzelt in den Beeten wuchsen, eine Ordnung. Auf den Stufen stand ein Paar nagelneuer Laufschuhe. Elle trabte vom Gehweg auf das Grundstück und hüpfte zur Tür hinauf. *Dingdong*.

Es dauerte einen Moment, bis Denner öffnete. Er trug ein Handtuch um die Hüften, sein Oberkörper war nackt, die Füße auch. Elle sah feuchte Abdrücke auf den Steinfliesen im Flur. Seltsamerweise hatte er eine Brille aufgesetzt.

»Oh, du bist es.«

Sie wusste nicht, was in ihm vorging. Aber etwas ging in ihm vor, sein Gesichtsausdruck wechselte jedenfalls mehrfach.

»Darf ich?«

Elle tat einen Schritt nach vorn, so nah hatte sie noch nie bei ihm gestanden. Etwas war anders als in der Schule.

»Oh, eh, sorry.«

Er machte Platz. Sie huschte an ihrem verdatterten Lehrer vorbei ins Innere. Das Haus ähnelte dem, in dem sie selbst wohnte. Sie wusste gleich, wo die Küche war und wo das Wohnzimmer. Allerdings war es kahl. Im Flur hing nicht *ein* Bild, nur im Treppenaufgang ein Poster. Die Farben waren verschossen, aber es waren drei Männer zu sehen, die darauf mit offenen Lederjacken posierten. Seltsame Frisuren trugen alle drei. Die Ohren waren frei. Oben auf dem Kopf und bis tief in die Stirn hatten sie dafür ziemlich viele Haare. Darüber stand *a-ha*.

»War mein erstes Konzert«, sagte Denner verlegen. »Die kennst du bestimmt nicht mehr, was?«

»M-m«, sage Elle.

Er ging an ihr vorbei und verschwand im Bad. Auf dem Rücken hatte er eine spannenlange, schnurgerade Narbe. Um nicht blöd rumzustehen, ging Elle durch die Tür, hinter der sie die Küche vermutete. Von einer Küche konnte man schwerlich sprechen, das war eher ein Lager für Pizzakartons. Als Sportlehrer, dachte Elle, sollte er es besser wissen.

Zwei Minuten später kam er an, vollständig angezogen mit einer superweichen Jogginghose von Abercrombie & Fitch, dunkelrot, sowie einem passenden Zipper-Hoodie. Er bot ihr was zu trinken an. Gleichzeitig schaute er an ihr hoch und runter.

»Schwierigkeiten?«, fragte er.

Sie nickte. Er wusste ja alles. Auf dieser Grundlage tischte sie ihm eine Geschichte auf, dass Dennis sie bedroht habe und ihr draußen auflauere. Denner nickte.

»Klar, er fühlt sich verraten. Dennis wird definitiv von der Schule fliegen, und mit zwei Schulverweisen – das wird nicht leicht werden.«

Sie kaute an ihrer Lippe.

»Mach dir deshalb keine Sorgen. Du hast das Richtige getan.«

Sie kaute weiter.

»Sollen wir, ich meine, willst du reden?«

»M-m.«

»Soll ich dich nach Hause fahren?«

»M-m.«

»Das wäre sicher das Beste. Ich fahr dich nach Hause, dir kann nichts passieren. *Ich* habe keine Angst vor Dennis.«

»Ich will bei Ihnen bleiben.«

Sie hatte nicht mal drüber nachgedacht.

»Über Nacht?«

Davon hatte sie nichts gesagt, aber nun spürte sie, dass sie sich genau das wünschte.

»M-hm.«

»Nee, das wär nicht günstig.«

»Ich kann nicht nach Hause. Meine Mutter ist ziemlich sauer.«

»Ich werde mit ihr reden.«

Er fischte zwischen den Kartons nach seinem Schlüsselbund.

»Bitte!« Was tat sie da eigentlich? Wollte sie das im Ernst?

»Tut mir leid, aber das geht nicht. Ich meine, ich bin ein anständiger Mann und so. Aber wenn jemand mitkriegt, dass du in meinem Haus übernachtet hast, kostet mich das den Job. Ich hoffe, du verstehst das.«

Elle ließ die Arme hängen. Sie selbst begriff nicht, was sie da tat. Aber sie war derart enttäuscht über seine Zurückweisung, dass sie mit den Tränen kämpfte. Eine Sekunde lang sah es so aus, als wollte Denner sie in die Arme nehmen.

»Komm, ich fahr dich zurück. Mir fällt was ein. Sicher!«

Elle blickte zu Boden.

»Weinst du?«

Sie schüttelte den Kopf.

»Entschuldigung«, sagte sie. »Tut mir leid!«

Sie sprang auf und zur Tür raus, sie rannte. Ihr Hoch war vorbei und ihre Beine wurden schwer. Sie hörte eine Autotür und bog wahllos um ein paar Ecken, damit er ihr nicht folgen konnte. In den Vorgärten, die sie passierte, lag alles durcheinander, die Bäume entwurzelt, ihre Astspitzen waren durch die Jägerzäune gesteckt, Mülltonnenkotze lag auf den Rasen, umgeschmissene Autos zeigten ihre schmierigen Bäuche. Ein Riese hatte hier gewütet. Sie hatte es verbockt, ihr Leben war vorbei. Vielleicht würde sie Archivarin werden oder Antiquitätenhändler, da konnte sie den ganzen Tag in irgendeinem Keller sitzen, und niemand würde sie sehen. Sie hatte keinen Ort mehr auf der Welt.

Als ihr Phone möpte, zog sie es mechanisch aus der Tasche und tippte auf die Message von Junis. *Das musst du anschauen*. Sie lud das Bild, obwohl sie sich zuletzt wieder vorgenommen hatte, Nachrichten von ihm zu ignorieren. Das Chaos in ihrem Zimmer und der Schriftzug BITCH waren wie eine Bestätigung für das, was sie ohnehin um sich herum erblickte. Wie hatte diese Psychologin in dem Interview mit dem Nachrichtenmagazin gesagt: völlig verroht. Nichts anderes würde sie noch sein. Ihr Zimmer, selbst ihre Pflanzen waren ihr egal.

Später klaute Elle bei *Uwe's* eine Flasche Schnaps. Es war noch einfacher als sonst, niemand gab acht.

Am Abend kehrte sie erschöpft auf das Bahngelände zurück. Das Tor an der Straße war geschlossen, egal, sie wollte ohnehin von der Waldseite eindringen. Bei den Schuppen und in der Gegend des Baumes, an den sie Frank gebunden hatten, sah sie in der Dämmerung Absperrband schimmern. Sie ging daran entlang, und als sie es queren musste, hob sie es ordentlich hoch. Elle folgte den Schienen in Richtung Hauptstadt, in die andere Richtung war es nie weitergegangen. Obwohl die Gleise schon so viele Jahre nicht benutzt wurden, lagen sie noch deutlich sichtbar da. An manchen Stellen bedeckte totes Gras die Schienen, manchmal verschwanden sie unter Dreck, dann tauchten sie wieder auf. Die Schwellen schienen niemals zu faulen. Es wirkte, als ließe sich die Anlage leicht wieder in Betrieb nehmen.

Genau das tat sie. An einer Stelle, die vom Wald zurückerobert worden war, der jetzt mit Blättern und Knospen so gut wie blickdicht wirkte, legte sie sich bäuchlings auf das Gleis. Sie wartete auf den kommenden Zug; er würde sie entzweischneiden.

Lange blieb es still, doch irgendwann begannen die Schienen leise zu zittern. Sie freute sich. Nun hörte sie sein Rattern, bald sah sie seine Lichter. Es war eine der klobigen roten Loks, die Güterwagen zogen. Schwarz stieg ihr Dieselrauch in die Luft. Auf einmal bremste sie, es quietschte irrsinnig laut, da stieg Panik in ihr auf. Sterben. Weg sein, tot sein. Sie würde wissen, wie es war, oder nichts mehr wissen. Weiß wuchs in ihr. Es tat nicht weh.

»Komm weg da!«

Es kam ihr vor, als zöge jemand an ihren Beinen. Sie strampelte, er gab nicht nach. Da sprang sie auf, es war vorbei.

»Frank!«

»Wir bangen.«

»Ich wollte zu dir kommen.«

»Nein, nein! Wir sind … wir gehen …«

Er wirkte aufgeregt und verwirrt zugleich. Sie konnte ihn jetzt sehen. Er trug das Namenskettchen. Er sah nicht aus, wie sie erwartet hatte. Ein linkischer Typ, so in sich selbst verborgen, einer, der froh ist, wenn er nicht bemerkt wird. Sie hatte sich ihn weniger schlank vorgestellt, das war seltsam, gewissermaßen kannte sie ihn ja. Sein Gesicht war … heil, sein Lächeln wirkte schüchtern.

»Warum nicht«, sagte sie. »Es sah verlockend aus.«

»Du weißt nichts«, gab er zurück.

Er trug dieses Shirt mit der Aufschrift *Miami*. Keine Jacke.

»Du hast mich vor dem Tod bewahrt«, sagte sie. Er hatte sie vom Gleis gezogen. So erschien es ihr.

Er antwortete nicht, sondern bohrte lange in der Nase.

Elle fand ihn nett. Wie konnte er da tot sein, also, warum hatte er sich das Leben genommen? Immer wurde dasselbe über ihn geschrieben – er war arbeitslos gewesen, allein, alkoholkrank. Aber war das nicht die halbe Welt? Irgendwann hatten sie in der Schule darüber gesprochen, sie erinnerte sich schwach an eine Geschichte. Eine Frau in einer großen Stadt sieht einen Obdachlosen auf der Straße liegen. Minus zehn Grad, so erbärmlich kalt wie in diesem endlosen Winter. Passanten steigen einfach über ihn hinweg. Niemanden kümmert er, bis diese Frau kommt, die ihn aufheben will, aber nicht stark genug ist und die Polizei ruft, die anscheinend auch nichts tun kann und den Krankenwagen ruft. Der Mann schreit, als er auftritt: meine Füße! Es tut so weh, es brennt. Er hat erfrorene Füße.

»Haben wir dir wehgetan?«

»Wir kennen nicht Schmerz.«

Lacht er? Ist das für nachher ein Versprechen? Aber muss es vorher nicht furchtbar wehgetan haben? Auf einmal tut er ihr leid, er tut ihr auf eine Weise leid, die sie so niemals empfunden hat. In den Arm nehmen möchte sie ihn und ihm alles abnehmen, was schwer und schmerzhaft ist. Sie denkt, dass es nicht geht, nichts kann zurückgenommen werden, immer geht es nur in die einzige scheiß Richtung voran. Sie fragt ihn, ob es bei ihnen dort, bei den Toten, derselbe Mist sei, aber das scheint er nicht zu verstehen. Also gibt es vielleicht doch die Ewigkeit? Sie stellt es sich vor wie einen tiefgefrorenen Moment, der lebensletzte – die Zeit hält an, keine Bewegung mehr. Es ist der alles entscheidende, allerletzte Moment. Das ganze Leben davor spielt keine Rolle mehr oder nur insofern, als es einen an diesen Punkt bringt. Ist der letzte Moment mies, bedeutet er die Hölle. Das macht ihr Angst. Sie sollte lächeln, wenn sie sich im Spiegel sieht.

Sie versucht aufzustehen. Ihre Füße brennen, das ist der ekelhafteste Schmerz, den sie je empfunden hat, und sie sackt wieder weg, rutscht unter einen Strauch. Neben ihr liegt die Flasche *Absolut*, die trinkt sie zur Hälfte leer. Immer glasiger wird ihr Geist. Bevor sie einschläft, denkt sie sich: das war's. Hübsch einfach. Doch sie wird wieder wach, es ist längst dunkel, und sie friert erbärmlich. Das ist noch lange nicht Erfrieren, oder? Sie hat keine Ahnung. Sie trinkt noch mehr, sie wird sogar ein bisschen lustig. Sie kann Frank sehen, nach wie vor, nur nimmt er keinerlei Notiz von ihr.

»Frank!«, ruft sie, »Frenkie!«

Er ist wie abgestellt. Na gut, dann geht sie eben hin. Sie traut sich nicht ihn zu berühren, sie fürchtet durch ihn hindurchzustupfen. Um ein Haar fällt sie auf ihn, so besoffen ist sie jetzt. Sie nimmt sein Kettchen aus der Tasche und legt es sich um. Elle ist jetzt Frank. Sie legt sich unter den Strauch, sie döst und schläft, die Kälte kommt zurück, es schmerzt, sie trinkt, das hilft. Eine wunderbare Gleichgültigkeit überkommt sie. Der letzte Moment ist vollkommen egal.

Irgendwann, nach keiner Zeit, sind Stimmen zu hören, zwei Jungs, und sie wird an den Beinen weggeschleift, aber es fühlt sich nicht an, als wäre es sie. Sie sieht es mehr, als dass sie's spürt, sie spürt es auch nicht, es gibt kein Wort dafür. Sie spürt das mühevolle Ziehen, die dunkle Aufregung der Jungen, die Lust etwas zu tun, was man nicht tut, als ob es ihre wäre. Sie ist der Tote und die Jungen, sie ist der hart gefrorene Boden und der *Absolut*, sie ist das Haarbüschel und die zerrissene Jacke. Sie ist das Kabel, das sie bindet, sie fühlt sich wie Frank, sie ist sein Prügelknabe, sein Arm ragt in die Höhe und sie sackt zur Seite, das Kabel schneidet in ihn und sie schneidet sich ins Fleisch, Frank schneidet ihr ins Fleisch, wie gut das tut. Sie kriegt eins mit der Stange über, was für eine Lust so zuzuschlagen! Wie grausam, als der Kopf entzweigeht, wie seltsam, etwas daliegen zu sehen, was sonst er nur im Spiegel sehen konnte. Hört einfach auf, denkt sie, es ist unglaublich, denkt er, welche Wohltat, derart draufzuhauen. *Wir kennen nicht Schmerz.*

Auf dem Gelände finden sich immer mehr Leute ein, die Gymnasiasten, Holger, fremde Menschen. Sie ist nicht diese Leute, und die Leute sehen sie nicht, sie haben keine Ahnung. Sie ist für alle anderen unsichtbar geworden. Sie ist Frank, niemand sieht ihn, er geht durch *Uwe's* Markt, nicht mal die Kamera zeichnet sie auf. Sie steckt ganz offen Flaschen ein, der Marktchef registriert es nicht, sie will eine der Flaschen Holger geben, er bemerkt sie nicht. Sie ist der Tod, das Leben, das Geburtstagsfest, die Trauerfeier. Das ist ja draus geworden, ein Leichenfest am Anfang ihres eigenen Lebens. Sie wird nicht unbestattet bleiben.

Ein Toter schenkte ihr die Lebensruhe.

Das Urteil

»Wo ist er jetzt noch mal, hast du gesagt?«

Betse fuhr in jeder Hinsicht besser Auto als Madlen. Nur, mit dem Kleinen in der Babyschale, zu dem sie sich immer wieder umwandte, wirkte auch sie abgelenkt. Elle fühlte sich dementsprechend nicht ganz sicher. Sie fand es anstrengend, ohne Blickkontakt mit Betse zu reden. Trotzdem war sie froh, dass sie hinten saß.

»Dennis wohnt bei seinem Bruder. Er geht dort auf die Hauptschule.«

»Und der Kleine, wie habt ihr den immer genannt?«

»Das Kälbchen. Valentin heißt er richtig.«

Das Baby klappte abwechselnd Arme und Beine in die Höhe, es gluckste und schürzte die Lippen und wandte die hellblauen Augen kaum von Elle, ein kalter Blick wie der von Holger. Hin und wieder schüttelte sie eine Rassel über dem Säugling, der mechanisch den Kopf in Richtung des Geräusches drehte. Mechanik, diesen Eindruck hatte sie seit ein paar Monaten oft. Die Erwachsenen hatten ihre *Abläufe*, sogar wenn es darum ging, mit einer Leichenschändung fertigzuwerden oder mit denen, die sie begangen hatten. Elle hatte gelernt, Antworten so zu geben, dass sie in die dafür vorgesehenen Lücken hinter den Fragen passten. Alles andere führte zu mehr Fragen oder zu einem wütenden Schweigen.

Betse war da nicht anders. Lange hatten sie sich nicht gesehen. Die Hochzeit, die Geburt, schnell noch eine neue Wohnung für die kleine Familie – das hatte sie vollständig eingenommen. Nun, auf der Fahrt zum Gericht, redete sie in einer Weise, als wollte sie Elles Verteidigerin spielen. Es war besser so. Besser als heuchlerische Befindlichkeitsfragen. Auch Betse war ja irgendwie fassungslos über das Geschehene, das spürte Elle. Deshalb hätte sich die Lügenhaftigkeit all jener Fragen, die im *wie geht es dir* wurzelten, auch in dieses neu riechende Auto ergossen.

Als Madlen sich kurz vor der Verhandlung die Hand brach und nach der Untersuchung zur Operation im Krankenhaus blieb, hatte Elle sich beinah gefreut. Alles war besser als diese völlig zerschossene Mutter. Hätte sie Auto fahren können oder wenigstens Roller, wäre sie glatt allein zur Verhandlung gefahren. Betse machte nur in der Art, *wie* sie über das Geschehene schwieg, einen Unterschied.

»Vale ist nicht angeklagt worden. Ich glaube, bis heute weiß niemand, dass er dabei war.«

Sie benutzte diese Worte, die alle anderen benutzten – dabei sein, die Tat, die Störung der Totenruhe.

»Wie nennt sich dieses Gericht, Jugend…?«

»…schöffengericht. Oh!«

Elle sah, wie der kleine Adrian immer stärker das Gesicht verzog. Die gute Laune war verschwunden, sie hätte nicht sagen können warum. Sie nahm den Schnuller, der an einer hellblauen Kette von seinem Strampler hing, und beruhigte ihn. Schließlich schlief er ein. Betse bedankte sich für die Hilfe.

»Madlen hat mir erzählt, dass du eine Therapie machst.«

»Das tut mir gut«, antwortete Elle, ein weiterer Satz, der funktionierte, der ein Weiterfragen hoffentlich überflüssig machte.

Die ersten Häuser der Kreisstadt tauchten auf. Betse konzentrierte sich aufs Fahren, manchmal sah Elle ihre Augen im Rückspiegel die Straße prüfen. Ihr Gesicht wirkte angespannt. Einmal seufzte sie tief.

»Die Anklage lautet auf Störung der Totenruhe. Die Staatsanwaltschaft fordert Jugendhaftstrafen für Dennis und Junis.«

Elle sagte das unaufgefordert wie bei einem Briefing. Als sie Junis' Namen aussprach, bekam sie einen Kloß in den Hals. Über sich selbst redete sie nicht.

Sie waren ein bisschen früh dran. Elle wollte im Auto warten. Durchs Seitenfenster sah sie Toms alten Ford Taunus im Sonnenlicht blitzen. Betse forderte, dass sie ihren Vater begrüßen solle. So verließen sie den Wagen, das fühlte sich an wie die Aufgabe eines Verteidigungsrings. Tom wollte Elle in den Arm nehmen. Sie wich ihm aus. Statt der sonst üblichen Arbeitsschuhe trug er halbe Lackschuhe, die zu seinem sonst legeren Outfit nicht passten. Er hatte sich außerdem die Haare gekämmt. Auch das sah komisch aus.

»Ein schwarzes Kleid?«, fragte er. »Ob das geschickt ist?«

Auch Madlen hatte Bedenken geäußert. Aber Elle wollte nicht geschickt sein. Sie wollte unbedingt dasselbe Kleid, das sie zu Betses Hochzeit angezogen hatte. Sie trug dazu die fingerlosen Handschuhe, die bis über die Ellenbogen reichten und nur ihre Oberarme sehen ließen. Hier draußen wirkten sie besonders käsig. Bald bekam sie eine Gänsehaut. Sie hatte ihre Tage. Sie fand das Frösteln gar nicht unangenehm.

Auch Junis kam, bevor der Saal geöffnet wurde. Sie sahen sich seit vielen Wochen zum ersten Mal wieder. Er schaute sie an, grüßte aber nicht. Er trug einen leichten, dunkelblauen Pullover über einem weißen Hemd zu einer Chino. Die Jacke hatte seine Mutter über den Arm gelegt. Elle fand ihn seriös, älter aussehend, als er war. Erwachsen zu wirken konnte von Nachteil sein, so war ihr gesagt worden. Seriöses Aussehen dagegen war sicher kein Nachteil. Man nannte solche Erwägungen das *richtige Leben*.

Jemand kam raus und fragte, wer die Anwesenden seien. Die Öffentlichkeit war bei dem Verfahren ausgeschlossen. Selbst Betse und das Baby mussten draußen bleiben. Betse sprach einen Segenswunsch. In dem Moment kam in Begleitung seines Vaters Hell. Er hatte sich die Haare wachsen lassen. In seiner Jeans und dem karierten Hemd sah er fast brav aus. Andreas Helmar trug einen Anzug, seine Augen waren leicht gerötet. Elle dachte: Alle werden sehen, dass er kifft, auch wenn er den schicksten Anzug der Welt anzieht. Hell schaute weder sie noch Junis an.

Der Verhandlungssaal war mit hellem Holz vertäfelt, rechts gingen Fenster auf einen Innenhof, nur, durch die Lamellengardinen konnte sie kaum etwas davon sehen. An der Stirnwand hing ein Relief. Es zeigte das Bild einer Familie, Mutter oder Vater, das ließ sich schwer sagen, mit zwei unterschiedlich großen Kindern unter beschützend ausgestreckten Armen. Die Skulptur bestand vermutlich aus Bronze. Auf einer kleinen Bühne standen wie ein Riegel drei Tische. Vorn waren sie mit Holz verkleidet. Dahinter befanden sich drei blau gepolsterte fette Bürostühle und auf den Tischen drei spinnenbeinige Mikrofone. Da würde die Macht sitzen, dachte Elle. Sie fühlte sich auf einmal wie in einer Show.

Links, ebenfalls auf blau gepolsterten, aber wesentlich einfacheren Stühlen, mussten Junis, Hell und sie Platz nehmen. Sie saßen nicht unmittelbar nebeneinander, sondern wurden durch ihre elterlichen Begleiter getrennt. Die Rechtsanwälte nahmen hinter ihnen Platz, das fand Elle unangenehm. Aber da war nichts zu machen. Alles war klar festgelegt.

Der Staatsanwalt hatte seinen Platz vor dem Fenster, der Schriftführer saß links neben dem Gericht an einem unscheinbaren Tischchen. Es gab außerdem noch ein Stehpult mit Mikro für Zeugenaussagen, auch einen Tisch mit Stuhl direkt unterhalb der Bühne. Im übrigen Raum gähnte eine seltsame Leere. Die Stühle für die Zuschauer standen in Stapeln an der Wand. Der graue Linoleumboden glänzte. Er wirkte hart. Dieses Loch im Arrangement beschäftigte Elle. Es schien ihr fast für eine Überraschung gut zu sein. Da könnte Frank für alle sichtbar auftauchen und ein paar Dinge geraderücken. Natürlich wusste sie, das würde nicht geschehen. Er würde auch nicht helfen wollen, nicht den anderen hier.

Tom kaute Kaugummi. Unauffällig reichte er Elle einen kleinen Zettel durch. Zuerst wollte sie ihn nicht auseinanderfalten. Schließlich sah sie ihn doch an. Eine Mobilnummer stand darauf, sie wusste sofort von wem. Der Anwalt flüsterte Tom etwas zu, worauf er seinen Kaugummi in ein Stück Papier einwickelte und in die Hosentasche steckte. Er schaute dabei mit einem ironischen Lächeln zu ihr rüber. Als sie ernst blieb, verrutschte das Lächeln zu einer fast blödsinnigen Grimasse. Kurz darauf marschierte das Gericht ein.

Die Richterin war jung mit einem durch ihr Make-up betont strengen Gesicht und kinnlangen Haaren. Sie trug eine Bree-Tasche vor sich her, ganz ähnlich der, die das Klischee Elle zum Geburtstag geschenkt und die sie niemals benutzt hatte, und natürlich die Akten. Durch die schwarze Robe, wie sie auch der Staatsanwalt und die Rechtsanwälte trugen, sah sie wie eine Priesterin aus. Vor allem aber wirkte es, als spielten sie alle in derselben Mannschaft. Die beiden Schöffen hatten keine besondere Uniform. Elle erschrak. Der Anwalt hatte es zwar schon mal erwähnt, doch registrierte sie erst jetzt, dass es sich bei dem einen um den pensionierten Lateinlehrer handelte. Sie erinnerte sich noch gut an seinen Auftritt bei der Hochzeit. Der andere Schöffe war Frau Hofmann mit dem angefahrenen Huhn. Hätte man die wegen Befangenheit ablehnen können? Doch dazu hätten sie den Anwälten von ihrem Rollerunfall erzählen müssen.

Elle und Junis tauschten den ersten längeren Blick. Auch er wirkte überrascht. Angst hatte er nicht, das spürte sie. Vielmehr schien er in Gedanken ganz woanders zu sein. Sie wusste längst, dass nicht Junis ihr Zimmer verwüstet hatte, sondern Dennis. In gewisser Hinsicht war das schlimmer, Elle hätte niemals gewollt, dass Dennis in ihren Sachen wühlte. Noch mehr wünschte sie sich jetzt, dass Frank auf einem der leer gebliebenen Stühle Platz nähme. Doch seit dem Tiefpunkt ihrer Krise auf den Bahnschienen war er nicht mehr aufgetaucht. Man hatte ihn begraben, sie war dort gewesen. Ein rohes Kreuz mit einer handgeschriebenen Nummer stand vorerst auf dem Grab. Die Stadt musste für die Beisetzung aufkommen, da Frank weder Geld noch Angehörige hatte. Dass die Vorderseiten der Tische mit Holz verkleidet waren, machte es einfacher. Heimlich zückte Elle ihr Phone und speicherte die Nummer von dem Zettel ein.

Junis hatte viel geübt in den letzten Wochen. Der Helikopter, den er dafür gekauft hatte, war besonders klein und leicht, brauchbar eigentlich nur für Innenräume. Genau dafür hatte er ihn haben wollen. Normale Zimmer waren zwar recht klein, um Flüge darin zu unternehmen. Inzwischen gelang ihm das jedoch ganz gut. Wenn er dabei auf den Bildschirm sah und das Ding in der Pilotenschau flog, wirkte es besonders rasant, fast konnte einem schwindlig werden. Wenn er die kleine Kamera jedoch schwenkte, konnte sie auch direkt nach unten sehen, und diese Draufsicht, die ihn an Aufnahmen von militärischen Kampfdrohnen erinnerte, gefiel ihm mindestens ebenso gut.

Eben vibrierte sein Phone. Er schielte aufs Display; das war also ihre neue Nummer. *Die Haare*, schrieb Elle, *Kante*. Er wusste sofort, was sie meinte. Er brauchte nicht zur Richterin zu sehen. *Der Barbell*, schrieb er zurück, *steht dir ausgezeichnet*.

Er beschrieb ihr den Raum aus der Vogelperspektive, die kahle Stelle am Hinterkopf des Staatsanwalts, die Strichmännchen, die der alte Lehrer auf die Akte malte, das Huhn, das sich zu Füßen des Gerichts tot stellte. Elle schrieb vom Urwald, der sich nach der Rodung wieder ausbreitete, von grünen Kongopapageien und Schimpansenhorden. Einmal schrieb sie: *Schau Hell*. Junis riskierte einen Blick hinüber. Dennis saß mit geballten Fäusten da, doch es wirkte nicht wie sonst, als wollte er im nächsten Moment zuschlagen, vielmehr angespannt und ängstlich. Endlich bereitete Junis dieser Tag Vergnügen.

Wie die beiden anderen gestand er, darauf waren sie vorbereitet worden. Der Gutachter trat auf und stellte bei keinem eine Einschränkung der Schuldfähigkeit fest. Der Staatsanwalt forderte seine Strafen, die Verteidiger plädierten auf Freispruch beziehungsweise Sozialstunden. Junis textete. Das Gericht beriet. Die Schöffen konnten, wenn sie wollten, die Richterin überstimmen.

Am Ende wurden sie auf der Grundlage ihrer Geständnisse verurteilt. Es lief genauso wie erwartet. Für einen

Moment bewunderte Junis seinen Anwalt, weil der das vorausgesehen hatte.

Das Gericht konnte kein Tatmotiv feststellen, es ging von einer Mischung »gruppendynamischer Prozesse, alkoholbedingter Enthemmtheit sowie einer Verrohung aufgrund des von allen eingeräumten gelegentlichen Betrachtens von Gewaltvideos« aus. Auch das war wie erwartet, wie von Junis erwartet.

Dennis wurde außerdem wegen Diebstahls eines Scooters und Fahrens ohne Führerschein verurteilt. Er kriegte ein Jahr Jugendhaft ohne Bewährung. Junis bekam zwei Jahre auf Bewährung. Es war ihm egal. Bei Elle wurde berücksichtigt, dass ihr Großvater kurz vor der Tat gestorben war und ihr das womöglich einen Schock versetzt hatte. Sie sollte neunzig Stunden gemeinnützige Arbeit ableisten. Das erleichterte ihn. Sie würde ihm nie vollkommen gleichgültig sein, das fühlte er. Seine letzte Nachricht las sie offen, denn die Verhandlung war vorbei.

Unsere Welt ist schlecht, hatte er geschrieben.

Jep, schrieb sie zurück.

Die Show war vorbei, das schwarze Team schickte sich an die Bühne zu verlassen. Elle tippte *Jep*, aber sie fühlte etwas anderes. Sie ahnte die Gleichgültigkeit der Welt, die sich stur um sich selbst und um die Sonne drehte, jahrmilliardenlang. Das und nichts anderes würde sie tun, solange kein Himmelskörper sie traf, der groß genug war, um das Ganze zu beenden. Dennis, Junis, Elle und Vale spielten keine Rolle dabei, Madlen, Tom und die anderen nicht, selbst Frank nicht. Aber sie begriff auch, dass es *nicht* egal war, ob ein Mensch in einer Winternacht in den Tod ging und wochenlang nicht vermisst wurde. Für die Menschen war es nicht gleichgültig, für sie nicht. Sie hatte eine Drohne zum Geburtstag bekommen, aber nie eine Steuerung. Die Drohne war wieder weg. Fliegen konnte sie dennoch.

Aus großer Höhe betrachtet, breitete sich unter ihr ein riesiges Feld voll unbegrabener Leichen aus, dazwischen Menschen, die sich gegenseitig totschlugen. Das war es wohl, was *Verrohung* meinte. Man konnte so oder anders miteinander umgehen. Es gab eine Wahl, sie konnten, wenn sie es wollten, aufeinander achtgeben; sie waren Menschen.

Der Kopter befand sich im Sinkflug, der riesige grüne Dschungel, aus dem die Dampfschwaden stiegen, wirkte immer weniger flächig. Einzelne Baumwipfel wurden erkennbar, unterschiedlich hoch und dicht, Vögel schossen darin hin und her. Am Boden hielten sich Schimpansen auf, die frische Blätter und Knospen brachen. Sie kauten mangelhaft, und was ihnen nicht schmeckte, spuckten sie ungeniert wieder aus. Ein Weibchen trug sein Junges auf dem Rücken. Etwas daran sah merkwürdig aus. Ja: der kleine Schimpanse war mumifiziert, er bestand fast nur noch aus Haut und Knochen. Er musste seit Tagen tot sein. Die Mutter trug ihn weiter, seine vertrocknete Hand zwischen Ohr und Schulter geklemmt wie ein Phone. Einmal legte sie ihn ab. Ein heranwachsender Affe nahm den kleinen, aufgrund des Flüssigkeitsverlusts sehr leichten Körper und kletterte damit auf einen Baum. Er schlenkerte den kleinen Körper hin und her, warf ihn in die Luft und fing ihn wieder. Die anderen interessierte das nicht. Als er die Lust verlor, ließ er sein Spielzeug einfach fallen. Die Mutter kehrte später zurück und nahm stoisch das tote Baby erneut auf den Rücken. Auch so hätte es gehen können.

Elle würde in eine andere Stadt umziehen. Sie würde bei

einer alten Frau wohnen, die Hilfe benötigte. Sie würde für sie einkaufen, ein bisschen waschen und putzen. Es gab dort eine Realschule, an der niemand sie kannte. Es gab sicher eine Art Denner, vielleicht auch Typen wie Junis oder Hell. Was nun in deren Köpfen vorging, wusste sie nicht.

Als sie draußen in die Autos stiegen, schrieb sie an Junis: *Was ist das blödeste aller Wörter?* Und er antwortete, wie sie erwartet hatte: *Schöffe.*

Danach löschte Elle seine Nummer wieder aus ihrem Phone. Es kam ihr plötzlich falsch vor, länger mit ihm verbunden zu sein. Die drei trennten sich ohne ein weiteres Wort. Im Auto stillte Betse Adrian.

Vale befühlte die winzigen Erhebungen in seinem Gesicht und am Hals, dunkle Muttermale, die in den letzten Monaten auf der Haut erschienen waren, inzwischen vier oder fünf. Er konnte sich an diese Veränderung nicht gewöhnen, sie gefiel ihm nicht, aber es war nichts zu machen. Am liebsten hätte er sich einen Bart stehen lassen; er wuchs nur immer noch nicht. Vale schlug den Kragen seiner Jacke hoch, dabei gab es niemanden, der ihn hätte beobachten können.

Auf dem Bahngelände stand nach tagelangem Regen das Wasser in großen Pfützen. Der größte Teil des Laubs war von den Bäumen gewaschen, es bildete eine pampige Schicht am Boden. Seit die Clique sich aufgelöst hatte, war Vale viel allein, Anschluss an andere Jugendliche suchte er nicht. Es lastete ein Druck auf ihm, der auch nach Monaten nicht weichen wollte. Das war seine Schuld. Er hatte gewusst, dass sie etwas Unrechtes taten, er hätte nicht mitmachen dürfen. Dass die anderen vor Gericht gestellt und verurteilt worden waren, Dennis sogar zu einer Gefängnisstrafe, verstärkte sein Schuldgefühl. Er war inzwischen vierzehn, sie hätten ihn wegen der paar Wochen nicht vom Prozess ausnehmen sollen. Doch die Polizei hatte ihn nicht mal vernommen. Sei froh, dir kann nichts passieren – wer hatte das zu ihm gesagt? Gefängnis war eine Vorstellung, die ihn ängstigte. Vale dachte an miese Typen, die einen erpressten und prügelten und vergewaltigten. Dann wieder dachte er: Der miese Typ bin doch ich, der mieseste von allen.

Er patschte mit einem Stock in den Pfützen herum, bis er im Wasser eine alte Sohle erblickte. Sofort verlor er die Lust und ging zurück in den Schuppen. Er warf sich auf das Sofa und schaute zu, wie durch eines der Löcher im Dach Wasser tropfte. An der Wand stand nach wie vor der Feldofen, den Hell im Frühjahr angeschleppt hatte. Auch das hatte Vale die ganze Zeit gewusst, doch erst jetzt fiel ihm ein, mal hineinzuschauen. Es stand noch Diesel drin. Er suchte nach geeignetem Material, um den Brennstoff zu entzünden, Streichhölzer hatte er dabei. Bald loderten kleine Flammen in dem Ofen. Nur wurde es im Schuppen dadurch noch kein Grad wärmer. Bei Elles Party hatte das Teil auch nicht viel gebracht. An dem einen Punkt, als Hell ihn gerufen und aufgefordert hatte, mit anzupacken, hätte er einfach nein sagen können. Sein ganzes Leben wäre heute anders.

Sank die Raumtemperatur etwa? Der Diesel konnte doch nicht komplett verbrannt sein. Vielleicht drang nicht genug Sauerstoff in den Ofen. Das musste es sein, er konnte vom Sofa aus die geschlossene Klappe sehen. Die Streichholzschachtel in der Hand, sprang er entschlossen auf, er würde den Ofen wieder anmachen und leerbrennen lassen. Vale ging in die Hocke und griff nach der Klappe. Als er die Hitze bemerkte, war es bereits zu spät. Es fühlte sich an, als würden seine Finger an dem heißen Guss festkleben.

EINE AUSSCHWEIFUNG

1

Sie soll sterben. Sterben soll sie, sterben. Sie hat nichts anderes verdient. Das dachte er seit Jahren. Seit Jahren wartete er auf die Nachricht von ihrem Tod. Er hatte nie etwas vergessen. An diesem Tag war der Gedanke wieder stark. Sie sollte sterben! Nur – von selbst starb sie nicht. Da konnte man lange warten. Er schaute in den Spiegel, sah sein kantiges, mageres Gesicht, den Hals mit dem vorspringenden Adamsapfel. Diese Fresse konnte er nicht leiden.

Er rotzte in seinen Spind. Am liebsten hätte er den Spiegel von der Wand gefegt. Mal sehen, die Kombizange taugte was. Er steckte sie ein. Der Rest vom Werkzeug war Schrott. »Die Arbeit an der Presse ist gefährlich. Da brauchen wir einen zuverlässigen Mann.« – Wusste er das vielleicht nicht? Klar wusste er das. Und er war durchaus zuverlässig. Oder war auch nur einmal etwas passiert? Also. Leider hatte jemand mitbekommen, dass er gern einen durchzog. Dabei kam er nie bedröhnt zur Arbeit, höchstens einen ganz kleinen Joint genehmigte er sich morgens. Und auch das nur ab und an. Na gut, sollten sie sich an der blöden Presse eben selbst die Finger quetschen.

Er schloss sein Rad auf. Fristlos gekündigt, Mann, vielleicht würde er diesmal dagegen klagen. In seine Wohnung wollte er nicht. Lieber fuhr er erst mal in der Gegend rum. Es war unwahrscheinlich, dass er jemanden treffen würde. Alle hatten derzeit Arbeit. Schlecht bezahlte, öde Jobs. Noch. Leute ohne Schulabschluss und Lehre brauchte man kaum mehr. Man würde die Maschinen bald allein arbeiten lassen.

Seit Jahren war er nicht mehr bei der Schule gewesen. Damals half er bei der Sanierung mit – Asbest entfernen, die alten Fenster ausbauen. Die Gebäude waren seitdem gelb, ein unglaublich hässliches grünliches Gelb – wie ein schlechter Trip. Ein fester Zaun aus verzinktem Eisen machte aus dem Gelände endgültig einen Knast. Das Tor stand aber offen. Hätte es in der Ferienzeit nicht geschlossen sein sollen?

Er fuhr, so langsam es ging, und linste in den Hof. Die Treppe hatte sich nicht verändert. Acht lange Betonstufen, ein Stück der vorletzten lag schief. Die *stiefe Schufe* – ob die Kinder das heute noch sagten? Er hatte nie begriffen, was der Scheiß sollte. Durch die Fenster sah er die hochgestellten Stühle. Es war schon seltsam. Zu einer Schule gehörten Leute. So leer wirkte alles, als wäre das Haus für immer verlassen worden. Er überlegte, eine Runde auf dem Hof zu drehen. Aber das war albern! Er war schließlich dreiundzwanzig. Gegenüber hatte es so eine Stelle in den Büschen gegeben mit einer Bank und einem Tisch aus Waschbeton. Ein guter Ort, um heimlich zu rauchen. Man hatte die Schule im Blick und konnte nicht erwischt werden. Er fuhr hin. Der ausgetretene Pfad war noch genauso da, nur kam ihm alles kleiner vor. Von links und rechts die Zweige streiften ihm Arme und Gesicht, als er mit dem Rad durchfuhr. Hier oder hinten am Weiher hatte er sich häufig aufgehalten.

Alles tot und still. Er spähte nach dem Haupteingang. Zu seiner Zeit hatte lila Plastik die Glastüren eingefasst und die

Ecken rund aussehen lassen. Das sah aus wie Lippen. Jetzt nicht mehr, sie waren weg, die Türen nur noch Türen. Wie er so weiter auf die Schule starrte, sah er sie auf einmal kommen. Hunderte Schüler strömten dem Eingang entgegen, eine Armee Lernsoldaten, ein Haufen Zombies, willenlos mit leeren Blicken auf dem Weg da rein. Er konnte sie fast hören. Die Kleinen, in Gruppen, lachten und erzählten sich Sachen. Die Großen waren eher müde und gingen einzeln. Die Straße, das kurze Stück Hof bis zur Treppe, die Stufen waren voll mit Schülern, in alle Ecken liefen sie wie Wasser aus einem überquellenden Gully. Die hinteren schoben die vorderen weiter, die Treppe rauf, hinein in den Abgrund. Vom Busbahnhof kamen sie. Wie Ameisen. Von da war auch er immer gekommen. Einen Haufen Gesichter erkannte er wieder, sogar welche von den Jüngeren. Alle mussten in die Schule rein, das Ding gestopft voll. Er sah, wie sich welche stritten, einem wurde ein Bein gestellt und er fiel auf die Fresse. Die Klappe seines Schulranzens ging auf, das ganze Zeug segelte über seine Birne weg auf den Beton. Die andern geierten sich eins.

Es kam ihm vor, als sähe er in seiner Fantasie viel mehr, als er früher je mitgekriegt hatte. Oben in der linken Tür erschien auf einmal Elle. Ihm stellten sich die Nackenhaare auf. Sie stand nicht, sie ging. Aber sie kam kaum voran. Denn sie ging aus der Schule raus statt rein. Sie machte ein ganz seltsames Gesicht, als hätte sie gerade aufgehört zu grinsen. Oder als wollte sie gleich anfangen. Sie gebrauchte ihre Arme, um sich Platz zu machen. Was geht die morgens von der Schule weg? Genau das hatte er sich damals gefragt. Und fast sofort kapierte er es. Sie war schon drinnen gewesen bei Denner, um ihre Kumpel anzuschwärzen. Sie war ein scheiß Verräter. Nichts anderes. Deshalb konnte sie sich so fein aus der Affäre ziehen. Der ganze alte Mist kam jetzt wieder ins Rollen. Er war so voller Hass, er wollte sie auf der Stelle erwürgen. Sie sollte sterben!

Als er wieder hinsah, stand sie tatsächlich da. Er zwinkerte, er rieb sich buchstäblich die Augen. Nein, sie war weg. Doch, sie war da. Eindeutig ihre Gestalt, fast unverändert, nur ein anderer Style. Das musste sie sein, die da durchs offene Schultor schlenderte und über den Hof ging. Er nahm das Rad und schoss die Straße rauf. Wenn sie es wirklich war, dann wusste er, wohin sie ging. Mit dem Rad außenrum würde er vor ihr da sein.

Früher war das hier eine dreckige Pfütze gewesen, bei der sie manchmal abhingen, um ihre Ruhe zu haben. Jetzt sah alles komplett anders aus. Zwischen Weiher und Schule stand kein Wald mehr, stattdessen war da Rasen mit ordentlich gepflanzten Sträuchern. Das Ufer war auf dieser Seite abgeflacht und es lag Kies da. Sollte wohl nett wirken wie eine Badestelle oder ein kleiner Park. Das Wasser war immer noch braun, da half auch die Pumpe nicht, die ein paar Meter weit im Teich eine mini Wassersäule aufsteigen ließ. Nah beim Ufer stand eine Bank. Davor lagen ins Gras getretene Kippen, dahinter verbeulte Bier- und Energy-Drink-Dosen. Auch wenn sie pro Stück zwei Neu-Mark Pfand brachten, die Schüler kümmerte das nicht. Die hoben nichts mehr auf, was einmal auf dem Boden lag. Im hinteren Teil des Teichs stand neuerdings also Schilf. Hinter dem Grundstück fing nach wie vor der Wald an. Den kleinen Erdwall gab es noch. Da konnte er sich gut verstecken.

Kaum saß er dort, sah er sie auch schon kommen. Sie schien über die Veränderungen am Tümpel genauso überrascht zu sein wie er. Vorn am Wasser hockte sie sich hin. Beinah sah es aus, als wollte sie die Tiefe checken. Ein paar

Sekunden später stand sie auf und kam am Ufer lang näher zu ihm. Jetzt konnte er ihr Gesicht sehen. Fröhlich wirkte sie nicht, eher ein bisschen traurig. Auf einmal fiel ihm etwas von damals ein. Er scannte die Umgebung und fand, was er suchte: den hohlen Stamm, gar nicht weit weg, im Gebüsch. Lautlos schlich er hin und bückte sich. »Eee-eelle!«, rief er hinein. »Eee-eelle!«

Schade war nur, dass er ihre Reaktion nicht sehen konnte. Ob sie sich trauen würde, über den kleinen Erdwall zu steigen, um nachzusehen, wer sie rief? Er glaubte, nicht. Doch für den Fall hatte er seine Flucht ins nächste dichte Gebüsch bereits geplant. Selbst wenn sie ihn sah, konnte sie ihn unmöglich erkennen. So rechnete er es sich aus und ging ohne besondere Deckung zu dem Wall, wo er sich auf Händen und Füßen in die Hocke begab.

Wie ein Jaguar lag er auf der Lauer, immer bereit zu springen und sie anzufallen. Seit dem Moment, in dem er sie erkannt hatte, hasste er sie bedingungslos. Er genoss es, sie heimlich zu beobachten, wie sie mit irritierten, vielleicht ängstlichen Blicken in die Bäume starrte und doch nichts fand. Er hasste sie immer mehr, stellte sich vor, ihr eins überzuziehen mit einem alten Wasserrohr mit angeschraubter T-Muffe am Ende. Er sah sie zusammensinken, ins Wasser fallen, ihm fiel ein, dass sie nicht schwimmen konnte. Damals hatte sie es zumindest nicht gekonnt. Er spannte Muskeln und Gelenke an, so wild fühlte er sich, so gut fühlte sich das an, bis er bemerkte, dass sie gar kein Gesicht hatte, und erstarrte. Die Verräterin war tot, auf ihren Schultern saß ein Schädel, nur noch die schleimig weißen Augen in den Knochenhöhlen und dieses überbreite Grinsen im Gesicht. Seine Fantasie blieb stehen, er würde nicht, er konnte sie nicht töten. Er konnte bloß Schatten sein.

So eskortierte er sie heimlich durch Vierweg. War er sicher, welchen Weg sie nehmen würde, wählte er eine Parallelstraße, einen Seitenweg, wo sie ihn nicht sehen konnte. Seit der Eröffnung der Umgehungsstraße gab es in der Stadt praktisch keinen Verkehr mehr. Ohne weiter darauf achtzugeben, umkurvte er die Blumenkübel an der zentralen Kreuzung unter den bunten Wimpeln, die hier den Sommer über wehten. Als sollte es bald ein Fest geben. Vor *Uwe's* fuhr er auf der langen gelben Linie. Die Obdachlosen durften sie nicht übertreten, sonst wurde ein Bußgeld fällig. Außer natürlich, sie wollten etwas kaufen. Vor allen großen Märkten gab es jetzt so Markierungen, die Ladenketten hatten angefangen und die Kommunen eine Vorschrift draus gemacht.

Ihm fiel ein, wie man ihn damals beim Klauen erwischt hatte und dass der Marktleiter immer auf einem Rennrad rumgefahren war, all das. Er wartete auf Elle, eine Kreuzung weiter links kam sie zum Vorschein, völlig ahnungslos. In der Me-Ste-Te gab es jetzt einen Club, der sogar Publikum aus der Kreisstadt anzog, die riesen Halle blau und schwarz gestrichen. Elle gaffte, sie schien das alles zum ersten Mal zu sehen, vielleicht war sie all die Jahre über nicht mehr hier gewesen. Wie lange war das her, ihr Sechzehnter und der ganze Mist? Zehn Jahre mindestens. Es fiel ihm wieder ein, er sah es vor sich, fühlte dasselbe, was er damals gefühlt hatte. Bei der Metzgerei blieb sie stehen, der letzte Laden, der nicht neu vermietet war. Sie schaute rein, sicher besah sie die Schiene an der Wand, noch voller Haken für die Würste. Sie las den Zettel im Fenster. Er wusste, was draufstand. Sollte sie hier doch einen Laden aufmachen, hehe, Elle, die Metzgerin.

Als sie in ihrem alten Haus verschwand, fiel es ihm wieder ein: Elles Mutter war gestorben. Deshalb war sie hier. Er hatte es wahrscheinlich im Lokalblatt gelesen, aber nicht richtig registriert. Wie er draußen wartete, fiel sein Hass in sich zusammen. Er wollte ihn behalten, er stachelte ihn an: Ihr gehörte jetzt ein Haus, sie war viel besser angezogen als er selbst. Nein, das stimmte gar nicht. Er dachte daran, wie er auf der Lauer gelegen hatte, keine Stunde war das her, um ihr an die Kehle zu gehen, und er wusste auf einmal, dass er bloß ein Tier war. Kein wildes, stolzes Tier wie vorhin, sondern ein armseliges, trauriges, verachtenswertes Tier, das nichts als Schläge und Tritte verdiente, bei dem es sich nicht lohnte, seine Wunden zu behandeln.

Als Elle endlich aus der Tür kam, war er eigentlich nur noch da, weil er versäumt hatte nach Hause zu fahren. An ihrer Seite ging ein kleines Mädchen. Sie hatte demnach eine Tochter, ein Mann dazu war aber nicht zu sehen. Das kleine Mädchen rannte los und jagte eine Taube vom Gehsteig. Mechanisch folgte er weiter dieser Frau, die ihm jetzt anders-vorkam. Früher war sie Elle, heut sicher El-len. Frau weißnichtwer. Er hatte keinen Jagdtrieb mehr, er war bloß noch ein müder Hund. Fast wünschte er, sie würde ihn an die Leine nehmen. Trotzdem gab er acht, dass sie ihn nicht bemerkte. Jetzt kam es ihm vor, als spürte sie seine Verfolgung, denn plötzlich drehte sie sich um und forschte mit Blicken die Straße aus. Keine Chance, sie würde ihn nicht erwischen. Er war zu schnell, zu gut, zu aufmerksam. Nichts fiel ihm leichter, als sich unsichtbar zu machen.

Sie nahm den Weg zurück durch die Stadt. Er ahnte, wo sie hinwollte. Einmal beobachtete er, wie sie angegafft wurde, er erkannte auch von wem: Sophie, mit der sie früher mal befreundet war. Auch die versuchte nicht Elle auf sich aufmerksam zu machen. Schließlich bog sie zum Friedhof ab. Er sah die Spitzen der Lebensbäume hinter der Mauerkrone wandern, während er ihr folgte. Er lehnte das Rad an eine Laterne. Er schloss es nicht ab. Jahrelang hatte er hierherkommen wollen, Franks Grab besuchen. Als hätte er sich bei dem entschuldigen können. Das starke Gefühl flammte jetzt doch wieder auf, er wollte sie an den Haaren reißen, zu Boden zerren. Sie war zu billig weggekommen. Genau wie Junis, für den sich nie etwas geändert hatte, der nur die Schule hatte wechseln müssen und immer noch im selben Haus wohnte. Was aus dem anderen geworden war, wusste er nicht. Aber sicher ging es dem auch gut. Nur er hatte sich den Tod geholt, hatte diese schwarzen Male bekommen, die Pest in seinem Innern. Das Leben war so ungerecht. Die Welt war schlecht.

2

Noch eine Nacht und einen halben Tag, länger würde Elle nicht in Vierweg bleiben. Sie hatte so weit alles geregelt, war beim Makler gewesen, bei der Bank, bei dem Händler, der den Haushalt auflösen würde. Sie hatte mit dem Bestatter und mit dem Pfarrer gesprochen, gemeinsam hatten sie gestern Madlen unter die Erde gebracht. Ein paar Kollegen ihrer Mutter waren dabei gewesen und wenige Freunde. Tom hatte *keinen Nerv* für diese traurige Veranstaltung gehabt. Alice war aus der Hauptstadt gekommen und froh gewesen, dass Elle alles managte – es war schließlich nicht Alice' Mutter. Die Schwestern fühlten sich fremd. Wenigstens reichte es noch, um einander in die Arme zu sinken und eine Minute gemeinsam zu heulen.

Sie hörte Leonora *Mama* rufen. Die Gießkanne war der Kleinen zu schwer, sie neigte sich immer mehr zu Boden. Bevor sich das Wasser auf ihre Füße ergoss, eilte Elle hin und half ihrem Mädchen.

Obwohl so wenige Leute zur Beerdigung gekommen waren, deckten Kränze und Blumen den Grabhügel vollständig zu. Es war nicht das einzige frische Grab, aber das einzige mit gänzlich frischen Blumen. Gleich nebenan lag eine abgeräumte Stelle, der nackte Boden zeigte Risse. Das sah nach Erosion und unfruchtbarem Boden aus, nach eingebrochenem Sarg. Elle versuchte sich vorzustellen, wie Madlens Grab später aussehen würde. Weiße Kieselsteine sollten es bedecken, von schlichtem Basalt eingefasst. Sie hatte einen kreisrunden Grabstein in Auftrag gegeben. Der sollte nach Madlens Wunsch die Form eines Yin-und-Yang-Zeichens haben.

Als Spruch eignete sich ein Laotse-Zitat: *Das Harte und Starre begleitet den Tod. Das Weiche und Schwache begleitet das Leben*. Den hatte Elle ausgesucht, er war sicher in Madlens Sinn. Elle konnte es sich noch überlegen. Auf jeden Fall würden der Name ihrer Mutter, Geburtstag und Sterbedatum draufstehen, Tag, Monat und Jahr. Merkwürdig wenig Abstand zwischen Mutter und Tochter; das hatte Elle früher nicht empfunden. Nun dachte sie, wie schnell sie in demselben Alter sein würde, das beileibe kein Sterbealter war, wo heute doch die meisten Menschen neunzig wurden. Der Stein würde gut auf den Vierweger Friedhof passen. Die Leute hier hatten immer noch einen Tick mit ungewöhnlichen Grabmalen. Der ehrgeizige Steinmetz, der seinerzeit einen Design-Preis am anderen einheimste, war immer noch am Ort ansässig. Er bot die gesamte Bestattung aus einer Hand an, und das zu moderaten Preisen. Das Geld, das Madlen gespart hatte, reichte für das Begräbnis beinah aus.

Sie musste wieder einschreiten, als Leonora Blumen aus einem Gebinde auf einem fremden Grab zog, um sie zu dem ihrer Oma zu bringen. Sie erklärte dem Mädchen unsanft, dass sich das nicht gehöre. Leo wirkte beschämt, doch bereits eine Minute später lenkte etwas Neues sie ab. Madlen hatte Elle immer verboten, die angebotene Scheibe Wurst zu nehmen, wenn sie zum Metzger gingen. Nur Fleisch kaufte sie dort und auch davon nur wenig. Der Laden stand heute leer, die vielen bloßen Haken an der Wand sahen irgendwie brutal aus.

Die Metzgereibesuche waren natürlich nicht ihre einzige Erinnerung. Aber Elle staunte, wie wenig sie noch wusste. Sie hatte geglaubt, ein ganzes Archiv würde aufgehen und eine unsichtbare Hand ohne ihr Einverständnis von Bild zu Bild wischen. Passierte das nur, wenn man einen Schock bekam? Sie war immerhin vorbereitet gewesen, auch wenn Madlen von der Diagnose an nur noch drei Monate hatte. Elle wäre gern häufiger zu ihr gefahren in dieser Zeit, aber mit Job und Kind erwies es sich als unmöglich. Beim Telefonieren gerieten sie manchmal in Streit. Es fühlte sich dann fast wie früher an.

Zwischen den Urnenwänden lief ein Mann über den Weg. Seltsam dass man auf einem Friedhof nie allein war. Sie überlegte kurz, ob es derselbe sein könnte, der sie schon durch die Stadt verfolgt hatte. Zuerst glaubte sie, der Mann hielte auf das Feld mit den älteren Gräbern zu, auf dem auch Frank begraben lag. Da wollte sie nicht hingehen. Gestern hatte sie ihn kurz wieder gehört. Auf eine Art war er da – kein Spuk, kein kalter Hauch, kein Schemen oder Schatten, mehr eine Präsenz, die sie in sich spürte und die doch mehr war als bloße Fantasie.

Leo fand ein Stück Kreide und malte damit auf den Weg. Elle wollte sich gern in ihr Spüren vertiefen. Da tauchte hinter einer Baumgruppe hervor dieser Mann wieder auf, gar nicht weit von ihr weg. Er war etwa so alt wie sie, nicht besonders groß, drahtig, das Haar auf seinem Kopf hatte er hochgegelt, das wirkte beinah pubertär. Außerdem grinste er und kam, jetzt eindeutig, auf sie zugelaufen. Der Mann trug einen seidig glänzenden, knittrigen Anzug zu einem weißen Hemd, die oberen Knöpfe offen. In kurzen Abständen zog er an einer dicken E-Zigarette und paffte gewaltige Mengen Dampf aus. Elle spürte einen Stich im Bauch, beinah machte sie eine Bewegung, doch ihre Knie waren weich. Es war kein Zweifel möglich.

»Hell!«

»Ich heiße Henrik«, korrigierte er mit einem winzigen Kopfnicken. »Ich durfte meinen Namen ändern.«

Sie fragte sich, wie ausgerechnet er hierherkam. Sie wunderte sich nicht, dass die Wiedersehensfreude ausblieb. Dann war *er* also vorhin hinter ihr her gewesen?

Henrik – Dennis, Hell – sprach ihr sein Beileid aus. Dabei streckte er die Hand vor, die sie nicht ausschlagen wollte. Ein harter Griff – unter dem Anzug schien immer noch der gleiche Satz an durchtrainierten Muskeln zu stecken. Er lächelte wieder, dezent. Elle wusste nicht, was sie mit ihm reden sollte. Sie sah, wie er die Kleine in den Blick nahm.

»Wie heißt sie? Sie ähnelt etwas deiner Mutter.«

Mann, Dennis!, dachte sie. Henrik also. Aber es tröstete sie. Was sollte sie nur zu ihm sagen?

»Warst du, ich meine, bist du denn zufrieden?«, führte er die Unterhaltung weiter und wischte durch die Luft, als wäre das sein Friedhof.

»Was meinst du?«

»Die Beisetzung. Entschuldige, ich möchte dir nicht zu nahe treten. Sicher trauerst du sehr.«

Was war mit dem passiert? Er tat so höflich, beinah einfühlsam! Ein bisschen zu glatt vielleicht. *Paff Paff.*

»Schon ok. Die Beerdigung«, Beisetzung brachte sie nicht über die Lippen, »war …«

Welches Wort nahm man da? Angenehm konnte sie schlecht sagen. In Ordnung? Klang auch nicht gut. Problemlos?

»War sie, was die äußeren Umstände betrifft, zu deiner Zufriedenheit?«

Elle nickte. Sie fragte sich, wann der Typ Kreide gefressen hatte. Allmählich ahnte sie, was los war. Sein Alter hatte ja für dieselbe Firma gearbeitet. Vielleicht war der da immer noch.

»Arbeitet dein Vater noch bei Krauss?«

»*Ich* arbeite bei Krauss. Assistent der Geschäftsleitung. Nicht schlecht, eh?« Er steckte die E-Zigarette in die Seitentasche seines Sakkos. Ein Ende schaute hervor. »Ganz ernsthaft: Wenn du was auszusetzen hast, sag es mir bitte. Wir sind bemüht, unseren Service immer weiter zu perfektionieren.«

Elle überlegte, ob sie vielleicht schon miteinander telefoniert hatten. Einmal war so ein Typ dran gewesen, der ganz ähnlich redete. Warum hatte er sich dann nicht zu erkennen gegeben? Und warum kam er jetzt hierher, hatte er sie abgepasst?

»Arbeitet dein Vater noch da?«

Dennis nickte ungerührt.

»Leichte Bürotätigkeit. Er kann nichts mehr heben. Kreuz kaputt. Hat auch keine ruhige Hand mehr.«

Wieder schwiegen sie einen Moment.

»Also ich war sehr zufrieden, Helrik.« Sie verbesserte sich sofort. »Henrik. Mit den äußeren Umständen. Der Umgang mit euren Mitarbeitern war immer angenehm, ihr habt alles bestens organisiert und mir viel abgenommen, wovon ich keine Ahnung hatte.«

Er wirkte zufrieden auf eine Art, die zeigte, dass er nichts anderes erwartet hatte.

»Du wirst auch mit dem Stein zufrieden sein. Sollst sehen.«

Sie fragte sich, ob er sie anlog. Vielleicht war er einfach Steinmetz geworden wie der Alte. Das würde seinen Händedruck erklären. Sie sagte ihm, dass sie losmüsse, und rief nach Leonora.

»Naja«, sagte er, »als ich dich hier oben stehen sah, dachte ich, ich sag dir mal hallo und schaue nach dem Rechten.«

Schaue nach dem Rechten, was?

»Ja. Danke, Henrik. Wie gesagt, es ist alles zu –«

»Hast du mit Junis Kontakt? Er wohnt noch bei seinen Eltern.«

Sie schüttelte leise den Kopf.

»Ich hätte ja gedacht. Er fährt jetzt Krankenwagen.«

»Ich bin seit zehn Jahren hier weg!«

»Wenn du willst, kann ich ihn von dir grüßen. Muss aber nicht. Hey, hat mich gefreut dich zu sehen.«

Schon wieder hielt er ihr die Pfote hin. Sie war mit Teig bestrichen.

»Auf Wiedersehen«, sagte Elle. »Äh, Henrik?«

»Ja?«

»Warst du vorhin –? Ach nichts, tut mir leid. Ich bin morgen wieder weg.«

Rasch entfernte er sich einige Schritte. Bevor er hinter den Bäumen verschwand, drehte er sich halb um und winkte ihr. Er wirkte verlegen. Das war das Letzte! Echt.

Das bringt dich ganz schön zum Nachdenken, hm? – Sei still! Sie hörte ihn.

Sie nahm Leo an die Hand. Die Kleine fragte, ob die Oma einen Kakao für sie kochen würde. Elle kamen die Tränen. Sie zog die Wangen zwischen ihre Zahnleisten und biss leicht zu. Sie hoben die Gießkanne auf und brachten sie zum Wasserbecken. Als sie auf den Hauptweg einbogen, erhielt sie plötzlich einen Stoß, sie taumelte vorwärts, konnte sich, völlig überrascht, mit ein paar schnellen Schritten gerade noch so fangen. Leo schrie spitz auf, sie verlor das Gleichgewicht und Elle hielt sie für ein paar Augenblicke am Arm wie eine baumelnde Puppe. Als Elle sich umdrehte, war niemand da. Kein Zweig bewegte sich, kein Vogel hörte auf zu singen. Der Stoß wunderte sie nicht. Nach dieser überraschenden Begegnung mit einem völlig umgewendeten Hell wunderte sie gar nichts mehr.

3

Ihr altes Zimmer gab es nicht mehr. Madlen hatte vor Jahren wieder ein Wohnzimmer daraus gemacht, sie hatte die Fenstertür reparieren und sich im Garten eine nette, kleine Terrasse herrichten lassen. Die meisten Schränke hatte Elle bereits durchgesehen, schon um die verstreuten Akten zusammenzubekommen, die zur Abwicklung einer bürgerlichen Existenz notwendig waren.

Sie ging nach oben. Im Schlafzimmer gab es eine Schublade voller Fotografien. Mit flauem Magen zog Elle sie aus der Kommode und setzte sich damit an das runde Fenster. Vom Garten her strömte warme Luft herein, während sie die Fotos durchsah. Nur wenige steckten in Alben.

Bei ihren Kinderfotos bekam sie das seltsame Gefühl, gar nicht sich selbst zu betrachten. Sie erinnerte sich an wenige Kleidungsstücke, an ihr erstes Fahrrad und das Zelt, das sie nur ein einziges Mal gebraucht hatte, als sie zu einer Freizeit fuhr. Sie konnte sich dagegen nicht an einen Schwimmreifen erinnern, der vorn Hals und Kopf einer Ente nachahmte. Hatte sie als Kind jemals versucht schwimmen zu lernen? Die Nudel fiel ihr wieder ein, die Junis ihr mal zum Geburtstag geschenkt hatte. Zu dem Geburtstag, der ihrer aller Leben veränderte. Sie war aber erst nach der Schule, sogar erst nach der Lehre in einen Schwimmkurs für Erwachsene gegangen.

Sie zog eines der Alben hervor. Der Deckel (mit Herzchenmuster) verschob sich und ließ die Ränder von einem Stapel Plastikhüllen sehen. Es beinhaltete nicht viele Bilder, das war schon beim Aufklappen zu merken. Aber was für Bilder das waren! Lauter Männer, keiner besonders jung, keiner alt. Sie brauchte eine Weile, um es zu kapieren: Das waren Madlens Liebhaber. Tom war nicht dabei, an keinen der anderen hatte Elle eine Erinnerung. Die meisten waren wahrscheinlich niemals hier im Haus gewesen und wenn, dann nicht für lange Zeit. Dass ihre Mutter, die eine derart große Sehnsucht nach einem Lebenspartner in sich getragen, es nie geschafft hatte, den Richtigen zu finden, machte Elle traurig. Madlen war einfach viel zu früh gestorben. Sie hätte noch sehr viele gute Jahre haben können. Aber es gab im Leben keinen Anspruch auf nur irgendetwas.

Ein paar Fotos nahm sie an sich. Kein einziges zeigte sie mit beiden Eltern. Vermutlich hatte Madlen die vernichtet. Elle nahm sich die nächste Schublade vor, in der zwischen der Wäsche ein Vibrator lag. Eigentlich hätte sich noch ein Schmuckkästchen finden lassen müssen; sie erinnerte sich deutlich an eine schöne Schatulle mit Einlegearbeiten aus Perlmutt. Darin war früher Schmuck von den Urgroßeltern verwahrt, das einzig Wertvolle, das sie auf der Flucht nach Westen hatten mitnehmen können. Vielleicht hatte ihre Mutter den verkauft, um den Schreiner zu bezahlen, oder einer ihrer Liebhaber hatte ihn mitgehen lassen. Vielleicht gab es in der Wand hinter dem Bett noch ein Geheimversteck? Sie fuhr zusammen, als Madlens altes Festnetztelefon klingelte. Sie wollte erst nicht rangehen. Es konnte aber jemand von der Bank sein oder der Bestatter, der noch etwas zu klären hatte. Dennis, Henrik, im schlimmsten Fall. Da war nichts zu machen. Elle nahm schließlich ab.

Junis meldete sich.

»Dachte ich mir«, meinte er, »die alte Nummer funktioniert noch.«

»Nicht mehr lang«, sagte Elle.

Er teilte ihr sein Beileid mit. Henrik habe ihm von ihrer Anwesenheit erzählt. Ja, Dennis habe tatsächlich einen neuen Namen erhalten, ja, auch einen anderen Nachnamen. Junis sagte, er wolle sie gern sehen nach all den Jahren. Seine Stimme klang dunkler und satter, erwachsener, aber der zwischen Arroganz und Verlegenheit changierende Tonfall war geblieben.

Zuerst dachte Elle: nein. Sie war nicht hergekommen, um alte Freund- oder Feindschaften aufzuwärmen, eher fühlte es sich an, als würde sie nun die wirklich letzte Bindung an diesen ungeliebten Ort lösen. Doch seine Stimme weckte ein altes Gefühl in ihr, älter als der Groll, den sie damals entwickelt hatte, als sie mit ansehen musste, wie er sich aus der Sache rauszog. Wie viele Nachmittage hatten sie zusammen abgehangen, Filme geschaut oder gegamet oder an einer seiner Maschinen gebastelt. Nie war es kompliziert, nie unklar, nie war sie in ihn verliebt gewesen. Das zählte am Ende mehr, ja, sie spürte das Gute.

Er sei jetzt Rettungswagenfahrer, wenigstens arbeite er im Gesundheitsbereich, wie er leicht bitter erzählte. Sie erinnerte sich, dass sein Vater immer einen Arzt aus ihm hatte machen wollen. Wie von Henrik schon bemerkt, wohnte Junis noch zu Hause.

»Lebst du allein?«, fragte er unvermittelt.

»Ich habe eine Tochter, Leonora. Sie wurde gerade eingeschult.«

»Mit meinem letzten Freund hätte ich mir auch vorstellen können ein Kind zu adoptieren. Aber dann war er auf einmal weg.«

Junis lachte verlegen.

»Tut mir leid«, sagte Elle.

»Nicht so schlimm.«

Sie redeten fast eine Stunde. Als Elle den Hörer auflegte, dämmerte es bereits. Sie hatten verabredet sich wiederzusehen. Elle freute sich, sie fürchtete sich, sie musste vor allem etwas organisieren. Betse rief auf ihrem Phone an. Leo sei bei ihr eingeschlafen. Sie bot an, die Kleine über Nacht bei sich zu behalten.

»Dann kannst du heute Abend machen, was du willst.«

»Danke«, erwiderte Elle. »Am liebsten käme ich zu dir.«

Sie ging hinunter in die Küche, um sich einen Tee zu kochen. Auf einmal sah sie vor sich, wie Madlen, die enge Lederjacke um die Schultern, damals auf dem Stuhl gesessen und den Schlüsselbund an Elle vorbei gegen die Fliesen über der Anrichte geschmissen hatte. »Ich will, dass du ein Leben lang dran denken musst, was du mir angetan hast.« (Später hatte sie sich entschuldigt.)

Mehrere solcher Begebenheiten waren ihr in diesen Tagen in den Sinn gekommen. Sie wollte damit abschließen.

4

Am Abend trafen sie sich. Henrik besaß ein Schrebergärtchen in der alten Kolonie. Dass er dabei sein sollte, gefiel Elle zunächst nicht, aber letztlich war es logisch – sie waren an diesem Ort mit einer anderen Zeit verschweißt, und wenn es darum ging, endgültig mit alldem abzuschließen, dann gehörte er nun mal dazu. Dass er sie einlud, fand sie außerdem ganz unerwartet nett. Sie öffnete das Tor der Anlage; es wurde ihr ein bisschen mulmig. Andauernd wurde ihr mulmig, waren sie hier früher denn immer im Unrecht gewesen? War alles verboten, hatte man sie bei keiner Gelegenheit willkommen geheißen? In der Gartenanlage sicher nicht. Letztlich stimmte es auch – sie hatten da schon mal Unsinn gemacht, Leuten die Fahne geklaut und Beete zertrampelt. Dennis hatte sogar irgendwo eingebrochen. Dennoch dachte sie heute, dass es nicht nur von ihnen ausgegangen sein konnte – das Wegwollen war genauso ein Wegsollen gewesen. Die Leute wollten ihre Ruhe haben.

Es war ein warmer Freitagabend und einiges los in der Anlage. Viele saßen vor ihren Hütten und grillten, manche mühten sich in den Gemüsegärten oder übergossen eingesammelte Nacktschnecken mit kochendem Wasser. Jemand schien um sein Grundstück Kaninchendraht eingraben zu wollen. Manche erkannte Elle, von anderen dachte sie, dass sie wahrscheinlich diese oder jene Leute wären. Corinnas Eltern besaßen nach wie vor die Viererparzelle im Zentrum der Anlage; sie saßen da mit ihren Kappen wie Fähnchen auf dem Golfrasen. Das Klischee war jedoch nirgends zu sehen und auch niemand von den anderen alten Mitschülern.

Henriks Garten lag am Rand der Anlage, nahe beim Wald. Etwas Besseres habe er erst mal nicht bekommen, bedauerte er. Er war an diesem Abend leger angezogen. Solang die Sonne schien, trug er eine Cap, und Elle erkannte in der dominanten Art, in der er seine Hände bewegte, und in seinem leicht angepissten Tonfall manchmal den alten Dennis wieder. Sein Verhalten war jedoch tadellos, er zeigte weder Aggressionen noch wurde er anzüglich. Die E-Zigarette paffte er angeblich ohne Nikotin. Sein Solargrill war mindestens zwei Meter lang und selbstverständlich vorgeheizt. Ohne sich etwas dabei zu denken, hatte Elle Wodka mitgebracht. Seine Augen blitzten auf, als er die Flasche in Empfang nahm, doch er gab keinen Kommentar ab.

»Willst du die Hütte sehen? Komm!«, forderte er sie auf.

Sie gingen hinein. Die Einrichtung bestand im Wesentlichen aus Gartenmöbeln, an der hinteren Wand stand ein Schlafsofa. Es war alles ordentlich, nur fehlte die Gemütlichkeit. An der Wand hingen Fotos von Dennis, von Henrik, mit Cap und konzentriertem Blick, die Hände an der Steuerung. Auf einem hielt er eine Drohne in der Hand und lachte. »Landesmeister der Amateurflieger«, sagte er, als er bemerkte, dass Elle die Bilder betrachtete. »Das war letzten Herbst. Ich kann's jetzt, Elle.«

Junis kam mit einem Sixpack *Less than Zero*-Coke. Elle dachte kurz, er wäre sauber, kein Alkohol und keine Drogen, ernsthafter Sani eben. Ein Blick auf seine mitgebrachte Tasche belehrte sie schnell eines Besseren: das Ende einer Bong ragte hervor. Aber er trank erst mal nichts. Die Stimmung war ein bisschen steif, über ihre Lebensumstände hatten sie schon gesprochen, über früher wollten sie offenbar alle drei nicht reden und vom Alltag der beiden wusste sie so wenig wie sie von ihrem. Eine Zeit lang gingen sie die Leute aus der Schule durch, wer was geworden und wo gelandet war. Endlich traute sie sich zu fragen.

»Was ist eigentlich mit Vale?«

Junis und Henrik schauten einander an.

»So genau weiß ich's nicht«, sagte Junis endlich. »Aber er ist nicht gut drauf. Macht irgendwelche Jobs und hängt viel ab. Seine Alten haben Pleite gemacht, der Hof wurde zwangsversteigert. Er soll zwischenzeitlich sogar wohnungslos gewesen sein. Jetzt wohnt er in der Vögelecke.«

Henrik grinste bei dem Wort, so ganz geläutert war er nicht. Elle fiel der Blaumeisenweg ein. Da hatte Frank gewohnt.

»Ist mal wieder rausgeflogen«, sagte Henrik wenig mitleidig. »Ich hab's von einem Mitarbeiter unserer Firma.«

»Warum ist er nicht hier?«

»Ich glaube nicht, dass er auf uns so gut zu sprechen wäre.«

»Außerdem redet er schräg. Verstehst du kaum.«

»Eine Zeit lang ist er bei allen Leuten rum und hat uns schlechtgemacht.«

»Das hat jetzt wieder aufgehört. Keine Ahnung, warum.«

»Vielleicht hat er ne Freundin.«

»Die möcht ich sehen.«

»Nee, lieber nicht.«

Die beiden lachten herzlos.

»Prost, Helrik!« Auch Junis sagte so!

»Ich heiße Henrik, Mann!«

»Ich hab auch Helrik zu ihm gesagt, als wir uns auf dem Friedhof begegnet sind. Muss was dran sein«, meinte Elle und grinste in Richtung Junis.

Er protestierte noch ein bisschen. Der Name blieb. Elle nahm sich ein Bier aus der Wanne.

Es wurde kühler. Die drei scharten sich um den Grill. Als der Wodka offen war, begann auch Junis mitzutrinken. Die Flasche leerte sich schnell.

»Ich hab noch was im Auto«, sagte Helrik irgendwann und lief davon. Elle rief endlich mal bei Betse an.

»Leonora schläft«, erklärte die, »ich freu mich so! Dass sie so gerne bei mir ist, weißt du. Und Adrian ist ganz verliebt in sie.«

»Ich komme bald«, sagte Elle.

»Lass dir Zeit. Du weißt ja, wo der Schlüssel liegt.«

»Weißt du, mit wem ich gerade zusammen bin?« Sie musste es loswerden. »Junis. Dennis.«

Eine Sekunde blieb es still. Dann sagte Betse: »Gott behüte dich.«

Endlich kam Helrik mit weiteren Schnapsflaschen zurück. Er machte sich plötzlich Sorgen, dass sie in der Gartenanlage zu viel Krach machen könnten. Elle fragte Junis nach der Bong, er wollte sie nicht auspacken. Draußen könnten sie sich damit nicht hinsetzen, reingehen wollte er auf keinen Fall. Elle fühlte sich zu warm und anders, den Menschen hier ganz fremd. Sie begann, die Leute in der Anlage zu verspotten, die waren ihr zu spießig, zu alt, zu schlechte Griller. Das fanden die beiden lustig. »Scheiß schlechte Griller!«

»Mich hoffentlich ausgenommen.«

Du bist doch der, der alle ausnimmt, dachte Elle. Es war

mehr ein Reflex, sie war nicht länger gegen ihn eingenommen.

»Wollen wir zum Bahngelände?«, fragte Junis. »Das liegt gleich nebenan.«

Als wüsste sie das nicht. Es wurde immer mehr wie früher zwischen ihm und ihr.

»Aufs Bahngelände«, sagte sie und hob die Flasche wie zum Prosten.

Helrik wollte gleich über den Zaun steigen. Das war der kürzeste Weg, wozu sollten sie außenrum laufen? Nicht zu besorgt um die Ruhe in den Gärten zogen sie los. Junis ging vorneweg, Elle reichte ihm die Tasche rüber und kletterte geschickt hinterher, Helrik gab ihr seinen Rucksack, schließlich kam er selbst. Es wirkte, als stiege er den lieben langen Tag bloß über Zäune. Die Nacht war dunkel und die Taschenlampe in Helriks Gartenhäuschen liegen geblieben. Elle zog sich einige Schrammen von Ästen und Ranken zu, sie lachte bloß darüber. Mit jedem Schritt wurden sie lustiger und leichter.

Einen schönen Abend wünsche ich, hörte sie Franks Stimme. Sie fragte sich, ob sie ihn je zuvor ironisch gehört hatte. Sie freute sich, sie dachte auch: *Bleib still!*

5

Das Bahngelände solle instand gesetzt werden, erzählte Junis, eine neue Linie würde bis nach Vierweg führen. Bis dahin würden jedoch noch Jahre vergehen. Elle fand das Areal fast unverändert vor. Die Bäume waren kaum gewachsen. Die Schuppendächer schienen komplett eingefallen zu sein, die Rampen wirkten bröselig. Offenbar kamen immer noch Leute her, um zu feiern, was zahlreiche Getränkedosen, Flaschen und verstreute Kippen belegten. Heute Abend war außer ihnen jedoch niemand da.

Helrik schob das Rolltor auf, er musste sich mächtig dagegenstemmen. Die Rollen knirschten widerlich. Elle wollte nicht reingehen, aber die beiden Männer drangen in die Dunkelheit vor. Sie hörte ihr Fluchen und Lachen.

»Nicht ungefährlich da drin«, lautete der Bericht, als sie wieder vor ihr standen. »Da liegen Sparren und Teerpappe kreuz und quer.«

»Es stehen irre lange Nägel raus.«

»Aber das alte Sofa ist noch da beziehungsweise, was davon übrig ist.«

»Schaumstofffetzen. Fasst sich eklig an. Aber weißt du, was das Beste ist?«

»Der Ofen steht auch noch da!«

»Den ich damals hergeschleppt hab. Scheiße, ich sollte den mal hier abholen.«

Sie schütteten sich aus vor Lachen. Und wisst ihr, wer noch da ist?, dachte Elle. Sie sagte ihnen nichts. Sie hatte nie davon gesprochen.

Alle drei setzten sie sich auf die Rampe. Junis packte die Bong aus, sie rauchten was. Auch den Schnaps tranken sie weiter. Elle fühlte sich tough und zerbrechlich zugleich, wie mit sechzehn.

Junis stellte sein Phone an und ließ eine Playlist der Zehnerjahre laufen. *Woa*, das kam gut, viel besser als der Neuro-Pop, der zurzeit angesagt war. Sogar die alten Hollywood Undead liefen. Elle erinnerte sich plötzlich an ihr Fliegen und Fallen, wie damals alles eins und endlos geil und später nur noch endlos war. Sie kriegte Gänsehaut, sie stieg noch einmal in den Himmel, sie flog, war frei. Leise sang sie mit: *I think I've lost my mind, I'm feeling so alive*.

Junis hielt ihr eine neu angefangene Wodkaflasche hin. Das war der Treibstoff, der sie endgültig rauskatapultierte, durch die Wolken, unter denen ihr Leben verschwand, schoss sie hinauf ins All zu tausend Sternen. Dass all das wieder neu in ihr passierte! Das ganze Universum – es war absolut unglaublich! – passte immer noch in ihren Körper, er wurde leichter, als er sich ohnehin anfühlte. Dieses fehlende Gewicht ließ sie fliegen und fliegen. Die Leichtigkeit saß in ihrem Kopf, in ihrer Brust, sie kroch in den Bauch, in ihre Arme und Beine. *Woa, woa, woa*. Sie konnte weiter grenzenlos sein. Und irgendwie war er dabei, sie spürte Frank, er amüsierte sich, er stand auf die Musik, und alles kribbelte auch bei ihm. Sein Kettchen hatte sie Madlen ins Grab geschmuggelt. Es hätte eigentlich zu ihm gehört, aber so war es wenigstens mit unter der Erde. Noch lange hatte sie sich schlecht gefühlt, sobald sie an ihn dachte. Als hätten sie Frank wehgetan, und sie hatten ihm ja wehgetan, wenn auch anders. Sie hatten ihm wehgetan, indem sie zeigten, dass er draußen war, ein Mann, auf den die Welt nicht den geringsten Wert mehr legte. Gleichzeitig aber hatten sie der Welt wehgetan, und das war gut, darauf kam es an. Die anderen, die Erwachsenen damals, hätten ihn vermissen müssen, sie hätten merken müssen, dass einer fehlte, und ihn suchen. Es war ihr Versagen. Das hatten sie abgewehrt und ihre Sündenböcke gefunden. Trotzdem blieb es ihr Fehler, es war in der Welt, war im Gedächtnis aller aufbewahrt. Sie alle teilten diese Wunde. Sie vier, noch halbe Kinder damals, hatten bloß nach der Wahrheit der Erwachsenen gehandelt. – Das war ihr Urteil über das Geschehene. Es war so schön zu spüren, wie Frank sich freute, wie er nun lachte, tanzte – so wie vielleicht im Leben nicht.

»Hey, ihr Raddn!«

Sie erschrak heftig. Junis verschluckte sich an seinem Wodka und hustete, auch Helrik war offenbar überrascht, denn er sprang in Kampfhaltung. Was war das? So spät Besuch, so heimlich, unverhofft, mit einer Hood über dem Schädel?

»'ch bin's bloß.«

Seine Zähne blitzten im Schatten der Kapuze auf, das hieß wohl, dass er grinste. Ein fahles, mageres Gesicht.

»Vale!«

Elle erkannte ihn. Wer konnte es auch sonst sein? Sie fragte sich nur, wie er sie gefunden hatte. Er lief ja wohl nicht zufällig hier rum.

»Kälbchen.«

»Hab w's miggebrach.«

Er nuschelte total. Kaum zu verstehen.

»Willst'n Schluck?«, fragte Junis.

Er nahm den Schnaps und leerte die Flasche in einem Zug. Ein unheimliches Kälbchen! Trotz der Dunkelheit erkannte Elle, dass irgendwas mit seiner Hand nicht stimmte, sie sah vernarbt und dadurch irgendwie verkrüppelt aus.

»Was ist passiert?«, fragte sie ihn.

»'ch dengg nich dran.«

Er fügte noch etwas hinzu, von dem sie nicht eine Silbe verstand. Sie wollte auch nicht nachfragen.

Vale bot ihnen Pillen und Reefers an, sie müssten es nicht kaufen. Elle fragte, was drin sei. Ihre innere Stimme mahnte sie zur Vorsicht. Er wollte es nicht verraten, nur dass es das Beste wäre, was sie jemals kriegen würden. Sie lehnte ab, Junis auch. Helrik traute sich, gleichzeitig mit dem Kälbchen was zu schlucken. Daraufhin entschied Junis sich um, schließlich Elle. Sie sah in ihrer Mitte ein Lagerfeuer angehen, es wurde bald zum Flächenbrand. Sie vier saßen mitten darin, sie flohen nicht. Sie waren doch keine wilden Tiere.

Später in der Nacht wurde Elle fröstelnd wach. Sie suchte nach der Bettdecke, die war nirgends zu finden. Auch das Kissen fühlte sich komisch an. In ihrem Kopf war eine Kirmes aufgebaut. Sie hatte einen fiesen Geschmack im Mund, als hätte sie Laub gekaut. Als sie die Sterne über sich erblickte, dämmerte ihr, dass sie nicht im Bett lag. Sie kippte wieder weg, wurde später noch mal wach, bekam keine Orientierung. Wo war ihr Kind? Sie tastete mit der Hand nach ihm. Da war nur Gras. Moment, warum Gras? Jemand spielte Bleigießen mit ihr, goss das Metall mitten in ihre Gedanken. Sie tastete nach ihrem Phone und fand ein Bein. Ein Fuß lag da mit einem Riesenschuh, das konnte doch nicht …

Leo sein? So große Füße hatte die doch nicht. – Sie hatte was genommen. Aber was? Sie hatte was genommen … das war, der lange Kerl da neben ihr, war Junis. Junis? Da lag ja eine Puppe. Sie kippte weg.

Als sie das nächste Mal zu Bewusstsein kam, hielt sie ihr Phone in der Hand. Sie hatte Junis reglos auf dem Boden liegen sehen, das war ihr sofort klar. Sie glaubte, er lag da immer noch. Ihr Puls flog. Ich muss was tun, dachte sie, ich muss was. Dem geht es nicht gut. Ihr Phone erkannte ihr Gesicht. Sie tippte auf den Notruf, sie blieb bei sich. Die Stimme am anderen Ende machte sie ein bisschen wacher. Ohne zu wissen, wer das sagte, teilte sie dem Phone mit: »Eine leblose Person liegt auf dem Bahngelände.«

Wieder versank sie in ihrem Dämmer. Starke Unruhe befiel ihren Körper, sie konnte die Arme nicht stillhalten und nestelte beständig an ihren Kleidern rauf und runter. Schweiß perlte von ihrer Stirn, saß auf den Wangenknochen. Die Beine gingen. Sie träumten wohl, sie würde laufen. Angst breitete sich in ihr aus, sie glaubte ihre Tochter in Gefahr, sie rief nach ihr oder dachte, sie riefe nach ihr. Sie war sich sicher, dass sie beide qualvoll sterben müssten. Ein Mund kam an ihr Ohr. War das ein Wolf? So scharfe Zähne gnatschten da am Knorpel.

»Wir müssen weg hier«, raunte der Wolf.

Er robbte ins Gebüsch, erhob sich auf die Knie. Sie kroch ihm hinterher. Sie fanden ein Versteck und blieben liegen. Wolfsgrube, wochenlang.

6

Als gegen ein Uhr dreißig die Polizei auf dem Bahngelände eintraf, fand sie zunächst niemanden. Die Beamten dachten an einen Scherz und ließen überprüfen, aus welcher Funkzelle der Anruf gekommen war. Die Position stimmte. Daraufhin riefen sie die freiwillige Feuerwehr zu Hilfe. Auch der Polizeikopter kam. Mit seinen vier Rotoren knatterte er über das Gelände und leuchtete. Sein Lichtstrahl traf die beiden eingestürzten Schuppendächer. Weit hinten, nah beim Weg, befand sich eine kleine Deponie, aus der zahlreiche Plastikteile blinkten. Die Birken warfen so trotzig wie vergeblich das Licht des Suchscheinwerfers zurück. Das Wild hatte sich tiefer in den Wald verzogen, nur die Augen eines verängstigten Hasen funkelten unbeachtet im Unterholz. Es dauerte nicht lange, bis unweit des Schuppens ein Körper entdeckt wurde. Die Feuerwehr lief mit einer Hover-Trage hin. Der Mann roch stark nach Alkohol, ein Schnelltest ergab mehr als zwei Promille. Er konnte seinen Namen nennen, aber keine Angaben zum Geschehen machen. Es befänden sich zwei weitere Leute auf dem Gelände, behauptete er. Daraufhin wurden weitere Krankenwagen gerufen.

Die Feuerwehr setzte die Suche fort. Der Quadrokopter

stand so tief, dass der Rotorwind Büsche und Bäume peitschte. Hinter dem anderen Schuppen, schon nah zur Geländegrenze hin, lagen zwei weitere menschliche Körper. Die Feuerwehrleute holten sie. Es waren ein junger Mann und eine junge Frau, auch sie höchst wahrscheinlich voll Drogen. Im Lauf der Erste-Hilfe-Leistung gelang es die junge Frau anzusprechen. Sie suchte nach ihrem Mädchen. Die Nachfrage, ob sich das Kind bei ihr befunden habe, verneinte sie. Weitere Angaben waren ihr nicht möglich. Sie war nicht in der Lage einen Alkoholtest zu machen. Der junge Mann war den angerückten Sanitätern bekannt. So konnten erste Angaben zu den Personen erfasst werden. Die Hundestaffel wurde wieder abbestellt, der Kopter knipste sein Suchlicht aus und flog zurück an seinen Standort. Der zuerst gefundene Mann konnte nach Hause gebracht werden, die beiden anderen fuhr man in die Klinik.

Alle Beteiligten waren bald wieder wohlauf.

7

Ein paar Meter zu früh hatte der Kopter abgedreht. Hätte er die Fläche hinter dem zweiten Bahnschuppen nur vollständig abgesucht, wäre auch Vale von seinem Licht erfasst worden. So jedoch blieb er liegen. Keiner der drei anderen erinnerte sich an sein Erscheinen. Niemand kehrte zurück, um ihn zu suchen. Als in den nächsten Tagen einem Spaziergänger der Hund durchging und Vale zufällig entdeckt wurde, hatte er Frieden.

Nachbemerkung und Dank

Für gut ein Jahr arbeitete ich ab Mai 2016 an einem literarischen Internet-Projekt. Es war der Vorläufer des vorliegenden Romans und trug den Titel »Der gefundene Tod«. Im Kern ging es darum, den Social Media-Aspekt des »Web 2.0« für das Schreiben experimentell zu nutzen. Den Stoff für die Geschichte hatte ich 2006 ebenfalls weitgehend online vorgefunden. Nun wollte ich ihn zusammen mit einer interessierten Community formen.

Schreiben im Internet – dabei denken viele sofort an kollektive Projekte, in denen eine Reihe von Autorinnen und Autoren »demokratisch«, also gleichberechtigt Dichtung treiben. Solche Versuche hatte ich sowohl aktiv als auch passiv bereits kennen gelernt und war mir sicher: das will ich nicht. Meiner Erfahrung nach kam bei diesen Versuchen abgesehen von einem Clash der Egos nichts Brauchbares heraus. Für mich war klar, dass ich Autor und Erfinder der Geschichte bleiben, dabei aber die Möglichkeiten des Netzes ausloten wollte. Mein Angebot war dies: Ich habe hier einen Stoff. Lasst uns gemeinsam überlegen, welche Aspekte er beinhaltet, vom Leben in der Provinz bis zum sozialen Tod. Ich stelle mir folgende fiktive Figuren vor … wie wirken sie auf euch, habt ihr eigene Ideen dazu. Et cetera. Dafür gewährte ich den Beteiligten einen tiefen Blick in die Werkstatt samt einer Diskussion über ästhetische Aspekte des Schreibens.

Monatelang beschäftigten wir uns mit Vorarbeiten, technisch auf der Basis eines öffentlichen Blogs. Dann begann ich das zu schreiben, was als Vorstufe des Romans *Freinacht* gelten kann. Auch dabei bot ich punktuell Mitarbeit an. Doch der Wunsch meiner Nutzer ging weniger in Richtung des Mitschreibens als des kritischen Begleitens. Insbesondere das Äußere und die Psychologie der Figuren gaben Anlass zu Diskussionen.

Mit Schülern arbeitete ich ebenso an dem Stoff. Sie entwickelten ihre Versionen der Figuren, entwarfen fiktive Heft-Einträge, collagierten und schrieben Varianten zu einzelnen Abschnitten des Romans.

Es gab in rund 270 Tagen 126 Postings, auf die 243 Kommentare erfolgten. Insgesamt wurde die Seite netzroman.thomaslang.net 38 035-mal aufgerufen von 6386 Besuchern. Der Besucherdurchschnitt lag bei 24 pro Tag, die Seitenaufrufe im Mittel bei 139. – Auch so fühlt sich Schreiben im technischen Medium an.

Die »stille Kammer« zu verlassen war ein Abenteuer. Ich stellte mich den Kommentaren – Lob wie Einwänden – meiner Leser, bevor der Text gesichert war. Einige Anregungen, aber auch einzelne Ideen flossen in den Text ein. Meine Rolle als Autor verschob sich ansatzweise vom autonom agierenden zum moderierenden und manchmal reagierenden, wobei ich nach wie vor frei über die Entwicklung des Romans verfügte und schließlich, den Netzroman wie eine Graphit-Wand der freien Bearbeitung überlassend, ein herkömmliches Buch daraus machte. Die Erfahrung war bereichernd.

Der vorliegende Roman wurde in Gestalt des Social Media-Projekts »Der gefundene Tod« vom *Deutschen Literaturfonds* e. V. gefördert. Dafür bedanke ich mich.

Mein Dank gilt außerdem dem *Literaturportal Bayern*, namentlich Fridolin Schley, der sich an der Entwicklung des Projekts initiativ und ganz maßgeblich beteiligte, sowie Laura Velte, der die toll gelungene visuelle und technische Umsetzung oblag; außerdem den damaligen Klassen der Joseph-von-Fraunhofer-Schule, München, und des Luisenburg-Gymnasiums, Wunsiedel, mit den Lehrerinnen Theresa Weigel und Kathrin Bauernfeind. Einzelne Ideen der Schüler sind in den vorliegenden Roman eingeflossen. So geht der Einfall, dass Dennis Frank als Freund betrachtet, auf Viviane Wenisch zurück. Die Figur des Klischees wäre ohne die Arbeit mit den Schülerinnen und Schülern ebenfalls nicht entstanden. Hervorheben möchte ich aus meiner tollen, treuen Community schließlich den rätselhaften User *passenger*. Ihm verdanke ich nicht nur die Rube-Goldberg-Maschinen, sondern noch einiges andere, das hie und da im Text aufleuchtet.

Schließlich danke ich meiner Frau Astrid, dass sie mir in familiär schwerer Zeit den Freiraum ließ, an diesem Projekt zu arbeiten. Die vielen, die ich namentlich unerwähnt lasse, mögen mir dies nachsehen.

2

»Thomas Lang hat ein einfühlsames Buch geschrieben.«

Spiegel online

*Cover- und Preisänderungen vorbehalten

Thomas Lang

Immer nach Hause

Roman

Piper Taschenbuch, 384 Seiten
€ 10,00 [D], € 10,30 [A]*
ISBN 978-3-492-31224-0

Hermann Hesse ist Ende zwanzig und für sein Frühwerk berühmt, als er sich mit seiner Frau Mia in ein Dorf am Bodensee zurückzieht. Doch je mehr er sich von der Welt abgeschnitten fühlt, desto mehr wächst die Unzufriedenheit. Literarisch will ihm kaum noch etwas gelingen, er sieht sich in einer Krise und beginnt zu zweifeln. Lebendig, kenntnisreich und mit unvergesslichen Figuren erzählt Thomas Lang von einer Lebensphase jenes Schriftstellers, der später zum Liebling von Lesergenerationen avancierte.

Leseproben, E-Books und mehr unter www.piper.de